내 이름 마고

내 이름 마고

초판 1쇄 인쇄일	2020년 6월 20일
초판 1쇄 발행일	2020년 6월 25일

지은이	주영숙
펴낸이	한선희
펴낸곳	국학자료원 새미(주)
	등록일 2005 03 15 제25100−2005−000008호
	경기도 고양시 일산동구 중앙로 1261번길 79 하이베라스 405호
	Tel 442−4623 Fax 6499−3082
	www.kookhak.co.kr kookhak2001@hanmail.net
ISBN	979-11-90476-52-2 *03810
가격	14,000원

* 저자와의 협의하에 인지는 생략합니다.
  잘못된 책은 구입하신 곳에서 교환하여 드립니다.
  국학자료원 · 새미 · 북치는마을 · LIE는 국학자료원 새미(주)의 브랜드입니다.
* 이 도서의 국립중앙도서관 출판예정도서목록(CIP)은 서지정보유통지원시스템 홈페이지
  (http://seoji.nl.go.kr)와 국가자료공동목록시스템(http://www.nl.go.kr/kolisnet)에서 이용하
  실 수 있습니다. (CIP2020023733)
* 이 책은 한국예술인복지재단에서 일부를 지원받아 제작되었습니다.

내 이름 마고

주영숙 소설집

북치는마을

프롤로그

촘촘한 그물망처럼 펼쳐진 물을 뚫고서 갑자기 물고기가 뛰어올랐다. 한 놈인 줄 알았더니 여기저기서 화들짝, 포르르, 파르르, 오르고 내리고 오르고 내리면서, 깊은 곳에선 큰 물고기가, 얕은 곳에선 작은 물고기가, 저 혼자 아니면 여럿이서 마치 군무를 추듯이 뛰어오르고 있는 모양새였다.

"탈출하고 싶은가봐."

"글쎄, 춤추는 거 아닐까."

"아녜요. 저건 어디론가 달아나고 싶다는 뜻의 처절한 몸부림이에요."

"처절한 몸부림 치곤 너무 눈부셔. 마치 당신 같이"

그랬다. 바들바들 눈시울 떨어야만 보이는 그것들은 어쩌면 그녀의 분신일지도 몰랐다. 물밖엔 아무 것도 없어보이던 물위로 불쑥 불쑥 솟아오르며 꼬리지느러미를 비트는 물고기들. 비

틀 때마다 비늘 쓸리는 아픔을 감내하며 와그르르 깨어져 방울
방울 낱낱이 곤두박질치는 물보라 알갱이들. 그들은 어쩌면 페
르세우스를 기다리던 안드로메다의 눈물방울들일지도 몰랐다.
그 사슬 벗어나고픈 열망을 부추기던 거센 파도의 아우성일지도
몰랐다.

목 차

양아각의 비밀

공주가 왕위에 오르고 나자, 그는 날마다 먹고 자는 것도 까먹어버리고 그녀의 이름만 불러대다가 기어이 미쳐버릴 지경이 되고 말았습니다. 어느 날 그녀가 영묘사[1]에 행차한다는 소문을 들은 그는 언제나와 마찬가지로 그녀의 이름을 함부로 부르며 득달같이 내닫다가 관리들에게 붙들렸는데요, 이윽고 왕은 "그 자를 따라오게 하라"고 명하셨죠. 행렬이 절에 이르러서 왕이 불공을 올리는 동안 '따라온 사내'는 절 마당 목탑 근처에서 기다리라는 지시를 받았는데요, 그런데 자리에 앉은 그대로 그만 잠이 들고 만 사내.⋯ 헤아릴 수 없는 나날, 뜬눈으로 밤을 새고 음식도 삼키지 못한 탓에 탈진했다가, 이제는 드디어 소원 풀었다 싶어 마음을 놓았기 때문이었죠. 그나저나 불공을 마친 왕은 사내에게로 와 내려다보다가 불현듯 머릿속에 떠도는 기억에 사로잡히는데요.

「널따란 바위 여기저기에 동글동글 윷판암각이 있고, 한 여인이 그 둘레를 무녀의 춤사위로 빙글빙글 열정적으로 돌아가다가 문득 멈추고는 사무치게 그리운 눈빛으로 한 지점만을 뚫어지게 본다. 그러다 숨이 넘어갈 듯이 몸을 떨다가 마치 새가 하늘로 치솟듯이 몸을 날리더니 치렁치렁한 치맛자락을 날개인양 펄럭여대며 쫓기듯 굴속으로 달려든다. 굴속에 있던 한 사내가 화들짝 웃으며 여인을 반기는데, 순식간에 둘이 얼싸안고 핑그르르 돌더니 사내가 여인의 등덜미에 입을 맞추기 시작하고 여인의 등에 있던 까만 점들 하나하나에 불이 켜지고 켜지다가 이윽고 북두칠성이 뜨더니, 별안간 회오리로 엉클어지며 깃발인양 펄럭거리며 허공중 여기저기서 무수한 빛살이 갈채처럼 터지고 있다.」

'그대를, 어찌하면 좋단 말이오? 이룰 수 없는 줄을 빤히 알면서 이러실 순 없지요.… 우리 다시는 만나지 말아요. 그대도 죽고 나 또한 죽어 어느 별에서건 다시 태어날 때까지….'그러며 미어지는 가슴을 마냥 쓸어내리던 왕은 손목에서 금팔찌 하나를 뽑아 따라온 사내의 가슴팍에 놓아주고는 말없이 발길을 돌렸는데, 그녀가 가버린 뒤에서야 잠이 깬 그는 팔찌를 꼭 품고서는 어찌할 바를 몰라 절절 맸지요.

'아아, 왕이시여…. 드디어 왕으로 등극하시어 점점 더 멀어져 간 그대여…. 나, 나는, 왕위에 오르셨음을 경하할 겸, 그 얼굴 그 모습을 한 번만이라도 가까이서 보고 싶었다오. …나를 깨우실 일이지, 왜 그냥 가시었소? 이 팔찌를 임 끌어안은 듯이 끼고 다

니라 그 말씀이오? 이내 몸 활활 불태울 왕이시여. 내 사랑이여!'

그러자 안타까움은 이내 가슴속 불씨가 되어 온몸으로 번져가며 컥컥 숨을 틀어막더니, 어느새 몸 밖으로 자라 나와 새빨간 꽃이 되었지요. 한 송이 불꽃, 사내의 몸이 가까스로 탑을 잡고 일어서자 탑도 그만 불기둥이 되어 활활 타올랐는데, 그러거나 말거나 아랑곳없이 사내는 불붙은 몸인 채로 아스라이 멀어져가는 왕을 향해 허적허적 걸음을 놓고 놓았는데, 그 발길 닿는 곳곳마다 불꽃이 일어 활활 타올랐는데…….

<문학으로 만나는 한국역사> 담당교수 최혜수의 <다시 쓰는 지귀 설화> 이야기에 학생들이 모두 솔깃하였다. 눈뜬 채 졸던 몇몇 학생들의 눈에도 생기가 돌았다.

"영묘사 목탑이 불에 탄 사건 이전으로 잠시 돌아가 보죠. …… 합천 영암사지에 가면 쌍사자 석등2)이 있는데요, 당시에 영암사엘 들렀던 덕만공주가 바로 그 쌍사자 석등에 홀린 나머지 한낱 석공인 그를 근 달포간이나 찾아 헤맸다고 합니다. 그래서 둘이는 가을하늘 별자리를 그리면서 별 하나하나에 사랑을 심곤 했지만, 그러나 엄청난 신분차이 때문에 이승에서 맺어지는 건 꿈도 못 꿀 일이었죠. 아무튼 영묘사 목탑을 태워먹은 석공은 불붙은 그 몸으로 뒹굴뒹굴 허적허적 세상을 돌아다니게 되었고, 사

람들은 석공 '최금지'의 마지막 이름 뜻 '지(志)'에다 귀신 '귀(鬼)'를 붙여서 그를 '지귀'라 불렀다고 합니다. 한편 왕은 불귀신을 쫓는 주문을 지어 백성들에게 내놓기에 이르렀는데요, 그 주문, 어떤 걸까요? 아날로그로 적어보죠."

혜수는 칠판에다 志鬼心中火(지귀심중화)라고 쓴 뒤에 학생들을 돌아보았다.

"지귀는 마음에서 불이 일어났다, 그 뜻이겠죠? 소신변화신(燒身變火神), 몸을 태우고 화신이 되었다. 유이창해외(流移滄海外), 푸른 바다 밖 멀리 흘러갔으니. 불견불상친(不見不相親), 보지도 말고 친하지도 말라. 백성들은 바로 이 주문을 써서 대문에 붙이고서야 비로소 화마를 면할 수 있었다고 합니다. 마치 처용 화상을 대문에다 붙여 역신을 막았다는 것처럼 말이죠. 어쨌든, 믿거나 말거나, 그 주문은 상당한 효과가 있었다고 해요. 또 하나, 선덕여왕 시대에 첨성대가 만들어진 건 잘 알려진 사실. 그런데 그걸 만든 석공이 지귀라네요. 역시나 믿을 수 없지만, 지귀가 안 만들었다는 증거도 없으니깐 뭐."

[지움] 단추를 눌러 칠판을 깨끗이 한 혜수는 은근슬쩍 학생들을 둘러보았다. 그리고 모두들 잠이 싹 달아난 얼굴이란 걸 알아차리고서, 그녀는 입술꼬리만 살짝 올라가게 미소 지었다. 1,2,3교시 수업은 늘 이렇게 커피 한 잔 마신 효과의 이야기가 필요했다.

"그런데 지귀의 지는 뜻 지(志)가 맞는 것 같지만 귀는 귀신 귀(鬼)가 아니라 거북 귀(龜)라는 설도 있습니다. 역시, 믿거나말거나. …아무튼 또 엉뚱한 이야기를 좀 하겠습니다. 우리나라에서 네 번째 큰 섬인 남해. 남해 상주 양아마을에서 상주해수욕장으로 가는 도로 중간쯤에 금산 부소암을 오르는 등산로가 있는데요. 그 등산로를 따라 25분가량 올라가서 산 중턱쯤에 이르면 1974년에 경남도기념물 제6호로 지정된, 하여간 <서불과차>라고 하는 거북바위³)를 만나게 되죠."

그녀는 한 인터넷카페에서 <양아리 석각의 올바른 이해>라는 제목을 열었다.

"국어대사전에 동양 최고 크기의 석각이라고 나와 있는 남해 양아리 석각입니다."

여기저기서 사진 찍는 소리가 났다.

"사진 찍은 학생, 일단 참으세요."

왁자하니 웃음들이 쏟아져 나왔다.

"카페에 들어가서 직접 확인하기 바라고, 필요하면 다운 받으세요."

"와아, 동양 최고… 예나야, 우리 저기 가볼래?"

복학생이며 반장인 레저스포츠학과 김연오가 문창과 구예나에게 소곤거린 거였다.

"오빠 차로?…… 우리 둘만?"

미국에서 대학을 마치고서도 다시 한국에 유학 온 예나는 연오보다 일 년 연상인데도 불구하고 연오를 늘 오빠라 불렀다.

"오빠가 가이드 해줄 거임? 근데 언제?"

그들의 대화를 못들은 척하고서 혜수는 차분하게 입을 열었다.

"먼저 한단고기 태백일사의 기록입니다. 남해현 낭하리 계곡 바위 위에 신시의 고각(古刻 옛 석각)이 있는데, 환웅천황께서 사냥 나왔다가 삼신께 제를 드리다…. 국어대사전 삼성문화사 1991년판에는 이것이 아예 '서불제명석각'이라 되어있기도 한데요, 중국 진시황이 보낸 서불이란 사람이 많은 인력을 거느리고 삼신산에 불로초를 구하기 위하여 왔다가 이곳에 새겨놓고 갔다는 겁니다. 또 어떤 문헌엔 정인보 선생이 이것을 훈민정음 이전의 한국 고대 문자로 추측하여 '사냥을 하러 이곳에 물을 건너와 기를 꽂다'로 해독했다고 하는 부연설명을 붙여놓았어요. 그런데 이 양아석각은, 서불이 지나간 자리라고 하는 뜻의 서불과지, 서불과차를 비롯하여, 거란족 문자, 선사시대 각석, 수렵선각, 선사석각화, 고대문자, 귀인 사냥터 등등 분분한 설이 있습니다만, 어느 것 하나도 제대로 입증된 것은 없답니다. 그러던 차에, 암각화와 고대문자에 관심이 많던 남해 이동면 사람 정시우[4] 씨, 즉 이 글을 올린 당사자. …그는 어린 시절부터 이 석각을 매우 신기하게 생각했다는데요, 그러다 미국에서 오래 살다가 귀국한 후에는 본격적으로 석각의 정체를 파고들었다고 합니다. 그는 남해와 가까운 삼천포, 지금은 사천에 속해졌지만, 아무튼 남해 근처에 살면서 이 석각과 집 사이를 오락가락했던 거죠. 그 결과 이 석각이 성좌도,[5] 즉 별자리란 걸 알아냈답니다.”

“와아~”

여기저기서 감탄사가 터져 나왔다.

“정말일까요?”

화면을 조금 올린 그녀는 마우스 왼편 버튼에다 검지를 살짝 올렸다. 그리고 석각의 아랫부분에 새겨져 있는 예서체가 분명해 보이는 천(天)자[6]에다가 커서를 갖다 댔다.

“약간 동떨어진 아랫부분에 제대로 된 한자가 새겨져 있다는 이 사실, 바로 이것이야말로 석각이 절대로 문자가 아니라는 걸 말하는 게 아닐까요? 제 개인적인 생각이지만, 바로 이것이 위의 석각이 별자리라는 것을 입증한다고 봅니다. 빈센트 반 고흐가 벌거벗은 여자를 그려놓고는 그 아래 구석진 곳에다가 <슬픔 Sorrow>이라고 적었던 그것과 마찬가지 형식이라는 거죠. 그런데, 지극히 상식적인 이러한 사실을 왜 아무도 고려하지 않았던 걸까요? 혹시나, 이 천(天)을 보자마자 불감증에 걸려버렸던 걸까요?”

그 순간 여기저기서 팡팡 웃음이 터졌고, 그 웃음소리를 제압하듯 서양화학과 최종서가 손을 번쩍 들었다.

"교수님, 저 하늘 천(天)자는 혹시 위의 석각이 새겨지고 난 훨씬 후대에 새겨진 게 아닐까요?"

"좋은 질문입니다. 충분히 그럴 가능성이 있지요. 그러면 이 석각이 분명 하늘이라는 것을 정시우 씨 이전에 누가 알았다는 말이 성립되는데요. 어쨌든 이것이 별자리인 게 확실하다면…. 그렇다면 그리스 신화와 통해 있습니다. 왜냐면, 맨 오른편에서 볼 수 있는 별자리는 헤라클레스와 함께 그리스 신화 최고의 영웅으로 알려진 페르세우스!"

인터넷에서 페르세우스 별자리를 찾은 교수는 그것을 양아리 석각의 오른편 도입부 암각과 대칭시켰다.

"어때요? 거울 보는 거 같죠? 우연일까요? 또 하나, 이 양아석각을 별자리로 보자고 들면 사실 거꾸로 새겨진 셈이라는 걸 알 수 있는데요. 자아~ 가을하늘 별자리 도면을 180도 회전해봅시다. 이러면 하늘의 페르세우스가 이 거북바위에 겹쳐 보이네요. 정말 놀랍습니다. 하여간, 석각이 조금 서툴러 보이지만 특징이 아주 잘 잡혀져 있는, 닮은꼴이죠? 보세요! 페르세우스가 메두사를 죽이고 그 목을 들고 있는 모습!"

"이럴 수가!"

어느 학생이 벌떡 일어나더니 도로 앉았다.

"진정들 하시구요. 페르세우스 이야기 좀 할까요? 혹, 다 아는 이야기니 들을 필요가 없다! 그런 학생이 한 사람이라도 있다면 생략하고, 자아~ 들을 필요가 없다는 학생은 손 들어보세요!"

구예나가 살짝 손을 들다가 얼른 내렸다.

"아는 길도 물어보고 가고, 돌다리도 두드려보고 가라던가요? 이 시간이 별자리 석각하고 무슨 상관이냐고 따질 수도 있는 일이겠지만, <문학으로 만나는 한국역사>, 즉 문학이란 그 어떤 학문 분야도 모두 아울러 파고들지 않을 수 없는 과목입니다. 아무튼, 페르세우스는 카시오페이아의 동쪽에 붙어 있는 별자리로 카시오페이아자리가 떠오르면 바로 동쪽 하늘에 보이기 시작하죠? 자아~ 이 암각화를 별자리로 보면 카시오페이아가 있을법한 자리 위에 오각형으로 빛나는 별자리가 더욱 도드라지는데요. 바로 에티오피아의 왕 케페우스 별자리에요. 이들 뒤에는 딸인 안드로메다 공주의 별자리가 사위 페르세우스의 별자리와 같이 나란히 있지요. 그래서 늦가을의 북쪽하늘은 케페우스 왕가의 별자리로 가득 차 있다고 볼 수 있는 거죠. 어찌 보면 이들이 가족회의를 하고 있는 느낌을 준답니다. 특히나 안드로메다 별자리가 무척 매력 있는데요. 동양에선 규수 별자리라고도 하는데, 보시죠."

그녀는 한 블로그에서 <안드로메다은하>라는 글을 열었다.

"이 안드로메다은하는 지구로부터 약 220만 광년 거리에 있다고 해요. 그리고 특이하게도 우리 은하와 안드로메다은하는 비슷한 시기에 태어났다고 해요. 그래서 비슷한 발달 과정을 거쳐 온 형제 은하일 것으로 추측되기도 한답니다."

'교수님, 안드로메다가 바로 제 별자리예요. 제 등에 안드로메다가….'

'안드로메다가 예나의 별자리? 난 북두칠성인데.'

"엡?"

화들짝 놀란 얼굴로 책상을 박차고 일어난 구예나에게 눈을 찡긋하고 나서 강의를 잇는 최혜수.

"문학은, 발로 쓰는 것이란 말도 있습니다. 직접 답사하고 쓰는 것이 가장 효율적이라는 거죠. 동양최대의 천문대인 첨성대[7], 그리고 동양 최고크기의 남해 양아석각, 이 둘은 공교롭게도 화강암이고, 별과 관계있습니다. 그렇다면 양아석각은 선덕여왕 시대에 새겨졌다고 추정할 수도 있지 않을까요? 지귀가 선덕여왕을 그리워하며 오랜 시간 새긴 별자리라고도."

"교수님! 질문 있습니다."

컴퓨터과학과 손민재가 손을 번쩍 들었다.

"지귀의 고향은 혹시나 안드로메다 별자리 저쪽 아닐까요?"

화들짝, 스포트라이트 같은 웃음들이 터져 나오고, 교수의 얼굴도 붉어졌다.

"그리고 이 곡옥목걸이는 보물 제634호랑 닮았지요. 경주 황남동에 있는 신라 미추왕릉 지구에서 발견된 상감 유리 환옥 목걸이… 한 점 밖에 없는 줄로 아는데, 이것이 바로 여기에도 있습니다. 모사품일까요?"

목걸이 끄트머리엔 불그레한 마노가 태극의 반쪽모습으로 달려있다. 그 바로 위엔 투명한 수정대추옥 한 개, 또 그 위, 목걸이가 타원을 이루기 직전의 매듭부분엔 바다색깔 바탕에 여러 색깔을 써서 물체를 상감한 유리 환옥이 매달려 있는데, 흰 오리들이 물풀 간들거리는 물속에서 헤엄치는 것을 배경 삼아 하얀 피부에 빨간 입술을 한 두 사람이 마주보고 있는 문양의 구슬. 그리고 담홍색 마노환옥 여남은 개, 하늘빛깔 대롱옥이 한 개, 짙은 바다색깔 유리 환옥이 서른 개 가량, 초록색 작은 옥구슬 서너 개 등이 아기자기하게 줄서 있다.[8]

"하얀 피부에 빨간 입술을 한 남녀가 새겨진 이 곡옥목걸이를 구예나가 지귀한테서 선물로 받았다 가정하고 스토리텔링을 해 보는 것도 바람직하지 않을까 생각하는데요."

탁자에 놓고 만지작거리기만 하던 목걸이를 다시 목에 걸고서 한참 창밖을 보던 교수는 멋쩍게 웃었다.

"아무튼 지귀가 지구별로부터 220광년 떨어진 안드로메다 어느 별에서 왔고, 그 별에는 선덕여왕과 꼭 닮은 그의 애인이 있었다고 가정하고 풀어나가면 멋진 소설 한 편이 탄생할 수도 있지 않을까요? 이것이 정말 별자리일 것이라 치고 말이죠. 그런데 간단히 이 별자리들을 토대로 한 그리스 신화를 재조명 할 수도 있겠지만, 그리 되면 상상력의 날개를 펼치는 데에 방해를 받게 됩니다. 순전히 한국식의 소설을 써보는 게 중요하죠. 한국식, 그렇죠. 우리가 잘 아는 북두칠성. 지귀가 북두칠성 어느 별에서 왔다고 가정하는 것도 재미있겠네요."

학생들이 모두 긴장하였다는 것을 감지하며 그녀는 말을 이었다.

"정시우 씨가 왜 극구 양아석각이 별자리라고 주장하는지, 직접 찾아가 인터뷰해보는 것은 여러분의 글쓰기 수업에 굉장한 보탬이 되지 않을 수가 없습니다. 물론 간접경험만으로 문학작품을 생산해낼 수도 있겠지만 말이죠. 직접경험이야말로 생동감 있는 작품을 해낼 수 있는 지름길…… 이번 기말고사가 바로 <남해 양아석각>에 대한 작품. 알겠죠? 간접경험이든 직접경험이든, A4 두 장 이상 사설시조조의 미니소설 한 편. 또는 A4 한 장 이상 사설시조 한 편을 지어 시험 당일에 옮겨 적는 겁니다.

쉽죠?"

학생들이 일제히 "와아 어려워!"라고 반응하는 것을 모른척하고 교수는 비로소 본 강의를 시작했다.

"그것이 시로 나타나든 소설로 나타나든, 우리가 우리의 호흡법을 어떻게 사용하면 숨을 잘 쉴 수 있을 것인가, 잘하면 단지 이 호흡법 하나로 세계시장을 석권할 수도 있지 않을까. 시조라고 해서 한류를 일으키지 못하라는 법은 없지 않은가, 등등의 사고를 끊임없이 하도록 유도하는 것이 이 수업의 목적이기도 합니다. 사설시조! 사설시조가 판소리가락으로 대신 말할 수 있는 한국인의 생체리듬을 따름으로써 형식 속의 자유를 누리는 다양성을 지니고 있다는 점은 대체적으로 알려진 사실인데요, 그게 너무 번거로워서일까요? 사설시조를 하는 시인은 별로 많지를 않습니다. 더구나 사설시조조의 소설이라니! 사실은 생뚱맞기조차 한 일이죠. 그러나…"

99쌍의 눈동자들이 일시에 교수에게로 집중 정지되어있었다.

"사설시조조의 한국소설 쓰는 법을 배운 여러분은, 그래서 한국, 또는 세계 최초의 강의를 들은 복된 학생들이 아닐 수 없습니다. 자긍심을 가지세요. 나는 한국인이다! 복창! 안하셔도 됩니다."

갑자기 폭소가 터져 강의실을 들고 엎을듯하다가 다시 가라앉았다.

"가령 순서적인 속도 진양조→중모리→중중모리→자진모리
→휘모리에서 곧잘 이탈하거나 추월하기, 때로는 역행하며, 중
모리→자진모리→진양조, 다시 진양조로 시작하여 휘모리→중
중모리 등을 구현할 수 있는 그 가락에 우리의 호흡이 살아있다
고 볼 수 있는 것입니다. 우리의 심장박동이 불규칙해야만 건강
하다는 신호라는 것과 같이, 그렇다고 하여 불규칙한 그 심장박
동이 결코 무질서함은 아닌 것과 같이, 사설시조는 한국인의 건
강한 심장박동을 기초한 노래입니다. 더구나 바로 그래서, 사설
시조는 바로 한국소설의 본령인 문학 장르라고 아니할 수도 없
다는 말이지요."

교수 최혜수는 반장 김연오를 불러 학생 99명 전원에게 A4 한
쪽의 복사물을 배본하도록 지시했다. 그리고 인터넷 카페에 들
어가 <내 이름은 마고>라는 제목을 열었다.

"구예나! 자신이 서정자아가 되어 사설시조 율격에 맞춰 낭송
해보세요. 한 구, 즉 한 마디가 너무 길면 랩 음악을 하듯 빨리빨
리 한 숨에 표현하기! 알겠죠?"

교수 최혜수의 사설시조 작품은 스크린과 예나의 입술을 넘나
들며 중모리, 중중모리로 흐르다가 자진모리에서 느닷없는 휘모
리장단으로 몸을 바꾸며 이리저리 강의실을 누비기 시작했다.

그림 속의 여자

새벽 두 시.

퍼뜩 눈을 뜬 구경만은 머리맡의 스탠드를 켰다.

책상 모서리에 장치한 백열등마저 켜자 방안의 모든 것들이 뚜렷뚜렷해졌다. 꿈에서 보았던 푸른 안개도 숲도 오솔길도 깡그리 사라진 방안엔, 천장까지 닿는 몇 개의 책장들에 엄청난 분량의 크고 작은 책들이 빼곡하게 들어차있다. 상당히 오래된 고서적에서부터 현재 출간되고 있는 각종 소설류와 화집 등에 이르기까지, 그리고 헤아릴 수 없이 많은 분량의 레코드판. 그것들이 그의 문학과 미술과 음악에 관한 깊은 조예를 나타내주고 있었다. 그리고 책이 절반만 차지한 한쪽 벽엔 호랑이가 있다. 동그란 눈동자를 굴리면서 입이 찢어지도록 웃는 게, 하나도 무섭지 않음을 강조하고 있다. 그러고서 나무 위의 까치와 이야기하고 있는, 피카소가 격찬했다는 진품 <까치호랑이>. 그의 재산목록 1호이다. 또 하나, 옆에 걸린 서예 액자. 가로가 18cm 세로가 35cm인 [制慾(제욕)]. 언젠가 스스로의 마음을 달래느라고 써 붙여놓은 거다.

'하지만 참을 수 없어. 넌 내 반쪽. 내 첫사랑인걸.'

백열등 쏘는 빛이 닿지 않는 이부자리엔 유영수가 구경만의 아내라는 자리에서 버팅기기를 하고 있다. 고2때 결혼했던 첫 아내 양소임은 결혼 2개월 만에 야반도주했고, 대학2년 때 결혼했던 두 번째 아내 송미연은 결혼 3개월을 못 채운 어느 날 실종되어버렸으며, 너무나 당차서 오히려 매력적이던 세 번째 아내 최승리 역시 딸 예나까지 낳고선 그 딸이 다른 남자의 딸이라 하면서 딸을 데리고 떠나버린, 그렇게 '세 번이나 결혼 실패한 후에는 그냥 데리고 사는' 명색이 네 번째 아내, 낼모레 칠십인 열 살 연상의 여자 유영수가 밉상스러운 얼굴로 자고 있다. 그러나 사실은 별로 밉상이 아닌 평범한 얼굴을 내려다보며, 이날 이때껏 단 한 번 사랑해준 기억이 없음을 떠올렸다. 아내가 불쌍해진다. 60이 다 되어서야 발견한 첫사랑 그녀와 즐겼던 꿈속 장면이 되살아 나오자 더욱더 미안해진다.

여덟 평짜리 아파트의 주방. 천장부터 내려붙은 세 칸짜리 붙박이 찬장 바로 아래의 싱크대 옆엔 가스레인지가 깔끔하게 닦여져서 은빛 눈부심을 자랑하고 있었다. 아내는 음식솜씨는 별로여도 청소나 설거지, 빨래 등은 한밤중에도 미루지 않고 깔끔하게 해두고 했는데, 그러나 삼분의 일쯤은 남은 요리라든지 한 번쯤은 더 우려낼 수 있을 곰탕의 뼈 덩어리 등등을 숫제 묻지도 않고 냉큼냉큼 비워버리고 치워버리는가 하면 그걸 삶았던 솥조차 어느새 반들반들 닦아 정리해놓는 통에 그는 종종 질색하였다. 그래도 없는 것보다는 나은 존재라면서 딸깍, 가스레인지를 켰다. 새파란 불길이 확 일자, 프라이팬을 불 위에 올려놓은 다음 찬장 유리문을 열었다. 분명히 유통기한이 이틀쯤은 남은 식빵 몇 조각이 있었는데 없다. 설마 그것까지야 버렸을까 싶어서 가스 불을 끄고 식빵수색에 들어갔지만, 끝내 나타나지 않는다.

'이놈에 할망탕구가 제 꺼 아니라고 함부로 버려?'

그는 슬그머니 치밀어 오르는 부아를 누르며 냉장실 문을 열어 맥주 한 병과 유리컵 하나만을 달랑 손에 들었다. 그리고 있으나마나한 골마루를 빠져나와 방문을 밀었다. 언제부턴지 모르게 담배도 끊었고 커피도 별로 즐기지 않게 된 그는, 안주 없는 맥주만은 꽤나 좋아한다. 밥과 맥주를 놓고 고르라면 맥주를 택할 만큼이다.

"아이고, 술에 환장했남? 한밤중에 홍두깨도…"

언제 깼는지 눈꺼풀을 억지로 들어 올리고 앙알거린 여자. 눈을 찌르던 백열전등과 형광스탠드의 불을 제 맘대로 착착 꺼버리고는 순식간에 찾아온 어둠속에서 흰 이불깃을 휘릭! 날려 덮어쓰는 열 살 연상의 여자. 교회에 충신으로 넘나드는 그녀는 남편이 술 마시는 걸 범죄로 간주하였는데, 남편이 술을 마셨을 땐 자기는 영락없는 검사가 된 것같이 굴었다. 오죽 그 세도가 당당했으면 자다 일어나서까지 저렇게 배짱 좋은 말발을 날리고선 당당하게 다시 드러누울까?

'흥, 네가 감히 나를 도발해?'

불을 다시 켜고서, 구경만은 힘껏 아내를 걷어찼다. 그러자 모로 누웠던 아내의 몸이 퍽 하고 엎어진다.

"남이야! 술에 환장했든 술독에 빠졌든 뭔 상관? 이보소! 당신은 이 시각부터 내 방엔 출입금지요. 알아?"

"고렇게 걷어차서 죽냐? 치라굿! 죽여! 죽여 봐!"

이불을 휙 걷고 앉아서는 남편을 무섭게 노려보는 그녀 유영수.

바락바락 악을 쓰다 못해 목을 길게 빼고서 그녀가 남편의 턱 밑에다 자기 얼굴을 바짝 들이대자, 남편은 "알았어!"하고는 손바닥을 쫙 편 채로 아내의 뺨을 세게 후려쳐주었다. 그리고 냉랭한 어조로 "됐어?"라고 묻기까지 하였다. 그러자 무늬만 아내지만 아내인 그녀가 드디어 고개를 푹 꺾고는 숨이 넘어갈 듯 울며 넋두리를 시작했다.

"더 때려! 더 때리란 말야! 맞아죽을 거야. 오늘밤, 맞아죽고 말 거야!"

그렇게 감겨드는 여잘 그는 또 차갑게 뿌리쳤다.

"누가 봤음 영판 부분 줄 알겠네? 수작 좀 작작 떨고 냉큼 사라지란 말이야."

그러고 방문을 잠가버렸다.

때리란다고 때린 것은 후회스러웠지만 한편 후련했다.

책장 꼭대기에, 보려고 해야만 보이는 장소에서 10호 크기의 미인도가 그를 내려다보고 웃었다. 20년 전에 미국으로 건너간 정시우 화백에게서 받은 것이다.

당시에 그다지 이름이 나 있지도 않았던 정 화백. 그는 구경만과 남해중학교 동창생이었지만 30대 중반에 만났을 때의 그는 부모 유산으로 용인시 처인구의 넓은 뜰이 있는 아름다운 저택에서 살고 있었다. 생활전선이란 말이 무색할 정도의 윤택함 속에서, 툭하면 고인돌이나 별자리 암각화의 비밀을 캐노라고 돌아다니기, 아니면 가끔 전시회나 열면서 유유낙낙, 세월이나 죽이고 있던 친구였다. <돌과 여자>라는 올 컬러 화집을 내게 된 계기로 더욱 친하게 지내던 정시우. 그의 주변에 여자들은 많았다. 그러나 친구 이상으로 가까운, 소위 사랑이란 걸 느낄 수 있는 여자는 한 사람도 없어보였다. '혼자서 무슨 맛으로 사니?'하고 종종 그의 고독성을 일깨워줬지만, 결혼 안하고 혼자 사는 거나 결혼을 세 번이나 했었는데도 결국 혼자 사는 거나 마찬가지인 입장이 피장파장이어서 서로 왜 사냐고 묻다간 실소를 터뜨리곤 했다. 그런데 그가 갑자기 미국엘 떠난다고 해서 송별인사

겸 들린 참이었다.

"그걸 어떡하려고?"

화실의 짐을 챙기느라 여념이 없던 정시우가 문득 십호쯤 되는 초상화 한 점을 못 박힌 듯 들여다보고 있는 거였다. 여자의 얼굴. 구경만은 그림을 뺏어 들었다.

"이 여자 내 맘에 꼭 드는데? 누구야?"

"알아서 뭐할라고? 난 그 여자 손 한 번 잡아본 적이 없어. 물론 사진도 한 장 없고."

"돌과 여자에서도 안 나타난 신인이구먼. 고향도 몰라? 이름도 성도 몰라?"

"고향은 알지. 우리하고 같아."

"아니 뭐라고? 남해 여자란 말이야? 그럼 이름은?"

"굳이 이름까지 알 필요 있나?"

"그만 둬. 이름이야 뭐 부르기 나름. 내가 짓지 뭘."

"지금은 도대체 이 여자와 그 여자가 동일인인가조차도 모를 지경이야. 괜히 마음만 시끌시끌해져서……. 난 이걸 버리기 전에 잠시 예우로 봐주고 있었다고."

"그러니까 욕심이 더 생기네. 이 예쁜 걸 왜 버려? 내게 맡기고 떠남 되지. 혹 어느 날 갑자기 내 눈앞에 이 여자가 나타날 지도 모르는 일. 아니다 참, 남해 가서 찾아볼까?"

"왜? 상사바위에 가서 빌어볼라고? 그래서 과수댁이 된 그 여자 앞에 자네는 돌쇠가 되어 나타날 텐가?"

"뱀이 되어 여인을 칭칭 감았으나 결국 까마득한 벼랑 아래로 떨어져 죽었다고 하는 원래의 전설 말고, 숙종 때 생겼다는 그 전설9) 말이겠지?"

"그렇지. 그래야만이 엔딩이 아니게 되는 거지."

정시우의 얼굴 가득히 허망함이 떠오르고 있었다.

"북두칠성 새겨진 고인돌에 빈다 해도, 다정리 곳곳에 있는 북두칠성, 아니, 북두팔성 모양으로 놓인 그 고인돌 하나하나를 짚어가며 물어본다 해도, 못 찾는다고."

"북두팔성?"

"몰랐나?"

정시우는 짐짓 이를 드러내며 잘난 척했다.

"약간 떨어진 곳의 돌까지 쳐보면 묘하게도 북두구성인데, 금시초문인가?"

"어쨌든 북두칠성이 우리가 알고 있는 고유명사 아닌가. 팔성이건 구성이건 그게 다 북두칠성인 셈이니 일단 구성이라 치고, 그렇다면 다정리에 가서 청동기 시대 유물인 지석묘를 놓고 여덟이니 아홉이니 하고 따지는 것 보다는 아예 상사바위 근처 바위들에 있는 아홉 개의 샘,10) 그걸 찾아보는 게 더 낫지 않을까?"

"그게 바로 북두구성이라고!"

정시우는 갑자기 열변을 토했다.

"북두칠성은 자네도 알다시피 천추 두베, 천선 메라크, 천기 페크다, 천권 메그레즈, 옥형 알리오츠, 그리고 개양 미자르와 겹쳐있는 기수 알코르, 또 마지막으로 요광 알카이드라는 이름을 지니고 있잖은가? 그런데 개양 미자르는 사실 알코르라는 별과 또 하나의 별을 합하여 삼각구도를 이루고 있네. 3중성이라 그 말씀. 바로 그래서 북두구성이란 주장이 성립되는 거라고."

"헌데 그 구정바위 빗물이 고이면 아홉 개의 샘처럼 보인다 하여 그렇게 부른다고 하잖나?"

"그러니까 그게 북두구성의 위치를 팠던 거라니까 그러네. 구경만 씨, 언제 가서 면밀히 구경해보시라고."

"아이고 알았습니다. 자넨 화가가 아니라 별 박사다."

"양아리 서불과차, 거기에 움푹움푹 표시된 성혈을 비롯하여 우리나라 고인돌의 별자리 구멍들이 나를 별나게 만들었을 뿐이지."

산이 바다 한가운데 떠 있는
진경에 당도하니 시정(詩情)마저 잃겠다.
심산유곡 암자는 구름이랑 더불어 자고
봉화만 타올라서 반달처럼 외롭고

석굴에는 음률이 흘러나오고

바위 문에는 박쥐와 왕벌들이 엉기었는데

몇 년을 두고두고 이 구정을 쪼았으랴

산정에는 염주를 꿰맨 듯 기암괴석들이

주렁주렁 매달렸구나.

남구만「금산에 올라 시를 읊다」

정시우가 머쓱해지자 구경만은 우선 남구만의 시부터 읊고는 찬찬히 앞뒤정리를 했다.

"서불과차야 아직도 미스터리이지만, 상사바위 아래 그건 실제로 동글동글한 구멍이 아홉 개도 더 되잖나? 하기야, 그런 구멍들이 알고 보면 결국 별자리를 판 것일 수도 있겠네그려. 숙종 때 귀양 왔던 약천 남구만 선생이 '몇 해 동안이나 이 아홉 개의 샘을 팠으랴'하고 감탄했을 만큼 인위적인 흔적이 뚜렷한 그 구멍들은 그리고 보니 그것도 북두칠성과 비슷했어, 그렇지?"

"흐흐흐, 그게 구정이 아니라 구성이란 것을 아는 사람은 극히 드물겠지?"

"그런가? 그게 정말인가? 그렇담 내가 언제 그림속의 이 여자랑 자네의 북두구성론을 입증해주지."

"집어치워! 헛고생이야."

정시우는 그림을 팽개치려고 번쩍 들어 올렸는데, 그런 걸 구경만이 냅다 뺏어서 집으로 가지고 왔었다.

그림속의 그녀는 제비꽃색깔 바탕에 등꽃색깔을 점점이 박은 얇은 스카프를 머리에 헐렁하게 감아 두르고는 어깨 뒤로 넘겼다. 약간 옆모습. 미끄러지듯 뻗은 턱 선이 곱다. 크지도 작지도 않은 또렷한 눈매에는 지성이 감돌며, 쭉 곧은 것 같으나 끝이 부드럽게 각진 콧날 아래엔 금방 벌어질 것만 같이 볼통한 입술이 나비날개 형상으로 자리 잡았다. 틀에 끼우지 않은 채로 20년 세월이 흘렀는데도 캔버스는 흠 하나 없다. 책장의 맨 꼭대기에다, 마치 아무렇게나 방치해놓은 것 마냥, 그러나 보려고 들면 아주 잘 보이게끔 놔두었는데, 액자틀에 끼우지 않은 이유는 간단했다. 아무리 무늬만 마누라지만 그래도 행여 그녀의 마음을 다치게 하거나 턱없는 질투를 불러일으키게 할까봐 그랬다. 그래서 수많은 책들과 뒤섞어 올려놓고는 남몰래 긴긴 짝사랑을 해왔던 것이다. 그랬지만, 한 번은 유영수가 그걸 버리려고 다른 쓰레기와 함께 현관의 신발장 밑에 처박아두었던 때가 있었다. 처참한 그 기분이라니! 두고두고 잊히지 않는 사건이었다.

"아이고, 이 멍텅구리야! 이게 얼마나 비싼 그림인지 알기나 해?"

유영수는 한 술 더 떠서 펄쩍 뛰는 거였다.

"아 글쎄, 틀에도 안 끼우고 아무렇게나 취급하기에 싸구려로 알았지 뭐. 아이고, 고물단지라고 하는 건 죄다 우리 집에 모였을 거다. 고미술하고 고물하고, 아무리 다 같은 고짜 돌림이지만, 나 같은 무식쟁이가 쓰레기 취급 하는 걸 보기 싫담 구별 좀 해 놓으시지 그랬남? 흥, 어떤 여잔진 몰라도 되게 행복하겠네. 당신 죽을 때에 관 속에라도 넣어줘?"

"어허이! 열 살 연하인 나보다 뒤에 죽겠다 그건가? 욕심도 정도껏 부려야 봐줄만 하다만, 그래, 오래오래 살아라! 말이 나온 김에 경고하는데, 내 죽기 전엔 내 허락 없이 종이쪽 하나라도 버리지 마! 그걸 어기면 당장 이혼이다. 알아?"

그 후에 그는 ─저걸 틀에 끼워야지─ 하면서도 그냥 무심한 척 책장 위에 두었다. 그러다 어느 날엔가 그녀의 이름까지 지은 거였다. <아미>라고.

'아미가 실제로 이 세상에 존재하고 있었다니……'

생각할수록 신기했다. 며칠 전, 눈발이 하나 둘 심심찮게 날아 내리던 오후. 종로의 학원에서 일본어 강의를 마치고 좌석버스에 올라탄 그는 자리가 텅텅 비다시피 했는데도 다른 좌석을 모두 외면하고 끌린 듯 그녀 옆에 가서 앉았고, 그녀의 옆얼굴을 슬쩍 훔쳐보고는 순간 심장이 얼어붙는 것만 같았다. 보랏빛 머플러를 감고서 고요히 앉은 모습이 그대로 아미 복사판이었던 것이다.

「당신은 평생을 내가 그려온 그림속의 내 여자…… 찢어
지도록 달려 들어가 입을 맞추고 싶은, 당신은 그림 속에만
있어야 할 내 여자.」

차차로 시간이 흐르자 그의 가슴 어느 구석에선가 칠색 요란
한 거품들이 부글부글 끓어오르며 손에서는 진땀이 배어나왔다.
오로지 옆에 앉은 여자의 손을 잡고 싶은 또 하나의 자기를 억제
하느라고 나오는 땀이었다. 그러나 호감 한 쪼가리도 가지 않는
보통 남자라서 그저 무심히 넘기는 건지, 그녀는 옆의 남자에겐
거의 뒷모습만을 보이며 내내 차창 밖만 바라보고 있었다. 살아
있는 거라곤 나폴 나폴 날아 내리는 눈송이들뿐인 허공중인데
그녀는 그저 하염없이 그러고 있었다. 한 가닥 숨결조차도 없는
조각상과도 같이.

'그렇군, 내가 먼저 말을 걸어야 하는군.'

그는 아주 당연한 생각을 해냈다.

'이것 봐 정시우. 그녀가 나타났어. 전혀 늙지 않은 모습이군.
기적 아닌가?'

엉뚱한 상념을 떨쳐내느라 돌이질 치다간 금세 또 고민에 빠
졌다.

'도대체 무슨 수로 말을 트나?'

낼모레가 육십인 그의 피돌기는 마치 이십대 청춘처럼 펄떡여 댔다. 그리고 한참 후 드디어 용기를 냈다.

"저어……"

기다렸다는 듯이, 그녀가 발딱 일어섰다. 목적지에 다 온 모양이었다. 고민 고민하다가 어렵사리 끄집어낸 말머리도 슬그머니 꼬리를 감춰버리고, 그녀가 편히 내릴 수 있도록 다리를 비켜서 오므려주는 수밖에 별 도리가 없는 지경. 그러나 순간적으로 그녀 뒤를 따라내려 그녀와 같은 동네의 땅을 밟게 된 그는, 그리고 서야 그곳이 바로 화곡동이란 것과, 자신의 집인 신월동까지는 아직도 세 정거장씩이나 남았다는 사실을 알아차렸다.

"아이쿠, 한심한 구경만! 홀라당 빠진 거야? 딸보다 더 어린 여잘, 도대체 어쩌자고?"

제일병원 앞의 횡단도로를 유유히 건넌 그녀는 까치터널로 통하는 가로공원을 따라 또각또각 구둣발 소리도 단정하게 걷고 있었다. 저마다 크고 작은 뜰을 갖고 있어서 나무들이 제법 숲을 이루는 주택가를 그녀가 지나고 있었다. 잿빛 오버코트 안에서 규칙적으로 교차되는 둥근 언덕. 딱 그 언덕까지만 흘러내려 술을 파들파들 떨어대는 등꽃빛깔 머플러. 발목 어귀가 5센티 가량의 넓이로 접혀진 제비꽃빛깔 안감이 드러나는 비둘기색깔 부츠. 게다가 가짓빛 스타킹을 신은 그 다리로, 그 부츠 신은 발로,

크지도 작지도 통통하지도 가늘지도 않은 몸매로, 그녀는 눈을 살살 걷어차다가 또다시 날아오르게 하는 장난에 취한 듯 단 한 번 뒤돌아보아주질 않고서 내내 규칙적인 걸음을 이어가고 있는 거였다.

누렁이 한 마리가 희끄무레한 눈망울을 치켜뜨다 말고 가로공원을 가로질러 달아날 때쯤, 비로소 그녀가 소담스런 수예점의 문을 따고 들어갔다. 우산이끼색깔 기와지붕 아래, <수예점 꿈섶>이라는 목각간판이 세로로 길게 걸려있다. 오른편 윈도에는 민속그림의 미니자수병풍 앞에 보석함. 그 옆엔 매듭 장식을 한 은장도와 바다빛깔에 앵두빛깔 코를 댄 비단신이 앙증맞게 앉았는데, 옆의 옆엔 엄지손가락만 겨우 들락거릴 만한 주둥이 좁은 백자항아리가 척 휘어진 매화 가지를 꽂고 있다. 펄펄 눈 내리는 날의 동백꽃에 참새가 우르르 날아드는 그림의 연결자수병풍으로 가려져 있어서 안쪽 풍경은 도무지 알 수가 없고, 출입문을 사이에 둔 왼편의 유리창엔 <수예점 꿈섶>이라는 무지개빛깔 글자들 너머 나염커튼이 드리워져 있었다. 그런데 한 번 들어간 그녀는 마치 요술램프에라도 빨려 들어간 요정처럼 깜깜무소식이었다.

그는 어깨를 한 번 추어올리고는 마치 형사처럼 사방을 두리번거렸다. 눈발이 점점 빠르고 두터워지는 저녁녘. 이미 눈송이

들이 희끗희끗 새치처럼 앉아 있는 머리를 서류가방으로 가리면서, 휘이익! 휘파람을 불면서 소년처럼 걸었다.

'신월동 아파트에서 나와 지름길로 10분 정도 걸어 가로공원 길로 접어든 다음에 까치산 산책로를 한 바퀴 돌아 천천히 내려오는 길인 것처럼, 그렇게 자연스러운 발길로 <꿈섶>에 들리면 될법하겠군.'

그러나 밤새 꼬박 앓았다. 다음날은 득병을 핑계대고 강의조차 빼먹었다. 감기인지 상사병인지 분간할 수가 없었지만, 그림 속의 애인은 그가 끙끙 앓는 중에도 그저 웃고만 있었다. 신비한 웃음을 머금은 채 그를 내려다만 보고 있었다. 그리고 강의가 없는 토요일 아침. 그는 이부자리에 앉은 채로 등판이 빨간 손거울을 들고 자신의 얼굴을 비춰보았다. 아내가 어느 날 문득 어디서 얻었다며 붓꽂이에 꽂아놓은 거울이었다. 엊그제 면도한 것 같은데 턱에서 양 귀밑에까지 파르르 수염이 돋아나 있다. 워낙에 숱 많은 머리칼은 어저께 감은 것 같은데도 벌써부터 기름이 번들거렸다.

'인생은 육십부터라고! 그래, 아직도 청춘이 남은 거야. 그럼, 그렇고말고.'

그는 혀를 동그랗게 말아 가곡 <보리밭>을 휘파람으로 뽑으며 욕실로 들어갔다.

"건달처럼 아침부터 어인 휘파람?"

주방에서 뭔가를 하던 아내가 핑하니 콧방귀를 날리자, 그는 흠칫 놀라면서도 혀를 날름했다. 그리곤 세면기 위의 작은 거울에다 속살거렸다.

'꼭 점잖게 굴어서 나이대로 늙어 보일 필욘 없다고. 안 그래?'

새하얀 비누거품을 턱에 바른 다음 면도날을 세웠다.

"아, 출근하는 날도 아닌데 어인 모양을? 행복한 결혼생활하고는 담 쌓고 사는 사람이니 설마 누가 결혼식 주례 서달라고 했을 리는 만무고, 혹시나, 옛 애인이라도 만나기로 하셨남?"

'헉!'

저도 모르게 움찔한 구경만.

'아깐 뭐, 건달처럼 휘파람 분다고 핀잔이더니? 돗자리를 깔아라.'

"하이고, 천천히 나가시지. 추운데 새벽부터 치장을 하고 그러서?"

아내가 잔소리의 끝맺음을 하고 있었다. 그런데 아침부터가 새벽부터로 바뀌었을 뿐만 아니라 치장이란 말까지 붙여서는 남의 맘을 들여다보는척한다. 그는 하마터면 코밑에 상처를 낼 뻔했다. 하기야, 아닌 게 아니라 산책 나가기엔 이른 시각이다. 예전부터 교회의 전도사 일을 맡아보는 무늬만 아내 유영수는 낼

모레가 칠순인데도 불구하고 아침저녁 시간 맞춰서 출퇴근 하는 관계상 잔소리를 길게 늘어놓을 여유도 없다. 그래서 남편의 대꾸가 있건 없건 저절로 잔소리를 끝맺음하는 편이었다. 해서 그는 배짱이 생겼다. 열없는 말짓거리로 삼대구년만의 기차게 좋은 기분을 망치고 싶지도 않았다.

머리를 감고 방에 들어서자, 그녀는 혼자 밥을 비벼먹고는 성경가방을 손목에 걸었다. 그리고 목에 털실 목도리를 친친 두르며 마치 아이들 학교 가는 시늉을 했다.

"다녀오겠어요."

비로소 느긋한 기분이 되어서, 그는 아침상을 차리기 시작했다. 프라이팬에다 버터를 녹여 식빵을 앞뒤로 구워 말랑말랑하게 해 놓은 다음, 인스턴트 스프를 풀어서 살살 저어가며 끓였다. 그의 아침은 항상 그렇게 가벼운 상차림이었지만 아내는 좀처럼 아침상을 차려주는 법이라곤 없었다. 손쉬운 것이니 당신이 직접 만들어 먹으란 뜻이겠지만, 그의 아침 식사는 오래전부터 혼자서 그렇게 먹는 것으로 고정되어왔고, 그것이 오히려 속편했다. 약간의 고독이 찬으로 곁들여져서 하루 일을 설계하는 데에도 오히려 좋았다.

식사 후 그는 부지런히 양치질을 하고도 알사탕 하나를 입에 물고서 옷을 입기 시작했다. 그의 옷차림새를 아내가 본다면 아마도 치장한다고 빈정거렸던 말을 취소하려 들 것이었다. 번드레하게 차려입기는커녕 되레 수수하게 입었기 때문이다. 불편스런 와이셔츠도 넥타이도 생략한 대신에 까만 목긴 스웨터를 입었다. 조금이라도 젊게 보이기 위해서라는 게 정답일 것이, 목긴 스웨터는 그의 목을 따뜻하게 감싸주었을 뿐만 아니라 쭈글쭈글해지고 있는 목주름도 숨겨주었다. 실제로 그의 얼굴은 주름살이 없는 보드랍고 하얀 피부였다. 게다가 눈동자는 아직도 강한 빛을 발하는가 하면 쪽 곧은 콧날과 입술 또한 조금도 뭉그러지지 않은, 이대로 청춘을 묻어버리기엔 어쩐지 억울하고 아까운 이목구비였다. 검정 스웨터 아래 청바지를 입으니 훌쩍 커 보이는데다 스포티하기조차 하다. 외투로서 바바리코트를 입을까 잠바를 입을까 하고 한참 망설이다간 어쩐지 형사 콜롬보의 어정쩡하고 바보스런 인상이 떠올라 그냥 잠바를 입기로 하였다.

엘리베이터를 빠져나와 바깥 출입문을 밀자마자 쌩~ 매서운 겨울바람이 코끝을 때리고 지나갔다. 얼얼했다. 인도와 차도의 경계에 서서 덜덜 떨고 있는 플라타너스들을 지나 가로공원에 선 채로 하나 안 추운 듯이 시치미를 떼고 있는 사철나무들에게 "인생은 육십부터!" 라는 정보를 누설하곤 군데군데 살얼음 낀 보도블록을 가볍게 건너뛰었다.

'아미!'

<수예점 꿈섶> 쇼윈도 안엔 마네킹을 방불케 하는 여인이 움직이고 있었는데, 까치발을 하고 위쪽의 유리를 닦느라고 팔을 치켜 올리는 바람에 아랫배 속살이 보일락 말락 하다가, 때로는 쪼그리고 앉아서 유리 아래쪽과 백자항아리 등등에 걸레질을 하는 모습이 마치 맨손체조를 하는 것처럼 경쾌했다. 학생들 앞에서 시범을 보이고 있는 체조교사라고 해야 걸맞을 그녀의 몸매는 한 마디로 날씬 그 자체라서, 그는 자기도 모르게 핸드폰의 카메라를 누르고야 말았다. 청소와 체조를 더불어 해결하고서는 유리가 잘 닦였는지를 보느라고 얼굴을 바깥쪽으로 향한 채 한참을 있어주었던 것이다.

이윽고 걸레를 걷어 진열 탁자 아래로 내려선 그녀가 그런데 접어두었던 앙증맞은 민속병풍을 다시 좍 둘러치고선 안으로 사라져버리고 말았다.

하는 수 없이 발길을 돌려 까치산 산책로를 걸으며, 그는 걸음걸음에다 그녀 생각을 흠뻑 버무렸다.

'누구랑 살고 있을까? 남편은 있을까? 내게 관심을 가져줄까?'

궁금증만 가득 품고 어정거리다간 아무래도 돌아버리겠다는 예감이 들어 머리를 세게 흔들어보았으나 그녀의 얼굴은 좀체 머릿속을 떠나질 않는 거였다.

망설망설하던 끝에 또다시 <꿈섶> 앞에 선 그는 크게 심호흡했다. 출입문 고리를 잡았고, 당겼다.

"계십니까?"

그가 내는 소리 아니더라도 문은 따그라랑~ 맑은 소리를 내주었다. 문에 드리운 자잘한 유리종 구슬발의 여음을 들으며 가게 안으로 들어선 그는 대번에 마음이 푸근해졌다. 아기자기한 신방같이 따뜻하고 정겨운 소품들이 곳곳을 장식한 사이사이로 잔잔한 음악까지 흘러나와서 별안간 잠들 것만 같은, 좀처럼 만날 수 없었던 색다른 향기. 창호지 문틀 미닫이문이 소리도 없이 열렸다.

'아아, 아미!'

혼자였다. 가게 안엔 한 남자와 한 여자 둘뿐. 남자의 가슴이 마구 두방망이질을 했다. 버스 안에서 맡았던 바로 그 향기를 솔솔 풍기며, 여자는 그를 말끄러미 바라보는 것으로 손님을 맞이하는데 '어서 오세요'라는 식의 상투적인 인사는 없이 고개만 까딱 하였다.

'이 여자가 수줍은 편이구나.'

"선물할 만한 물건이 있을까요? 좀 소개해주시면 좋겠는데요."

유리 진열장 속엔 갖가지 수예품과 장식품들이 옹기종기 키대로 앉아있고, 한쪽 벽엔 송학을 수놓은 커다란 병풍. 반대쪽 벽엔 매듭공예 장신구들이 합죽선 여남은 개에 각기 다른 모습으로 매달린 채 걸려있었다. 그런데 도통 대답이 없던 그녀가 별안간 유리 진열장 한 모서리에서 메모장을 끌어당기더니 글을 쓰기 시작하였다.

「선물 받을 상대는 누구시지요?」

말을 못하다니! 당신은 벙어리냐고 대놓고 물을 수도 없는 노릇, 난감했다.

"여자한테 선물할 건데, 골라주세요."

「젊은 여자? 나이 많은 여자? 딸? 아내?」

어안이 벙벙하여 껄껄 웃자 그녀도 소리 없이 웃으며 얼굴을 붉혔다.

경만은 힐끗 그녀를 본 다음 메모지를 끌어당겼다.

「韓服 앞섶에 달만한 裝身具가 있으면 좋겠소.」

한자를 쓰면 알아보기 힘들어서라도 말소리를 끄집어낼 수 있지 않을까 싶었는데 오판이었다. 「노리개?」 하고서 즉석 안내문을 작성하고 있는 그녀.

「노리개는 한복 저고리뿐만 아니라 장롱 문고리나 벽걸이로서도 아주 잘 어울려요. 그러니 어느 여자에게나 두루두루 환영받을 겁니다.」

유리진열장 안에서 갖가지의 노리개를 끄집어내어 위에다 주르르 펼쳐놓고서 활짝 웃어주는 그녀.

「한 점 골라주시겠소? 주인 맘에 드는 것이면 좋겠는데 말이오.」

그녀는 난처한 표정을 지었다.

「저로선 안 예쁜 게 없어요. 선물 받으실 분이 어떤 분인지를 모름 더더욱…」

「내 애인에게 줄 것이오.」

갑자기 아침놀처럼 달아오르는 그녀의 얼굴.

「당신같이 생긴 애인」

이번엔 그가 제풀에 놀랐다.

'말로선 차마 못할 표현을 글로서는 이토록 대담하게 나타낼 수 있다니!'

하지만 그녀는 안타깝게도 자기 노리개를 고르지 않은 채「당신같이 생긴 애인」이란 문장에다 수없는 동그라미만을 쳐대는 거였다. 그는 하는 수 없이 깜찍한 옥 고무신 노리개를 한 쌍 골라서 그녀의 가슴팍에 대어보고는 얼마냐고 적었다. 3만원. 낭패였다. 그는 급한 김에 말을 끄집어냈다.

"만원밖에 없는데, 외상 안 될까요?"

스스로가 생각해도 가소로웠다. 그래서 다시 볼펜을 잡자, 황급히 예쁜 포장지를 꺼내어 노리개를 싸기 시작하는 그녀.

「첫 거래에, 누군지도 모르면서 외상 주시려고? 관두시오. 다음에 살 테니」

「카드 없으세요?」

그가 머리를 흔들자, 그녀는 메모지와 볼펜을 번갈아가며 눈짓했다.

'오호라, 내 신분을 밝히라 그거?'

그는 자신의 주소와 이름과 유선전화번호까지 꼼꼼히 적고는 핸드폰 번호를 적으려다 슬쩍 그녀의 손을 들여다봤다. 핸드폰을 들고 있지 않다. 그래도 아는 길도 물어서 가랬다고 「휴대전화기 없으신가요?」라고 물었더니 그녀가 방긋 웃으며 머리를 흔든다. 경만은 자기 핸드폰을 주머니 깊숙이 숨기고는 시치미를 뗐다.

「희한한 공통점이네요. 나도 핸드폰 없는데, 그런데 당신의 이름은?」

또다시 머리를 살래살래 흔드는 여자.

'이름이 없다고? 핸드폰도 없고 이름도 없고? 하기야, 넌 이름이 없어야 해.'

한 번 더 볼펜을 들고서, 한 자 한 자 정성들여 썼다.

「난 오래전에 당신 이름을 아미라고 지었소. 아미! 다음 토요일에 당신을 보러 오겠소. 그때 차 한 잔 부탁하오.」

「오래전?」

「한 이십 년 전!」

그는 노리개를 받아들자마자 얼른 돌아서버렸다.

아무리 '내 사랑'이라 정했다 하여도 그건 '나'만의 사랑임이 분명하여서 「당신의 이름은 아미」라고 한 그 자체가 일순 낯간지러웠다. 함부로 '당신'이라고 쓴 것도 가슴 뜨끔하였다. 그래서 따그라랑 소리도 요란하게 문을 밀어젖혔다. 순간, 옷소매를 붙들렸고, 가슴이 철렁하였고, 덩달아 팔짱이 끼어졌다고 착각하고 싶었다. 하지만 그런 마음을 억누르며 무심한척하고 돌아보자, 메모장을 그의 코앞에 바짝 들이대고서 그녀가 글을 휘갈기고 있었다.

별에서 온 남자

살금살금 햇살이 다가와 귓가를 간질이는 이른 아침.

함빡 밤이슬에 젖은 산이 하나의 커다란 바위덩어리처럼 웅크리고 있는 것이 맘에 찼다. 하천 위에 걸쳐진 작은 다리를 건너서, 맨 오른편 산길 능선을 타고 하염없이 걸어가다가, 밤새 아우성치며 떨어지며 깨어지며 오만가지 몸부림을 치고도 아직도 눈 시린 빛깔을 내뿜고 있는 황계폭포[11]를 지나서, 또다시 골짜기로 접어든 그녀는 마치 목적지를 정해놓았기라도 한 것처럼 길을 재촉했다. 바위산에 붙어사는 여러 군상의 바위들이 턱턱 앞을 가로막는 오르막길이지만 아랑곳없었다. 춤추듯 노래 부르듯 흡사 나비 같은 모습으로 오르다가 보니 떡하니 앞을 가로막은 두 개의 바위 사이로 저쪽 세상이 빠끔 얼굴을 내밀고 손짓하였다.

'바위들이 이렇게 많은데도 암각화가 없다. 어찌된 일일까?'

편편한 바위가 하나가 등을 들이대기에 밟고 올라섰더니, 저 멀리 아스라한 곳에 파릇파릇한 벼들이 모처럼의 햇살을 받으려고 저마다 아우성이었다.

'하기야, 바위들 자체가 작품들이니 새삼 석각을 할 필요를 느끼지 못했을 거야.'

다시 몸을 일으켜 길을 재촉하자 귀여운 짐승을 닮은 바위들이 줄을 이었고, 소나무 한 쌍은 바위틈에 뿌리를 내린 채로 양팔을 벌려 서로를 잡을 듯 말 듯 안간힘을 쓰고 있었다. 잠시잠깐씩 바위를 짚어가다가 바위 틈새로 봉오리를 터뜨리는 진달래꽃을 한참씩 들여다보다가, 또다시 허위허위 오르느라 그녀는 숨이 턱에 찼다.

작은 돛대바위를 지나자 널따랗고 판판한 바위, 바위들. 바위 끄트머리에 천 살, 아니 만 살도 훨씬 넘었을 거북이 앉아서 먼 산을 바라보고 있었다. 아니다. 까마득한 벼랑 위에 자리 잡은 등껍질 벗겨진 거북바위[12]였다. 사실 거북바위를 처음 보는 것은 아닌데, 한 달 전 박근혜님이 대한민국 18대 대통령으로 취임한 무렵에도 이 거북바위에 와서 한참이나 시간을 보냈었는데, 그런데 이상하게도 웬 사내가 거북바위 등에 올라타고 앉아서 뭔가를 하고 있다가 힐끗 돌아보고는 다시 고개를 돌려버린다.

'언제부터 저기에서 저러고 있었던 거야?'

아니나 다를까. 사내는 거북바위에 퍼질러 앉은 채로 돌을 쪼아 갈닦이를 하면서 무슨 주문인가를 외고 있었다. 사르르, 신성한 바람이 그녀 몸을 툭툭 치며 산들산들 말을 걸어오고, 저만치

피로감도 달아나며 꼬리를 감추는 중이었다.

'바로 이런 걸 찾으시오? 그런 거요?'

아무리 생각해봐도 그가 말을 걸어온 것 같았다.

끌리듯 다가가서 사내를 살폈더니, 그는 연신 돌을 쪼며 갈며 계속 주문 비슷한 것을 외고 있는 것이, 움쩍거릴 때마다 왼손목이 빛을 발하고 있었다. 금팔찌! 금팔찌가 마치 살아있는 생명체처럼 반짝이는 것을 응시하며 되물었다.

"누구세요?"

그제야 사내가 몸을 일으키는데, 순간, 금팔찌가 날카로운 빛을 뿜어대더니 그의 온몸이 활활 불꽃으로 변하는 거였다.

"아아악!"

비명을 지르는 새 불꽃은 금방 꺼졌고 사내도 본 모습으로 돌아왔지만 그의 눈은 여전히 이글거렸다. 불타는 그 시선이 번져들어서 그녀의 온몸이 신열을 일으키는 순간, 사내는 본척만척하고서 조용히 대답하는 거였다.

'별자리지요. 하늘로 가는 문이로소이다.'

'하늘 문이라고요?'

그는 마음으로 말하였고, 그녀도 덩달아 마음으로 되물었다.

'드디어 우리 고향에 들어갈 별자리 석각을 마쳤사옵니다. 여왕마마……'

그녀는 펄쩍 뛰듯 하면서 목소리를 냈다.

"여왕이라고요?"

설레설레 머리를 흔들기까지 하자 그는 정색하며 중얼거렸다.

'왕이여! 까마득한 벼랑에 곤두박질쳐서 온몸 산산이 깨부수고 싶을 만큼 서운한 마음 가눌 길이 없구려.'

거북바위의 목덜미 바로 앞은 너무 아찔하여 내려다 볼 수조차 없는 천 길 낭떠러지. 어질어질하였다.

영판 등껍질이 벗겨져 있는 형상의 거북바위. 먼 옛날에 여기다 암각화를 새기려고 캔버스 밑판을 만들듯 바위를 갈았거나, 아니면 여기에다가 새겨졌던 암각화를 교묘하게 도려내어 갔을 거라는 등등의 추측을 불러일으키는, 아무리 보고 또 보아도 등판이 없어진 거북바위.

'그런데 지금 암각을 하고 있다니, 믿을 수 없어.'

아프게 눈을 비비고서 뚜렷뚜렷한 암각화와 사내를 번갈아보며 머리를 흔드는데, 개구리 한 마리 풍당 뛰어든 연못처럼 그의 눈이 파문을 일으키고 있었다.

'그대가 공주였을 때, 우린 그 누구보다도 가까웠는데, 도대체 나를 모르시다니, 아아, 나의 여왕이시여!'

'아 아니, 여왕이라니? 내 전생이 여왕이었던가?'

별로 나쁘지 않은 기분으로 그녀는 스리슬쩍 사내를 스캔했다.

키는 큰 편이고 피부는 뽀얀 것이 반물빛이 감도는 머리
칼은 노을빛 댕기로 불끈 동여매서 아래로 늘어뜨렸는데,
앞머리와 귀밑머리가 실바람에 나부낀다. 짙은 눈썹. 그 아
래 눈 주변이 마치 눈가리개를 한 것 같이 거무죽죽하다. 그
러나 뚜렷이 쌍꺼풀진 눈과 길게 드리워진 속눈썹 안에서
지중해빛깔 눈동자가 빛을 발하고 있다. 쪽 곧은 코가 아침
햇살에 반사되고, 선이 뚜렷한 입술 안에선 상아빛깔 이가
가지런하다. 먹빛 선을 두른 황토빛깔 윗옷을 입었는데, 속
옷을 입지 않아서 가슴이 보일락 말락 하고 있다. 그 가슴 별
떡거려서 눈길을 돌렸다. 한국인이 아니다. 동서양이 섞인
혼혈 같지도 않고 순수한 서양인 같지도 않은 것이, 종잡을
수 없다.

'당신은 외계인인가요? 이 세상 사람은 아니군요.'
'거 무슨 섭섭한 말씀. 이 세상에 왔으니 이 세상 사람인데 말
이오.'
가슴이 두근거렸다. 아무리 쓸어내려도 잔잔해지지가 않아서,
그녀는 시선을 하늘에 둔 채로 되물었다.
'제가 여왕이었다고요?'
'처음엔 공주였었소.'
'헉!'

그녀는 언제부턴가 거석문화에 심취했었고 암각화에 얽힌 비밀을 캐는 데에 취미를 붙였었는데, 이삼십 대엔 돌을 찾아 세계 각지를 돌아다니기도 했다. 그러다 얼마 전, 이곳 합천지역이 다라국, 다라가야였다는 정보를 입수하고는 고령의 대가야 박물관을 거쳐 합천박물관을 둘러보았었다. 그리고 고령에는 양전동 알터 암각화 등이 있는 대신에 합천 쪽에서는 도무지 암각화를 찾을 수 없다는 사실을 깨달았지만 다행히 허굴산에서 거북바위를 만나게 된 것이었다. 하지만 거북바위는 등껍질이 벗겨져 있었을 뿐 역시나 암각화라곤 없었다.

'당신이 합천에선 첨으로 암각화를 하는?'

상대가 어떤 상상을 하든, 남자는 자기 할 말만 하고 있었다.

'그때에 덕만공주님, 바로 당신께서 영암사엘 오셨다가 그 석등에 홀린 나머지 한낱 석공인 나를 근 달포간이나 찾아 헤매셨더이다. 바로 그래서 우리의 만남이 이루어졌던 건데, 기억나지 않으신가요?…… 어느 날 미칠 지경이 된 나는 그대를 따라갔다가 온몸에 불꽃을 일으킨 적도 있었는데 말이오.'

'지귀 설화?'

화들짝 놀라서 그를 다시 바라보았지만 마치 눈가리개를 한 것 같은 눈 주변을 빼놓고는 불에 탄 흔적을 찾을 수 없었다.

'좀 전에 그것이 그럼 환영이 아니라 진짜였단 말씀인가요?'

'아니, 환영이었소.'

가만히 머리를 흔들고는 사내가 소리 내었다.

"무슨 고질병처럼, 가끔 이렇게 속에서 불길이 치솟아 온몸을 태운답니다. 그래서 나는 불귀신이란 별명까지 얻었지만… 바로 그 사건, 영묘사 목탑을 태우며 내 온몸을 불덩이로 만들었던 그 사건이 생겼던 날에, 우린 서로가 다시 태어나 만나기로 굳게 약속했었는데, 그랬는데, 세월이 흐를수록 나는 왕께서 여왕이라 업신여김당하는 걸 그냥 두고 볼 수는 없었지요. 그래서 약속을 어긴 죄로 천년만년 지옥불에서 고생할지언정 그대를 만나자고 혼자 작심했었소. 그 약속을 저버리고서"

'무슨 약속을?'

'이승에선 두 번 다시 만나지 말자던 그 약속. 그런데 내가 약속을 깨고 만 거였소. 그대가 왕이 되고 5년 된 해이던가, 영묘사의 옥문지에 두꺼비들이 우르르 몰려 와글와글 농성을 벌이던 때가 생각나지 않으시오?'

'그런데 두꺼비가 아니라 개구리 아니었나요?'

'아니 두꺼비였소.'

조용히 머리를 흔들며 언뜻 생각하였다.

'아무튼 삼국유사에 나오는 그 지기삼사?'

사내가 살짝 이를 드러내놓고 웃더니 목소리를 냈다.

"그렇다오. 세 가지 일을 미리 알았다는 내용의 지기삼사를 보자면, 첫째는 모란꽃에 향기가 있니 없니 하는 문제라 별로 중요하질 않아도 말이오. 당나라 태종이 홍색·자색·백색의 모란꽃 그림과 씨앗 석 되를 보내왔기에 그대가 그림을 보고 '이 꽃은 틀림없이 향기가 없을 것이다.'라고 말하며 씨앗을 궁전 뜰에 심어보게 했는데, 꽃이 피어서 지기까지 과연 향기라곤 없었다고 하는 이야기지요. 하지만 그건 단순히, 아래위에서 고구려를 치자는 협잡질에 알랑방귀까지 곁들인 선물이었을 뿐. 모란꽃엔 나비도 날아들고 벌들도 수시로 드나드는 법. 그러니까 삼색의 모란꽃 그림은 '이 꽃씨는 세 가지 색깔의 모란꽃 씨'라는 설명이었던 거고, 그래서 나비와 벌은 거기에 불필요하였을 뿐이지요. 어쨌든 그 일이야 그대가 공주였을 때의 이야기이고, 중요한 건 이미 그대가 왕위에 오른 뒤의 이야기, 옥문곡 이야기지요. 그때 그대는 도대체 두꺼비들이 왜 저리 떼로 몰려 떠드는 것인가 하며 엄청 고민하고 계셨었지요. 그래서 하는 수 없이 이 몸이 만나지 말자던 약속을 깨뜨리고서 감히 왕의 침전에 숨어들어갔던 겁니다. 그리고 옛 다라국인 이 땅 독산성 부근 옥문곡에 백제군이 와 있을 거라 귀띔해드렸었는데…."

'옥문곡이 경주 근교의 부산이 아니라 합천의 독산성 부근에 있었단 말씀이에요?'

'대가천이 소가천과 합쳐지는 고령에서 돌고 돌아 낙동강에 합쳐 흐르는 북방 구릉에 오래된 고성이 하나 있는데, 바로 합천 독산성이지요. 독산성은 저 유명한 대야성의 훨씬 동쪽이에요. 다시 말하면 옥문곡은 독산성 부근 계곡이고, 독산성은 합천군 덕곡면 학리에 있으며 독산은 해발 78.3m의 조그만 구릉. 어쨌든 신라는 바로 이 몸의 언질 때문에 승전하였었는데, 도대체 그 일조차도 생각나지 않으신단 말씀이오?'

그녀가 또 머리를 흔들어보이자, 사내는 금방이라도 울음을 터뜨릴 것 같은 얼굴로 별자리 암각을 하고 있던 손길을 멈추고서 아예 작업도구도 내려놓는 거였다.

'왕이여, 나를 잊으시다니, 어찌…'

더 세게 머리를 흔든 그녀는 스마트폰 화면을 사내에게 보였다.

"이 숫자 보이시죠? 보세요. 오늘은 2013년 3월 30일 토요일입니다. 그리고 제 이름은 최혜수, 말씀하신 선덕여왕님은 신라 27대 왕이셨고 지금 여왕님이라면 불과 한 달 전인 2월 25일에 취임하신 대한민국 18대 대통령 박근혜님입니다."

그러나 사내는 아예 귀를 닫아버린 모양이었다.

'아시오? 내 눈이 불로 지져졌었던 그 이율 말이오.'

'글쎄요?'

'아시오? 그 후 온 세상을 더듬거리며 다니다가, 오랜 세월 흘려보내며 사랑도 미움도 모두 버리는 수행으로 석각을 하는 공력을 드린 후에야, 특히 남해 어느 거북바위에 가을하늘 별자리…. 하늘 문, 그 하늘 문을 다 새기고 나서야 내 눈이 비로소 시력을 찾게 된 것을.'

'남해 어디에 있는 석각인가요?'

'상주면 양아리에 있는 서불과찬가? 그거 말이오.'   '국어대사전에 동양최고화상문자라고 수록된 서불제명석각 말이죠? 바로 그 양아리 석각, 그게 정말 서불과차가 아니라 별자리? 놀랍습니다. 그런데 보이지 않는 눈으로 석각을 하셨다고요?'

'눈을 감아야만 잘 보이는 법이라오.'

그가 머리를 끄덕이다 말고 빙그레 웃었다.

'그대의 등에 새겨진 북두칠성은 거기에 새기질 못했으나…….'

'앗, 북두칠성!'

그녀는 놀라서 입이 다물어지질 않았다. 숨이 멎을 것만 같았다. 어릴 때에 집에서 목욕할 때면 할머니가 등을 밀어주시다가는 살살 어루만지시면서 '비나이다. 비나이다. 칠성님께 비나이다.… 백옥같이 고운 우리 수야, 어디를 가든, 무슨 일이 생기든, 부디 슬기롭게 헤쳐 나가게 해주소서. 비나이다. 비나이다. 칠성님께 비나이다.' 그렇게 빌어주시고 했었다. 정시우의 누드화 모델로 학비를 조달하던 대학시절엔 등에 문신처럼 새겨져있는 그것이 너무 부끄러워 모델 노릇을 그만 둬버렸는가 하면, 근 30년이나 그에게서 종적을 감추기까지 했었다. 한 맺힌 북두칠성 징크스, 단지 그것 때문에.

'어떻게…… 지금 내 등을 투시하신 거?'

'투시하다니, 단순히 투시라는 어휘로 설명되다니! 아아, 바로 이 허굴산 텅 빈 공간이 우리의 밀실이었던 걸 정말 잊으신 거요?'

가슴속 한 모서리가 찢겨져 나와 아스라한 계곡 아래로 곤두박질치고 있었다.

'투시가 아니라면 그걸 어떻게? 어떻게 아시죠?'

그녀는 자신도 모르게 그의 눈동자를 들여다보았다. 그랬다. 지중해, 지중해빛깔 그의 눈동자 속엔 그녀 자신의 까마득한 전생들이 영상으로 흐르고 있었다.

이것은 처음 생긴 일

「아미, 맘에 드는 이름이에요. 만약 다음토요일에 안 오시면, 꼭 전화를 걸겠어요.」

놀랐다. 어떤 빛살물결이 출렁출렁 그의 속에서 범람하기 시작했다.

'일차 성공이다.'

지극히 긍정적으로 치닫는 상념을 고이 접어두고서 조용한 눈인사만 나누고 헤어졌다.

몇 살인지 남편은 있는지 있다면 아이는 있는지, 도무지 아주 기본적인 궁금증마저도 풀지 못했다. 그뿐 아니라 벙어리인지 일부러 벙어리 시늉을 하는 건지 그런 의문마저 더 늘어났다. 그러다 허허 웃으며 스스로를 위로했다.

"그래그래, 나는 너를 사랑한다. 사랑해."

바람 한 자락이 플라타너스의 버썩 마른 잎을 발등에다 내동댕이치며 달아나고, 하늘은 아직까지도 빙판처럼 눈부신 얼굴을 했다.

드디어 토요일이 왔다.

"어디가 아픈가봐?"

그저 인사치례로 묻는 투였다. 그가 일어나서 서성거릴라치면 출근도 안 하는 날에 웬 치장이냐고 비아냥거릴 텐데, 정작 이불을 머리끝까지 덮어쓰고 누워 꼼짝 않는 것을 보자 사뭇 걱정스럽다는 표정으로 선심 쓰듯 묻는 것 같아서 경만은 기가 막혔다.

"아프다면 어쩔라고? 당신이 약을 사다 줄 거야? 아님 죽이라도 끓여줄 참이야? 암 것도 안 할 거면서!"

그 말에 뾰로통해졌다가 이내 얼굴을 펴는 능구렁이 아내. 아니 무늬만 아내.

"묻지도 못해? 차암 나. 병원에나 가봐요. 어디가 어떻게 아픈지. 참, 그것보다 기도부터 드려야겠네."

드디어 이불을 펄쩍 제치고 튀어오를 듯이 몸을 일으킨 경만, 그는 목에 핏대를 세웠다.

"제발! 집어치워라 엉? 나중에 내가 이 세상 하직하거들랑 천당에나 가라고 기도하든 극락엘 가라고 염불하든 네 마음 가는 대로 하란 말이야. 멀쩡히 살아있는 사람 앞에서 툭하면 명복 빌어준다 하지 말고! 이 무식쟁이 할망탕구야!"

'만으론 아직 6학년이라굿! 자기도 낼모레 6학년 되는 할방탕구면서 뭘 그래?'

그녀는, 트릿하면 '할망탕구'라고 내뱉곤 하는 10년 연하 남편이 몹시 서운하였다.

'그래도 명색이 아내인데 그런 말을 내뱉다니, 지성인답지 않아!'

하지만 그렇게 따지고 들자면 마치 섶을 지고 불속으로 뛰어들게 되는 격이란 걸 너무나 잘 아는 그녀는 다만 "아버지"만을 연발하면서 비실비실 문 밖으로 후진을 계속했다. 후진 중에도 계속 "하늘에 계신 우리아버지. 불쌍한 죄인을 부디 굽어 살피소사,"라고 큰 소리로 기도하는 것만은 꼭 지키는 유영수. 그 순간 아내가 불쌍해진 그는 짐짓 인자한 표정을 지었다.

"출근이나 하소."

경만은 아내가 툭하면 하나님 아버지를 찾는 것도 딱 질색이었지만 병원에 가는 것도 무척 꺼린다. 주사 맞기가 겁나서이기도 했지만 마음병을 약으로 다스릴 수 있다는 것이 도무지 못마땅하였다. 하지만 끄응 돌아누우며 한 마디 더 보탰다.

"실컷 자고나면 괜찮을 거요. 걱정 말고 전도나 잘 하고 오소."

"감기몸살이지 뭐. 나중에 당신한테 전화해보고 상태 봐서 약 사들고 올게요."

한없이 사근사근한 목소리를 남기고 현관문을 밀고 사라지는 무늬만 아내.

경만은 흠칫 놀라서 큰소리를 냈다.

"집 전환 건드리지 마! 다른 데서 전화 올 거니까!"

아미가 실체로 나타난 뒤론 무늬만 아내여도 아내는 아내인
그녀가 몹시도 거추장스러워졌지만, 경만은 그런 불순한 생각보
다는 아미 생각만으로 머리를 가득 채우기로 했다. 전화를 기다
리기로 했다. 섣불리 찾아가서는 '원래 말을 못하는 사람이었냐'
고 대놓고 묻는다는 것도 우스꽝스런 모양새였다.

'조용히 기다렸다가 유선전화로 목소리를 듣는 수밖에 없군.'

번듯이 누운 채 책장위의 아미 얼굴을 올려다보았다.

언제나처럼 웃을 듯 말듯 입술은 까딱하지 않은 채로 ―잘 생
각하셨어요.―라고 말하는 것만 같은 아미.

'내가 진짜로 나타나지 않겠다 싶을 때에야 전활 걸겠지. 좀 더
기다리자. 그렇담 좀 느긋하게 전활 기다릴 필요가 있군.'

전화기를 머리맡으로 옮기는 한편 책장 위로 윙크를 날렸다.
그리고 가끔 수화기를 귀에 대고 점검하였다. 번번이 건재하다
는 신호음이 '에에엥' 들리는 유선전화기.

'낭낭할까? 허스키할까? 아니면 얌전하고 고를까?'

갖가지 음색을 떠올려보며, 두근거리는 가슴을 지그시 누른
채 번듯이 누웠다. 그림속의 아미와는 다른, 펄펄 살아있는 아미
의 생생한 눈동자가 연못에 이는 파문처럼 흔들리며 천장에 겹

겹의 동그라미를 그려댔다.

'허공을 응시하는 눈동자. 언제였던가? 까마득한 옛날에 그런 눈동자를 보았었지. 그래, 최승리! 바로 당신이었어. 빌어먹을!'

가슴이 미어지고 있었다. 아미의 눈동자라고 생각했는데, 어처구니없게도 세 번째 아내였던 최승리의 눈동자와 겹쳐지고 있는 거였다. 아직도 진실을 알 수 없는 안개속의 여자. 허공을 응시하는 그 눈동자는 어떤 정신병원에서 다른 남자의 환영을 좇고 있는 적나라한 현상의 눈동자. 아니다, 승리의 진실이 고스란히 담긴 눈동자였다.

"못 믿어! 믿을 수 없어! 예나가 왜?"

경만은 갑자기 머리칼을 움켜쥐고는 숨을 고르잡았다.

'난, 난, 절대로 불감증이 아니야! 내가 정말 불감증이라면, 이 나이에, 이럴 수 없어! 아아, 아미! 나는 널 사랑해. 그림속의 네가 아닌, 살아있는 너를 보고 싶어. 보고 싶어 미치겠어! 그 눈동자는 분명 다른 누구를 보는 게 아니었어. 순수하다 못해 백치 같은, 사람을 자꾸만 끌어당기는, 빠져죽고만 싶은 호수, 오직 아미만이야. 아미야, 너만을 보고 싶어. 네 손을 잡고 싶어.'

시간이 흐를수록 감당하기 어려운 그리움 때문에 그는 그만 잠들고 싶었다. 그렇지만 잠은 쉽사리 오질 않고, 온 방안을 여보세요! 여보세요! 여보세요~가 꼬리를 물고 휘적휘적 돌아다녔다. 아미의 목소리구나, 싶어서 번쩍 눈을 뜬 순간, 그런데 목소리는 흔적도 없이 사라져버렸다. A4 용지 한 장에다 볼펜을 놓았다. 먼저 초승달처럼 희미하게 아미의 눈썹을 그리고는 심호흡을 한번. 다음엔 잔잔하게 물결치는 젖은 눈동자를 그렸다.

  이것은 처음 생긴 일, 시방 내 가슴이 가득 찼다. 이것은 참으로 알 수 없는 일, 시방 내 혼은 당신의 혼과 겹쳐 있다. 이것은 있을 수 없던 일, 시방 내 심연은 당신 외에 아무것도 담을 수가 없다.

  수첩에다 그렇게 메모하고는 아미의 얼굴 윤곽을 한 선 한 선 그려나갔다. 높지도 낮지도 않은 부드러운 콧날 끝에 소담스레 자리 잡은 콧방울, 그리고 보일락 말락 콧구멍이 그려졌다.

  '가만……, 입술 선은 어떻더라?'

  그는 책장 위의 아미를 바라보았고, 그러다 또다시 탄성을 질렀다.

  '그래. 똑 같았어. 저 입술이었어. 순결하게 살아있는, 아무런 더러운 언어도… 그렇지. 말을 안 하는 입술이어서 더욱 매력적이었지.'

  말을 하는 입술인지 말을 못하거나 안 하는 입술인지를 분간

할 수가 없으니 그녀의 입술이 잘 그려지지가 않았다. 입술을 그려 넣지 않은 채로 얼굴 윤곽을 갸름하게 그어 내리고는 머리칼을 하나하나 헤아릴 듯이 긋기 시작하였다. 그랬다. 오른쪽 모서리의 가리마에서부터 어깨로 차랑하게 내려얹힌 보드라운 머릿결을 하나하나 섬세하게 그려 넣기 시작했다. 그러면서 전화기 쪽을 틈틈이 돌아보았다.

'그래. 이 머릿결을 다 긋고 나면 전화가 올지도 몰라. 그녀는 「내가 안 왔는데도 왜 전화를 걸지 않았소?」라는 질문을 받기 싫어서라도 반드시 전화를 걸 거야. 조금만 더 기다리자.'

기다리는 시간에 할 일은 많기도 했다. 세수도 아직 안했고, 아침 끼니도 아직 때우질 않았고, 심지어는 용변조차도 미룬 상태였다.

'도대체 어떤 힘이 나를 이십대 청춘으로 끌어내리지? 왜 이리 옴짝달싹 못하게 묶어버리는 거지? 과연 이것이 그 원대하다는 사랑의 힘일까? 아니면 주책인가?'

목선과 어깨선을 마치 물결인양 한 줄로 긋고 그 위로 머리카락을 올올이 드리우자, 그녀의 벌거벗은 몸이 베일 같은 머리칼에 가려져서 보일 듯 말 듯 살결을 드러내고, 이윽고 전화벨이 울렸다. 신호가 두 번 울리자마자 얼른 수화기를 들었다.

"여보세요—"

그리곤 두근거리는 가슴을 꾹 억눌렀다.

"여보세요. 말씀하세요."

그러자 그만 전화가 끊기더니 한참 뒤에 다시 벨이 울리는 거였다.

'이번엔 틀림없을 걸. 아미다. 아미······'

벨이 대여섯 번쯤 울리도록 내버려두었다가 침착하게 수화기를 들었다. 손이 파르르 떨렸고, 목소리도 떨려나왔다.

"네—"

역시 묵묵부답이었다. 그의 속은 부글부글 들끓어갔다. 연달아 여보세요, 여보세요, 하다가 다시 간절한 음색으로 "말씀하세요." 하고 꺼져 들어가는 소리를 냈다. 그러자 뜬금없이, 웬 음률이 귀를 간질이기 시작하였다. 그는 깜짝 놀라서 수화기를 귀에 바짝 들이댔다. 모차르트의 피아노 협주곡 21번 제 2악장. 놀랍게도 그가 좋아하는 곡. 스웨덴 영화 <엘비라 마디간>의 주제음악.

"아미······"

한 군인이 탈영하여 애인과 함께 사랑을 속삭이며 도망쳐 다니는 장면들이 몹시 아름다운 시골풍경과 함께 펼쳐지는 영상이었다. 죽음의 미학. 두 발의 총성과 함께, 육체로서는 마지막으로 느껴질 죽는 그 순간의 아픔까지도 아름답게 표현한 영화.

'세상에서 가장 아름다운 불륜!'

그의 속은 착잡하게 가라앉았다.

'나더러 이 굴레를 과감하게 박차고 나오라는 부탁 아닌가? 끝내 죽고 말더라도 단 하나만의 사랑을 위해서는 탈영하라고?'

팽팽한 아미의 젊음이 아무 거리낌 없이 다가와 그를 옭아맸다.

"아미, 아미, 제발 말로 하자. 응?"

그녀를 감당할 수 있을지 하는 걱정이 앞섰지만, 일단 다그치기로 했다.

"맞지? 수예점 꿈 섶! 그렇지?"

이윽고 소리가 들렸다. 가느다란 한숨소리와 함께 수화기 놓는 소리가. …급했다. 마치 기다렸다는 듯이 전화기를 내던지듯 놓았고 욕실로 달려갔고, 부랴부랴 면도와 세수를 했고, 참았던 용변도 보고, 그리고 토스트를…

'아니, 빵은 먹지 않을 거야. 그게 어찌 목구멍으로 넘어가?'

그랬다. 전화를 건 사람은 바로 아미였다는 걸 확인하기 전엔 그 아무것도 뱃속에 집어넣을 수가 없었다.

시간은 아직도 오전 열시 경이었다. 그는 하등의 망설임도 없이 <꿈섶>의 문을 밀고 들어섰다. 그러나 주렴만 따그라랑 흔들렸을 뿐, 전기요를 깔고 앉은 아미는 무릎에 도톰한 담요를 덮고서 수를 놓고 있었다.

북처럼 팽팽하게 매어놓은 수틀 한마당에서, 예리한 빛살로만 형체 가늠할 바늘이 휙 치솟더니, 순식간에 곤두박질치며 놀빛 본견바닥을 사정없이 째고 숨고, 다시 날카롭게 번뜩이며 솟구친다. 꼿꼿이 칼날 세워서 하늘을 핑핑 날아다니는 협객의 춤사위처럼. 바늘귀에 꿰인 실은 그 몸이 가는 길 따라 외가닥 주름을 살랑살랑 잡으며 오르내리더니, 물밖엔 아무 것도 없어 보이는 물결에서 냉큼, 정어리 물고 흔드는 물수리의 날갯짓을 한다. 정맥이 드러날 만큼 하얀 왼손이 수실 꿴 바늘을 내리꽂으면 밑에서 대기하던 오른손이 날렵하게 받아 쥐는 동시에 찔러 올리기 때문이었다. 바늘 잡은 손끝을 맴돌던 땀방울에 겨워 겨워서 찌를 때마다 빽빽 외마디 비명을 지르던 바닥은, 아픔을 초월하다 하다 드디어 저녁놀 서럽게 깔린 하늘이 되었다. 하늘은 그의 가슴에 가만가만 목련꽃 한 송이를 피워내고 있었다.

경만의 손은 자신도 모르게 카메라를 끄집어냈고, 동시에 셔터를 눌렀는데, 그 짧은 순간에 불현듯 —예고 없이 사진을 찍는 게 내 취민걸요— 하고서 최승리의 목소리가 들렸다가 금세 지워졌다. 요란한 주렴소리에는 꿈쩍도 안하던 그녀가 카메라의 플래시가 잠깐 터질 때에는 번쩍 머리를 들더니, 그러나 그녀의 눈과 손은 이내 수틀로 되돌아갔다.

한 송이 목련꽃 같은 그녀가 저녁노을을 등에 업고 다소곳하게 서있는 상상을 하고 있는 사이에, 그녀는 수실을 두어 땀 마무리로 뜨고는 위에서 면도날로 잘라내고서야 수놓기를 마무리했다. 그때야 비로소 그녀가 손님을 응시하는데,

　연보라 신비한 빛깔이 주위에 어른거렸다.

　"수놓는 모습이 선녀 같습니다."

　찬사를 알아들었는지 어쨌는지 그녀는 입가에 잔잔한 웃음만을 떠올리고 있었다.

　"나한테 전활 했었소?"

　그녀가 화들짝 놀라며 황망히 손을 젓는다. 필요 이상의 반응에 그도 놀랐지만 더 이상 묻지 않기로 했다.

　"당신은 동화속 인어공주 같이 말을 안 하네? 말을 하면 물거품이 되어버린다고 누가 마술을 걸어둔 거요?"

　체념 섞인 눈망울로 머리만 까딱 하는 그녀.

　"그렇다? 어떤 마술할망구가 그랬소? 내가 당장 그 목소릴 찾아주겠소."

　그 순간, 손가락을 입에 대고 "쉬잇!"하는 그녀. 눈 깜짝할 틈이었다.

　"대체 말을 못하는 거요? 안하는 거요?"

　그가 정색하고 파고들자 아미는 짐짓 방글거리며 마치 장난질

처럼 그를 잡아당겨 앉히는 거였다. 그녀의 손힘이 어찌나 센지 바지가 흘러내릴 것만 같은 불안감에 그는 털썩 주저앉고 말았다. 자기도 모르게 끌어당기게 되어 미안했던지, 그녀는 웃음을 뚝 그치고 한참 입을 가리고 있더니 기침을 한 번 했다. 그랬다. 정상적인 기침을 했다. 그리고 메모지에다 크게 끌쩍였다. 경만은 얼른 작게 써도 알아본다고 말해주고 싶었지만 그만 두었다. 글쓰기를 무슨 소설처럼 길게 이어가는 그녀의 귓불이 빨갛다.

한참 후, 짐짓 사무적으로 그녀가 메모지를 내밀었다.

「제가 말을 안 하는지 못하는지 궁금하시겠지만, 언젠가는 자연스레 아시게 되겠지요. 굳이 지금 알려고 들진 마시기 바랍니다. 그리고 저희 가게에 오셔서는 항상 필담으로 해주세요. 선생님의 목소린 일체 내지 말아주시길 부탁합니다. 또 한 가지, 그때 버스 간에선 왜 저를 자세히 보셨죠? 제가 누구랑 닮았는가요? 근데 사진은 왜 자꾸 찍으세요? 노리개는 누구에게 선물하셨나요? 아참, 외상값은 가져 오셨나요?」

어처구니없었다.

"왜?"

순간 자기 손을 내밀어 남자의 입을 막아버리는 그녀. 마치 떠드는 아이의 입을 틀어막는 것처럼, ―말 들어!―라고 야단치는 모양새였다. 그런데 그녀의 손끝이 가야금 줄을 퉁기듯 퉁퉁거리며 그의 말초신경을 모조리 일깨웠다. 하기는 아미의 궁금증을 풀어주자면 말 보다는 글일 게 분명하였다. 그는 트집 잡는 아이의 표정으로 메모지를 앞에 놓은 채 생각에 빠졌다가 문장을 머릿속에 그려가며 글을 썼다. 그녀보다는 조금 느린 속도이지만, 언젠가는 소설 한 편을 쓰겠다는 소망을 버리지 않고 있는 그는 꽤 달필이었다.

「내 방엔 초상화가 한 점 있는데, 내가 갖고 있는지가 20년이 넘었소. 헌데 그 얼굴이 바로 당신 얼굴이었던 거요. 아미, 내가 아미를 <당신>이라 호칭하는 것은, 나랑 20년 넘게 살아 왔다는 친근감 때문이니 과히 나무라지 마시오. 물론 <당신>이란 호칭은 뉘앙스에 따라 달리 해석되어지겠으나, 남녀 사이엔 아주 가까운 인칭대명사이기도 하니 말이오. 어쨌건, 그날 좌석버스에서 당신을 발견하곤 심장이 멎는 줄 알았었소. 너무 닮았었거든. 향기는 같은지 어떤지는 모르지만 말이오. …나는 이제 당신을 찾은 거요. 이 세상에는 없을 줄 알았던 당신을 말이오. 아아, 당신은 내 오랜 연인이오.」

그리고 그는 순간적으로 그녀 귀에 입을 가져갔다.

"노리개는 언제고 당신에게 선물하려고 했던 거요."

한참동안이나 그녀를 바라보던 그는 외상값 2만원을 끄집어내어 그녀 손에 쥐어주고는 헛웃음 쳤다. 그때 아미가 경만이 채워 넣은 메모지를 끌어당겼다.

"내가 없을 때 읽으시오."

경만이 그걸 다시 자기에게 끌어당기며 그녀의 귀에 속삭인 후에 메모를 추가하였다.

「당신에게 가족이 있는지 궁금하지만, 당신이 가족이 있건 없건 나는 당신을 속 깊이 간직하고 있소. 당신한테 전화를 걸 테니 들어 주시겠소?」

그가 메모지의 한 귀퉁이를 찢어서 내밀자, 그녀는 어리둥절한 눈길을 보내던 끝에 자기 전화번호를 아미라는 서명과 함께 또박또박 적었다.

'아아, 아미! 전화를 받아주겠다는 무언의 대답!'

기쁨을 감출 길이 없어서, 그는 그녀의 등을 톡톡 두드려주곤 얼른 몸을 일으켰다. 그리고 밖으로 나갔다가 다시 가게 안으로 들어가선 그녀의 귀를 살짝 잡아당겼다. 장난꾸러기처럼.

"다음 토요일에 또 오겠소. 그 땐 꼭 차 한 잔 줘요. 자아, 곧장 집에 가서 당신한테 전화해야지. 안녕-."

그는 숨을 크게 내쉬었다.

'아미야! 두고두고 그리울 내 사랑스런 애인아!'

출근 직전 아미에게 전화를 걸었다.

"아미! 듣고 있소? 내 글을 다 읽었겠지? 그렇소. 나는 지금도 당신의 초상화를 바라보고 있는 거요. 언제 한번 와서 보시오. 우린 숙명적인 인연인 거요. 손 한번 안 잡았어도 당신은 내 각시요. 포옹 한 번 안했어도 나는 당신 신랑이오. 알겠소? 나는 요즘 내내 당신 때문에 앓고 있는데, 아마 상사병일 건데, 아미, 듣고 있소? 제발 뭐라 말 좀 해줘요. 도대체 어찌해야 당신 목소릴 들을 수 있지? 다음토요일이 되어야만 당신 얼굴을 볼 수 있거나 당신 목소릴 들을 수 있다는 거요? 하기야, 그날을 기다려야겠지? 그건 내가 정한 거니까… 그런데 과연 그때까지 내가 살아있을까?"

수화기 저쪽에서 나지막한 웃음소리가 들려왔다. 펜이 없이 목소리로만 말을 한다는 게 오히려 삭막하다니. 그는 울고만 싶어졌다.

"나는 지금 당장 너의 향기를 맡고 싶어!"

신음 같은 소리를 내뱉었지만, 아미는 좀 전의 그 웃음소리조차도 거두어버렸다. 하지만 그녀는 들을 수가 있었다. 들을 수 있기에, 듣기만이라도 해달라고 안타까운 심정으로 전화기 다이얼을 눌렀던 거였다. 그것은 이제 그의 일과로 굳혀지고 있었다.

출근하지 않는 날도 마찬가지였다. 응답 없는 전화라도 걸지 않으면 하루 종일 일을 손에 잡을 수가 없었다. 아침마다 같은 시간에 아미에게 전화를 걸어야만 개운했다.

"당신이 보고 싶다고. 아미, 듣고 있어?"

'아미는 도대체 무슨 생각을 하고 있을까? 평생 불감증이란 괴물에게 시달려온 남자의 치솟는 열정을 이해하고나 있을까? 가슴 가득히 내 말들을 저장해둔 걸까? 혹 메모지에 받아 적는 건 아닐까?'

그는 혼자 말하고 혼자 상상하다가 기어이 심심해져서는 수화기를 내려버리곤 했다. 그런 다음에야 일본어 번역 일을 책상위에 펼쳤다. 그러나 원고지와 책갈피엔 온통 아미의 얼굴만이 생글거리고 있었다.

'도대체 이렇게 어른거려서야 무슨 일을 한담?'

그는 아미에게서 단 한 마디의 말이라도 듣고 싶었다. 그래서 일방적인 통화라도 해보자고 전화기를 들곤 했지만, 해도 해도 돌아오지 않는 답신 때문에 그만 무력해져서 물러앉고는 열이 펄펄 끓도록 그 목소리만 그리워하게 되곤 하였다. 실물을 만나기만 해도 원이 없겠다고 했었는데 이젠 실물을 대하자마자 그 목소리를 듣고자하는 욕심을 갖게 되었다. 이왕이면 아미의 첫 목소리가 당신을 좋아한다는, 나아가선 당신을 사랑한다는 말이길 그는 간절히 바라고 기다렸다. 이제는 그 속삭임을 듣지 못해서 그는 갈팡질팡 미쳐버릴 심경이 되었다.

'사랑은 유치찬란하다더니, 구경만! 속물 다 됐어.'

최승리. 남자를 옴짝달싹 못하게 엮어버리고는 슬며시 달아나 버린 그 작은 악마가 새삼 아미의 모습으로 나타난 것 같았다.

'안 돼. 내 남은 삶을 이렇게 어지러운 아수라 형상으로 보낼 순 없어. 차라리 그날 버스를 타지 않았더라면 더 좋았지 않았을까?'

애써 후회한다는 것도 억지였다. 그의 가슴 밑바닥엔 육십이 다 되도록 이루어보지 못한 사랑이 도사리고 있었으니까. 못 말릴 사랑표 괴물이 거대한 풍랑을 일으키며 신음하고 있었으니까.

'그렇지. 제욕이다. 제욕……'

문득 까치호랑이 옆의 <제욕>을 응시하면서 차츰 가라앉아 가는 마음을 쓸어내리고 단정히 무릎을 꿇었다. 일에 몰두하려는 거였다. 그러나 일을 하긴 글렀다. 한동안 손을 놓았던 취미가 되살아났기 때문이었다. 삽화 곁들인 편지지를 꼼꼼하게 만들어서는 여러 장 복사해서 보관하는 일. 그저 이런 작업을 함으로써 그는 안정을 찾을 수가 있었고 남모를 행복감마저 들기도 했다.

불현듯 전화가 울었다.

"예―"

조심스레 응답했지만 저쪽에선 아무런 기척이 없었다.

'아미? 제발, 한숨이나 웃음소리라도 보내주렴.'

그러나 섣불리 판단할 수도 없었다. 장난전화가 극성부리는 시대 아닌가.

'여보세요'를 두 번 반복해보았다. 여전히 아무 소리도 들리지 않았다. 그래서 막 수화기를 놓으려는 찰나, 뜻밖에도 웬 트로트가 수화기를 타고 흘러나왔다.

'이게 웬 일?'

모차르트나 베토벤을 무척이나 좋아하여 그걸 즐겨 듣곤 하는 그는, 뜻밖에, 그것도 오디오 스피커가 아닌 수화기로 트로트를 듣게 된 거였다.

'누가 이런 장난을?'

그러나 음악이 끝나기도 전에, 덜컥 수화기를 내려놓는 순간에, 그는 갑자기 깨달았다.

'아아, 바로 네 전화였어. 무슨 이유에선지 목소리를 낼 수 없었던 너는 슬기롭게도 트로트를 통하여 말을 전하려고 했어. 얼마나 무안했을까. 너는 겨우 싹틔워 꽃피려던 사랑의 감정을 도로 집어넣었을지도 몰라.'

둔감하기 짝이 없었던 자신의 행동에 화가 치밀었다. 하지만, 그는 부랴부랴 다이얼을 눌렀다.

"아미? 그래. 말없음의 싸인은 바로 당신이 아미라는 그 뜻이겠지? 좀 전의 그 전화, 아미가 한 거 맞지? 트로트를 틀었었지?"

대답이 없었다. 대답이 있을 까닭이 없었다.

'단단히 삐져서는 그나마도 틀지 않을 참이군.'

속에선 실망감이 웅기중기 모여 맴돌기 시작했다.

'이건 미친 짓이지만, 난 너를 사랑하는 걸? 놓칠 순 없는 걸?'

그는 조용히 말을 잇기 시작했다.

"트로트로 통화를 한다는 것도 괜찮은 방법이야. 한번만 더 들려줄 수 있어? 이번엔 전활 끊지 않고 잘 들을게. 부탁이야, 아미!"

그러나 그녀는 끝내 전화기를 놓아버린 모양이었다.

'저걸 안 보이는 곳에 감춰야겠어. 갑자기 없어지면 여우같은 할망구가 이상하게 생각할 거고.…… 앞에다 책들을 좀 쌓아두자.'

기어이 의자를 딛고 서서, 그는 그림 앞에다 차곡차곡 책을 포갰다.

매화꽃무늬 문신

윤기나, 그녀는 단지 여자로 태어났다는 이유 때문에 어머니와 함께 고향 남해를 쫓겨나야 했다. 오대독자 집안에 맏딸의 탄생. 하지만 그녀가 그야말로 맏딸이었으면 좀은 덜 억울했을 것이, 그녀의 위에 장장 스물네 살 터울의 이복언니가 있었다. 아버지의 첫 부인은 그 언니를 낳자마자 저세상 사람이 되었고, 그래서 언니는 어릴 때에 외갓집에 보내버린 것이었다.

할머니는 대가 끊어지겠다며 노심초사, 양아리 서불과차 거북바위는 물론이고 고추모양을 새겨놓은 다정리 고인돌, 심지어는 보리암 삼층석탑에까지 가서 별의별 치성을 다 드렸지만, 기나 밑으로는 좀처럼 소생이 생기지 않았다. 그것은 기나가 터를 잘 팔지 못해서라며, 할머니는 모녀를 3년간이나 구박하다가 급기야는 쫓아내었다. 이윤즉슨, 점쟁이의 말 때문이었다. 아들 보기 위하여 재취를 들였는데, 본처와 그 소생이 집에 버티고 있는 한 생남할 수 없다는 것이었다. 그래서 어이없게 쫓겨난 모녀는 강원도의 군부대 옆에서 음식장사를 하며 생계를 이어가게 되었고, 10여년 후엔 뜬금없는 남동생이 생겼다. 미련을 못 이겨 찾아오곤 하던 아버지 최상식 씨 덕분에 생긴 기나의 친동생이었다. 그러나 어머니는 이미 이혼을 한 상태여서 본댁으로 들어갈 처지가 못 되었다. 본댁엔 후취가 낳은 삼남매가 버젓이 살고 있었으며, 그 일남 이녀가 아버지의 상속인이 될 거였다. 그런데도 아버지는 끈질기게 쫓아다니며 아들을 달라며 졸랐고, 어머니는 죽으면 죽었지 아들을 못 준다고 버텼다. 그래서 와자한 싸움판이 벌어지기 일쑤였는데, 어머니는 '아들 못 낳는다고 내쫓을 땐 언제고, 십년이 넘은 지금에 와서 아들을 달라고 생떼를 쓰느냐. 집에 있는 그 여자를 몰아내고 나를 다시 입적시켜주면 또 모르지만, 아들을 그냥 뺏기진 않겠다.'하고 조건을 내걸며 악을 썼다. 그러나 원래의 주장을 조금도 굽히지 않고 윽박지르다가 급기야는 폭력까지 휘두르는 아버지.

다시는 그 집안과 인연을 맺지 않겠다고 독한 마음을 먹게 된 어머니는 아들 낳기 전엔 호적에 올릴 수도 없어서 방치되었던 딸에게 자신의 성 '윤'을 부여하였다. 윤기나. 윤기가 졸졸 흐르는 머리칼을 지녔다고, 또 윤기 흐르는 여자가 되라고 그렇게 지었다. 어쨌든 이 모든 화근이 딸에게 있는 거라며, 아버지는 기나가 눈에 띄기만 하면 잡아먹을 듯이 화를 내며 폭력을 휘둘렀는데, 그래서 결국 어머니는 남매를 이끌고 서울 변두리로 도주했고, 기나가 중학교 2학년이 되었을 때에 덜컥 위암에 걸려 세상을 버리고 말았다.

윤기나. 그녀는 혼자 꼿꼿이 서야했다. 혼자서 살림을 해야 했고 엄마노릇도 해야 했고, 학교도 다녀야 했다. 거기다가 생활비도 벌어야 했다. 조금 모아두었던 돈은 이미 어머니의 병원비로 바닥이 나 있는데다 더러 빚조차 있었다.

"어린 것이 아기까지 데리고 어찌 사누. 어디 양자라도 주어버리지 그래."

그러나 어린 나이에 파란만장을 겪은 기나는 더 기막힌 사연이 있는 기호를 도저히 남의 손에 맡길 수가 없었다. 둘이서 함께 양자 양녀로 들어가는 것도 내키지 않았다. 그래서 야간학교로 전학을 했다.

그녀는 동생 기호와 한 시간 이상을 떨어지지 않았다. 손재주가 남달리 뛰어난 그녀는 수예점엘 취직해서 보통 어른의 한 몫을 거뜬히 해냈고, 그러다 자연히 여러 가지 수예 기법도 익혔다. 무엇보다도 다행인 점은, 기호가 건강하고 얌전하게 누나 곁에 있어준다는 거였다. 네 살짜리 기호는 누나를 돕는답시고 바늘에 실을 꿰이는 일도 곧잘 했다. 기나는 동생을 학교에도 데리고 다녔는데, 그래서 기호는 네 살부터 중학교에 다니는 셈이었다.

그리고 야간여상 2학년에 다니고 있던 어느 가을이었다. 학교 문예부에서 펼쳐진 <문학의 밤> 행사를 끝내고 돌아올 무렵에 한 남자가 그녀를 가로막았다.

"시낭송을 들었어. 네가 지은 거니?"

그렇게 서두를 떼고서 그는 다짜고짜 근처 다과점으로 남매를 끌고 갔다. 그리고 어린 기호에게 수시로 신경을 쓰며 빵이니 음료수를 먹이는 거였다.

"내 이름은 김형석이야. 육군하사지. 이곳에 파견근무 나와 있던 중인데, 널 따라다닌 지는 벌써 보름째야. 눈치 못 챘나 보군. 네가 너무 경황없이 사느라 그랬겠지. 나 오늘 단도직입적으로 말하는데, 네가 나한테 시집와주면 좋겠어."

"시집이요? 나랑 아저씨랑 결혼한다구요?"

까르르 웃음 터뜨리는 기나 앞에서 형석은 더욱 심각한 얼굴을 했다.

"널 업신여겨서도 아니고, 농담도 아니야. 아직 결혼할 나이는 아니겠지만, 넌 결혼을 해야 안정된 삶을 누릴 수 있다고 본다. 네 동생도 내가 다 키워줄게. 그렇게 하자. 응?"

"왜 하필 저한테 그러는 거예요?"

"널 좋아하니까. 너에게 반했으니까. 널 그냥 내버려둘 순 없으니까."

직업군인이고 잘생긴 남자 김형석. 그러나 기나는 그저 어처구니없을 뿐이었다.

"전 학교를 마쳐야 해요."

그러나 형석은 포기하질 않았다. 그는 기나가 여상을 졸업할 때까지 끈질기게 기다렸다. 그러면서 호시탐탐 그녀의 생활 내부에 깊숙이 관여해 들어 왔으며, 그녀가 졸업하자마자 결혼을 서둘렀다. 시골 부모님을 설득하여 결혼에 성공한 거였다. 그런데 얼마 안 갔다. 그녀에게 어린 동생이 딸려있다는 것을 알게 된 시집 식구들은 대경실색하여 이혼을 종용했다. 고아라는 것만 해도 못마땅했는데 딸린 혹까지 있었다니, 도저히 용납 안 되는 일이었다. 손위 시누이와 시어머니가 번갈아가며 신혼집에 들이닥쳐서는 발칵 뒤집어엎기가 예사였다. 그것이 한 달에 두 번꼴로 주기적으로 계속되자, 김형석 역시 사람이 변했다. 흡사 예전 기나의 아버지처럼 폭력을 휘두르는가 하면, 혹여 아내가 다른 곳으로 도망치지나 않을까 싶은 나머지 의처중까지 발동시키곤 했다.

사실 그녀도 형석을 사랑한 적이 없었다. 그의 끈질긴 구혼에 항복했을 뿐이었다. 하지만 날이 갈수록 후회했고, 날마다 도망칠 궁리를 하지 않을 수가 없었다. 그러나 번번이 실패했고, 그럴수록 단속의 끈만 한 구멍 씩 좁혀져갔다.

형석은 어느 순간부터 아내에게 고문을 시작했는데, 첫 시도의 흉기는 펜치였다. 그는 펜치를 아내의 발 앞에 겨누며 줄을 그었다.

"여기서 한 발짝이라도 움직이면 발톱을 빼버릴 거다. 한 발짝에 한 개씩."

말만 들어도 우들우들 떨리는 그 협박이 차츰 행동으로 옮겨지고 있었다. 그녀는 거의 신혼 초부터 10년간 내내 고문을 당해온 셈이었다.

<수예점 꿈섶>, 몇 년 전 화곡동으로 이사 오고 난 후에 차린 기나의 가게였다. 기나가 수예점을 하는 것은 남편을 안심시키는 한 방편이기도 했고, 그녀의 낙이기도 했다. 아기는 세 번 임신되었으나 세 번 다 3개월 만에 유산되었었고, 그 뒤로 기나는 내내 아기가 생기질 않았다. 그 결과 형석은 그녀를 붙들어 맬 끈이 없어져버렸다. 게다가 기나의 시어머니와 시누이는 아직도 틈날 때마다 미련 없이 이혼해버리라고 형석을 충동질 해댔다. 그래서 기나는 자연히 수예점에만 매달리곤 했는데, 가끔씩 수예품 재료를 사러 나갈 때면 으레 형석에게 통보해야 했고, 소요 시간을 관리당해야만 했다.

형석은 가게 전화기에다 도청장치 하는 걸 자기 취미로 삼은 사람이었는데, 세월이 오래 지속되다 보니 기나 역시 그 도청장치를 유효적절하게 이용하는 데에 일가견을 이루었다. 낮엔 도청장치를 제거했다가 밤엔 다시 설치해놓곤 하는 기술자가 된 거였다. 그도 그럴 것이, 혹여 잘못 걸려온 전화일지라도 그게 사

내 목소리일 경우엔 반드시 그 목소리의 출처를 대라하며 제 아내를 복날 개 패듯 두들겨 패곤 했기 때문이었다.

전화기에서 건수를 올리지 못한 형석은 작전을 약간 달리해서 가게 내부 어디엔가 도청장치를 해두었다. 그리고는 근처에다 CCTV를 장치해두기까지 했는데, 도청장치 대처방식에 달인이 되어버린 기나가 그런 상황을 알아차리지 못할 리가 없었다. 바로 그런 이유였다. 구경만에게 아예 벙어리 행세를 한 원인이 거기에 있었다. 그리고 마음이 한없이 공허했던 그녀는 한편으론 두려워하면서도 구경만을 기다렸다. 어느 순간인지도 모르게 그를 사랑하게 된 자신을 깨달은 거였다. 세상에서 가장 아름다운 불륜, 영화 <엘비라 마디간>은 그녀가 추구하는 사랑의 형태였다. 언제부턴가 그 형태만이 진정한 사랑의 표상이었다. 구경만에게 있다는 초상화와도 같이, 어쩌면 그녀의 사랑은 숙명인지도 몰랐다.

"그 작자, 누구야? 당신 애인이야?"

며칠 만에 한 번씩 집엘 들리곤 하던 형석은 이번엔 아예 도청장치의 성과보고를 듣고 CCTV 녹화 자료까지 확보하고 들이닥쳤다.

"무슨 말이에요?"

"화냥년. 남자 불러들여 연애질이나 하라고 가겔 차려준 줄 알어?"

처음부터 극구 부인해야지만 별일 없었던 거라고 인정받을 수 있어서, 그녀는 히스테리까지 부리며 아니라고 지치도록 부인했다.

"다 알고 있어. 당신 수놓는 모습이 선녀 같다고 한 놈 말이야. 내가 캐내기 전에 불어. 미리 불면 용서해줄 테니깐."

그녀는 입술을 깨물었다.

'이럴 줄 알았음 첨서부터 숫제 필담으로 하자 그럴 걸······.'

그런데 따지고 보면 구경만이 못할 말을 한 것도 없었다. 정작 간지러운 말들은 글자나 귓속말로 했었으니까.

그날 밤,

건넌방의 처남이 기척 없이 자고 있을 시각이었다.

형석은 보일러실로 아내를 끌고 들어가 이미 갖다 둔 의자에 앉혔다. 그리고 랜턴을 딸깍 켜서는 그녀의 눈에다 초점을 맞췄다.

"소리 지르면 죽는 줄 알어."

그는 나지막하게 으르는 한편 수건으로 그녀의 입을 틀어막았다. 그리곤 두 팔을 의자 뒤로 젖혀 손목 두 개 포개어 묶고는 두 발목도 묶었다. 그녀는 비명을 질렀지만 소리는 그저 "우—" 하고 아주 낮게 흘러나올 뿐이었다. 그런데도 형석은 무서운 눈초리로 그녀를 노려보며 "한 번만 더 내질러. 확 그냥—" 하고는 자기 아내의 잠옷을 찢어발겨 알몸이 드러나게 만들었다. 안 그래도 한기가 온 몸에 엄습하던 판이어서 입었거나 벗었거나 별반 차이가 없었지만 알몸이 되면 오히려 동정이라도 사지 않겠는가 하는 어쭙잖은 생각이 그녀의 머리를 스쳤다. 하지만 그런 생각은 한낱 사치에 불과했다. 남편은 아내의 온몸 구석구석을 샅샅이 비춰보며 어떤 불순한 흔적을 찾아 혈안이 되었고, 그녀는 남편이 핏발 선 눈으로 침까지 질질 흘리고 있을 것만 같아 차마 눈을 뜨기가 무서웠지만, 눈을 감을 수도 없었다. 언제 무슨 새로운 방법으로 린치를 가해올지 상상하기조차 겁났다. 아내는 그의 변태적인 가학행위에 동조하고자 자기최면을 걸었다. 하지만 남편은 이내 싫증내더니 이번엔 버너에 불을 붙이고 그 위에다 손잡이가 있는 기다란 쇠꼬챙이 두 개를 올리는 거였다. 쇠꼬챙이가 벌겋게 달아오르는 동안 아내는 너무나 무서워 그것에서 눈을 뗄 수가 없었다.

"그놈이 너한테 어떤 짓을 했는지 솔직하게 불어."

벌겋게 달구어진 쇠꼬챙이 한 개가 그녀 바로 눈앞에서 잠깐 멈추더니 서서히 자리를 옮기고 있었다. 그녀의 눈동자도 그것이 오가는 길을 잠시도 놓치지 않았다. 더 이상 추위도 느껴지지 않았다. 서서히, 불기둥 같은 그것을 따라 눈동자를 굴리는 한편 상념에 빠져들었다. 공포감을 없애는 방법 중의 하나였다.

'선생님, 이런 치사하고 끔찍한 린치를 심심풀이처럼 하는 사람이 내 남편이라는 사실을 어떻게 증명해보일까요? 혹시라도 여기서 이 남자의 성정을 돋운다면 나는 아마 살아남질 못하겠죠…… 선생님이 나를 데리고 달아날 수 있다면 얼마나 좋을까요? 선생님이 독신이라면 얼마나 좋을까요?'

"눈알 굴리지 마! 감지도 마! 꼼짝 하기만 해봐. 네 등에 매화꽃 가지를 새겨주겠어. 꽃이 가지에 붙어야지, 하나 씩 떨어져 있으니 네가 바람이 나는 거야."

그녀의 등엔 매화꽃이 여러 송이 새겨져 있었다. 그것은 사실 매화꽃무늬의 문신이 아니었다. 원래는 별자리였다. 안드로메다 별자리였다. 쇠사슬에 묶인 안드로메다의 형상을 나타낸 별자리를 그대로 닮은 녹두알 크기의 점들이었다. 그런데 형석이 그 점하나하나에 매화꽃잎 다섯 장씩을 새겨 넣은 거였다. 벌겋게 달아오른 쇠꼬챙이는 마치 등불인양 그녀의 등에 새겨진 별자리, 아니 매화꽃무늬문신을 비춰주고 있었다. 남편이 오랜 세월동안 꼼꼼히, 담뱃불로 지진, 이른바 작품이었다.

식어버린 쇠꼬챙이를 다시 버너의 불 위에 올려놓고서 그는, 화라락! 불똥이 튈 것만 같이 잘 달구어진 다른 쇠꼬챙이를 들어

올려 아내의 코앞에서 빙글빙글 돌렸다.

'그래. 꼼짝 안할 거야. 난 그 분만 생각할 거야.'

그녀는 눈의 초점을 허공에 모은 채 구경만과의 대화를 떠올리고 있었다.

'손목 한 번 못 잡았지만 너는 내 각시. 포옹 한 번 못했지만 나는 네 신랑, …세상에 그런 엉터리 부부가 어디 있나요?'

달달한 꿈에 취한 채 그녀 얼굴에 미소가 번지고 있었다. 의심받고 있는 바에야 차라리 이런 상념에 빠져있는 게 낫다고 자문자답하면서, 이런 건 죄가 되지 않는다고 스스로의 상념을 합리화시켜갔다.

'보기 좋게 복수하는 거야 나는.'

아내의 입술에 회심의 미소가 떠오른 그 순간, 남편이 항복했다. 매화 가지는 차마 만들지 못하고 어르기만 하던 그는 제풀에 싫증나서 꼬챙이를 던져버린 거였다. 그리곤 아주 부드러운 목소리로 소곤거리기 시작했다.

"이건 다 널 사랑해서라고. 양해하지? 윤기나!"

아내는 이를 딱딱 부딪치며 치를 떨었다. 악행을 저질러놓고는 그것을 뉘우치기는커녕 합리화시키기까지 하는 남편. 남편은 아내가 전혀 양해할 기색이 없다는 걸 알았지만, "좋아!"하고 큰소리치고는 아내의 결박을 풀어준 다음 방으로 부축해갔다. 그리고 찢어진 잠옷을 쓰레기통에 쑤셔 박았다.

"그놈에게 새것 사달라고 해!"

후끈한 방안 공기에 질식할 것처럼 쓰러진 아내를 남편이 일으켜 세웠다.

"윤기나! 저 시계바늘이 네 시를 가리키면 말이야, 그때에 침대에 누워. 알겠지? 그 동안, 네 시까진 부동자세로 있는 거야."

침대를 비워놓고 바닥에 큰 대자로 누운 그는 툭 불을 꺼버렸다. 그의 머리맡 경대 위에 놓인 탁상용 야광시계가 01시 30분을 가리키고 있었다.

'언제고 탈출하자. 탈출하면 그만이야.'

미쳐버릴 것만 같다는 예감도, 탈출하면 그만이라는 생각도, 이제는 만성이었다. 보일러실에서 한 시간이나 시달렸다는 계산을 하며 시계를 노려보고 있는데, 잠시 드르렁거리며 코를 골던 그가 마치 용수철 퉁겨 오르듯 몸을 일으키더니 다시 으름장을 놓는다.

"네 시라고 그냥 기어 들어가면 혼나! 진술서를 써놓고 기어들어가란 말이야."

그러고 다시 드러눕더니 금방 또 코를 골기 시작한다.

시간이 얼마나 흘렀을까… 기나는 살그머니 쪼그려 앉았다. 형석의 코고는 소리가 잠시라도 끊긴다 싶으면 얼른 몸을 일으켜야 하므로 바짝 긴장한 채로…… 그러다 한 순간, 그녀의 맨몸이 마구 어둠을 난도질하며 앞뒤 좌우로 흔들리기 시작했다.

'죽고 싶어. 죽고 싶어…… 하지만 기호는 어떡해?'

차랑하게 흘러내린 머릿결이 맨살을 부드럽게 쓸고 있을 때에 침대에선 폭신한 이불이 그녀를 고문했다.

'네 시……'

그녀는 발을 바닥에 밀착시킨 채 더듬더듬 미끄러뜨렸다. 하지만, 엄지발가락이 그만 남편의 겨드랑이를 살짝 건드리고 말았다.

"뭐야!"

벼락 치는 소리와 동시에 아내를 꽉 넘어뜨리고서, 남편이 이죽거렸다.

"하이고, 이 백여시야. 시계바늘을 돌려놓으려고 그랬쩌? …… 졌다. 거기 스텐드 켜고, 진술서만 써놓고 가서 자라."

"낮에 써놓을게요. 지금 못 자면 나 죽을 거 같아."

어린아이처럼 꿇어앉은 기나가 온 힘을 다해 애원작전을 시도하자, 남편의 내부에 뜬금없는 연민이 일었다.

"그래. 오케이! 내가 또 졌다. 대신에……"

그는 씹다 버린 오이지 같은 자신의 물건으로 아내에게 마지막 린치를 가하고는 거짓말처럼 꿇아 떨어졌다.

기나는 입을 틀어막으며 욕실로 달려 들어갔다. 그리고 타월에 잔뜩 비누거품을 내어 몸을 싹싹 문지른 뒤에 찬물을 덮어썼다. 온몸에 처발라진 그의 체액이 진저리쳐지게 더러웠다. 자학심리가 천장을 뚫을 것만 같이 치솟았다.

이를 덜덜 부딪치면서도, 왼손으론 침대 위의 이불을 걷어쥐고 오른손으론 탁상시계를 들고서 주방으로 갔다. 그리고 알람을 다섯 시로 맞춰놓은 다음 이불속으로 들어가 몸을 돌돌 말았다. 도무지 잠이 오지도, 잠을 이룰 수도 없었지만.

치도곤을 당한데 대한 보상이 필요했다. 그 보상은 어디에서 건지는가? 아무리 구경만과의 사랑을 떠올리려 해도, 그것이 너무 미미하고 허황된 것이어서인지 자꾸 서러움만 복받쳤다. 어머니가 그리웠다. 순응적이면서도 줏대가 있으며, 상냥하면서도 무서운 고집을 부리던 어머니가 그리웠다. 자기 딸인데도 불구하고 딸이라는 이유 하나만으로 딸을 천시하며 학대하던 그 아버지조차 그리웠다. 그래도 혈육이라고 그들이 보고 싶었다.

'지금은 많이 달라졌을 거야. 기호를 데리고 한 번 내려가야겠어.'

하지만 지난해와 지지난해 여름방학 때 기호를 데리고 도망쳤다가 붙들렸던 기억이 아프게 되살아나자 벌떡 몸을 일으켰다. 그리곤 찬장 한 구석에서 담배갑을 꺼내었고, 담배를 한 개비 빼어 물고는 불을 붙였다.

으레 그랬듯이, 남편은 기절한 자기 아내를 물에서 끌어올려 바닥에 눕히는 것과 동시에 병 주고 약 주는 식의 형식적인 절차를 밟았다.

"미안해. 당신을 너무 사랑하다보니 그렇게 됐어. 마음 풀어 응?"

아내는 코로 입으로, 그리고 온몸으로 물을 줄줄이 흘리며 죽은 듯이 누워있었다. 꿈이라고, 이건 꿈이라면서 안간힘을 썼지만, 그녀의 눈앞에 버티고 서있는 붉으죽죽한 고무물통이 현실을 짚어주고 있었다.

'당신은 물이 채워진 내 안에 집어넣어져서 수십 번이나 떠올랐다 잠수했다 하였습니다. 그럴 때마다 당신의 머리통은 꼬르륵 소리를 내며 자맥질했지요. 당신을 너무 사랑하는 당신남편이 머리채를 꽉 거머쥐고 쿡 처박았다가 끄잡아 올렸다가 하였기 때문입니다. 왜 진작 기절하지 않았습니까? 저번에는 시멘트 블록을 당신 머리에 얹어놓는 바람에 당신이 좀 빨리 기절했고, 그래서 살았습니다. 조금이라도 빨리 기절하면 당신 남편은 더 이상의 재미를 못 느끼게 되겠지만, 그래도 기절하는 길이 바로 살길이라고, 몇 번이나 말해야 합니까? 왜 계속, 살려달라고 비

명을 질렀습니까? 재빨리 기절해버렸으면 고생을 덜했지요.'

"다음번엔 뚜껑을 찾아서 덮고 블록도 새로 구해서 얹을 테니까, 갈 테면 가봐. 알아서 기란 말이야…."

아내는 남편의 소리가 완전히 멀어졌다는 것을 확신하고서야 몸을 일으켰다. 그리곤 애꿎은 고무물통을 퍽퍽 쳐댔다.

"번번이 잊어버린다고! 그놈의 고문을 일초라도 앞당겨 쫑 내는 방법이 왜 그렇게 금방 안 떠오르는지 몰라! 야이, 찢어 죽일 물통아! 좀 빨리 가르쳐주지! 실컷 당한 후에야 사람 놀리면 못쓰지… 뚜껑도 내다버렸고 블록도 멀리 치워버렸으니 이젠 너 차렌 거 몰라? 쇠 젓가락을 불에 달구어 지져 죽일까? 구멍을 내버려? 참말로!"

축축한 머리칼을 쓸어내리던 손톱이 뒤통수를 스치자 따끔한 통증이 왔다. 며칠 전에 야구방망이로 기습당한 자리였다. 그녀는 마치 구관조처럼 지껄이는 자신을 감정 없이 구경하고 있었다.

"사랑한대! 너무, 사랑한대… 내 남편이여! 진정으로 날 사랑한다면 나를 콱 죽여야 했다. 차라리 죽여 버리는 게 사랑이다. 마약, 마약이 필요하다. 미쳤다가는 끝내 걸레같이 헤진 가슴을 쓸어안고 시름시름 죽을 것이기 때문에, 미치기 전에 고문을 잊어야 한다. 죽지 않으려면 오히려 내가 너를 죽여야 한다. ……근데 내가 왜 여기 있지? 하도 자주 맞아 건망증이 왔어."

그녀는 허겁지겁 여기저기를 뒤지던 끝에 싱크대 서랍에서 담배를 찾아내고는 불을 붙였다. 싱크대에 달라붙은 듯이 앉아 옷이 거의 말라갈 시간까지 담배를 태우다가는 별안간 치를 떨었다.

"그래. 이제 생각난다. 오늘도 당한 거야!"

싱크대 문이 부서져라하고 쾅쾅 머리를 박았다. 온몸을 떨다 떨다가 기어이 아무리 맞아도 목숨이 붙어있는 짐승처럼 눈을 까뒤집고는 피를 토하듯 울부짖었다.

"죽일 거야! 죽·여·버·릴·거야!"

갇혔던 영혼이 되살아나듯, 담배연기는 핼끔핼끔 곁눈질하며 솔솔 빠져나가고 있었다.

유영수는 언제나 "저녁 드셔야죠?"라고 묻는 게 퇴근인사였다. 그 대답이 "불 올려!"라는 3음절이면 불만 올리면 되게끔 저녁 준비를 다해놨다는 뜻이고, "괜찮아!"라는 3음절이면 저녁 생각이 없으니 혼자 라면이라도 끓여먹으라는 뜻이고, "먹었어!"라는 3음절이면 남편이 해먹고 남겼을법한 음식을 찾아 먹거나 엎어지면 코 닿을 곳에 사는 딸네 집으로 한 술 얻어먹으러 가라는 뜻이었다.

　강의를 일찍 끝내고 오는 날이 태반인 구경만은 주로 귀가 길에 시장을 봐와서는 나름대로의 점심이나 저녁식사를 만들어먹곤 했다. 마음 내킬 땐 시원한 대구탕이나 두부찌개를 그럴싸하게 끓여먹은 다음 혼자서 커피를 마시며 편안히 앉아 번역 일을 펼치곤 하는데, 으레 음식을 넉넉하게 해서 아내가 먹도록 남겨놓는다. 남편이 만든 음식을 먹어치우는 데에 상당히 익숙해지고 재미도 붙인 아내는, 그래도 말로라도 "저녁 드셔야죠?"라고 묻는 예의 지키기에 성심을 다했다. 하지만 간혹 그런 문답 절차에 짜증이 나면 경만은 불쑥 "내가 부엌데기야?"라는 뜬금없는 7음절짜리 대꾸로 레퍼토리를 바꾸곤 한다. 그러면 마누라는 마누라인 그녀가 움찔하게 되고, 잠시 자기 자신의 정체성에 대하여 묵념하게도 된다. 늘 손님 같기만 한 아내와 살고 있다는 것. 우스꽝스럽기 짝이 없는 노릇이다. 그래서 '오늘은 김치찌개야. 돼지고기 숭숭 썰어 넣고 들기름에 들들 볶아서 안쳐놨으니 거기 물 붓고 불만 올리면 될 거요.' 라고 자상하게 말해도 될 것을 그냥 늘 하던 레퍼토리에서 택일한다.

　"불 올려!"

　하루 종일 다른 사람 천당 가게 해주느라 발이 부르트도록 다니다가 집이라고 찾아든 마당이라 새삼스레 불을 올리고 밥을 푼다는 게 귀찮을 법도 하였다. 그런데 뜬금없이 살가운 표정을 짓는 저 저 무늬만 마누라쟁이!

"연이아버지, 연이가 또 수술을 하려나 봐요."

"또 계집애라던 모양이지?"

별로 놀라운 소식도 아니었다.

아내의 딸 정연이는 스무 살에 시집을 가서 다음해에 딸을 낳았으며 그로부터 서른 중반인 이날까지 수술을 세 번이나 했다. 아들이기를 바라며 양수검사를 해보면 딸이어서 제꺼덕 수술해버리고, 몇 개월 지났나 싶으면 또 임신을 해서 초음파검사인가 뭔가를 했더니 또 딸이더라. 그러니 이번에도 수술해야겠다. 그렇게 해온 것이 도합 세 번이었다. 그래서 정연의 몸은 그저 바람만 건듯 불어도 날아갈 지경으로 여위었는데, 하지만 입에서 나오는 변명은 사뭇 거국적이었다.

"딸 아들 구별 말고 둘만 낳아 잘 살자 운동한테 물어보세요. 향토예비군훈련 갔다가 정관수술 당하였던 시대에 부응하여 태어난 우리 남편은 그래서 자기 누나 밑으로 달랑 외동이고, 누나는 하나 키우기도 힘들다. 하나만 낳아 잘 기르자, 하는 가족계획에 부응하여 달랑 아들 하나, 지금은 아무리 무자식이 상팔자다. 돈 없어 못 키운다 하고 비명을 질러대도 셋 낳으면 혜택 준다 하는 헛공약에 자칫 뽕 가서 줄줄이 낳았다간 쪽박 차기 똑 알맞은 시대라 이거예요. 하지만 셋 중에 하나라도 아들이면 그나마 키울 맛이 나겠지만, 줄줄이 딸만 생기는 걸 어떡해요. 첫딸은 살림 밑천이라 하니 그렇다 치고 어떻든 우리 시부모님께 대는 이어 드려야 며느리 된 도리 아닐까요?"

"미쳤어. 죽을라고 환장함 뭘 못해! 언제 온대?"

"낼 당장요."

"자알 한다."

그러나 속으로는 연민이 끓어올랐다. '미안해요. 당신이 또 고생이겠수. 그 보답으로 오늘 저녁은 제가 차리는 거유. 물론 내일 아침밥도 차려드릴께.' 하고 무언의 맹세를 하고 있을 아내의 처지가 짐짓 불쌍해진 것이었다.

"이번에도 한 보름 미역국을 잘 얻어먹겠군. 근데, 아무래도 그 아이 죽이겠다. 웬만하면 단산수술도 함께 하라 그러지. 요즘 세상에 아들이 뭐 그리 대단하다고."

어미 말을 들어먹을 딸년이 아니란 걸 번연히 알면서도 그런 관심의 말 한 마디가 친정아비의 의무라도 되는 것 마냥 슬쩍 던져본 말이었다.

"낙태하는 건 크나큰 죄악이래도 말을 안 듣고…… 죄 받아 죽어도 싸지 뭐."

"자기 딸한테 무슨 그런 악담을 해?"

"아휴 그럼, 당신은 그년이 친딸이 아니라서 걱정하는 척만 하시는 거유?"

"이거 왜이래? 난 정연이가 내 친딸이 아니란 생각은 잠시도 안했는데 당신이 일깨워주고 있잖아? 그런데, 우리가 부부야? 양심이 있는 거야, 없는 거야?"

"내가 뭐, 강제로 합치자고 했남?"

아내가 실실 웃으며 무릎걸음을 치더니 남편 바로 코앞에 얼굴을 들이밀었다.

"호호호, 고추 달린 손주, 정말 안 보고 싶어? 정연이가 겉으론 제 시부모 핑계를 대지만, 사실은 쓸쓸하기 짝이 없는 친정애비를 위해서 그러는 거랍디다."

"으이그 맙소사!"

그는 뒤로 벌렁 드러눕다 말고 소리를 빽 질렀다.

"찌개 다 탄다!"

"오늘, 당신 방에서 자고 싶은데, 안되겠쥬?"

주방으로 몸만 돌려 불을 딸깍 끄고서 아내가 남편을 빠끔 들여다보면서 '미운 중이 밉다, 밉다 하니 고깔을 모로 쓰고 요래도 밉소?'라는 속담이 떠오를 말을 한다.

"그래."

"된다구?"

"안된다니까!"

누운 채 머리를 흔들자, 그녀는 무늬만 아내인 주제에 진짜아내처럼 툴툴거렸다.

"수상해. 아무래도 어따 애인을 숨겨 논 거야."

2주일만이지만 너무 오랜 세월이 흐른 것 같았다.

<꿈섶>의 문을 밀면서 그는 아미와의 짧은 필담들을 먼 추억처럼 떠올리면서 자기최면을 걸었다.

"어서 오세요!"

깜짝 놀랐다. 딸랑거리는 유리종소리와 함께 손님을 반기는 전혀 뜻밖의 목소리. 홀쩍 키가 큰 미소년이 멋쩍은 웃음을 보내주고 있었다. 아미는 두 주일 전과 마찬가지로 수를 놓는 중이었고, 녀석은 금방 학교에서 돌아왔는지 아직 교복차림이었다. 슬쩍 경만을 올려다본 아미는 철렁 내려앉는 가슴을 쓸며 기호를 저지했다. 누나가 내린 무언의 지시를 따라 기호는 재빨리 집 안쪽으로 사라졌고, 방안에선 영화 <사운드 오브 뮤직>의 주제곡이 지극히 명랑하게 흘러나오고 있었는데, 아미는 그것의 볼륨을 좀 더 높여두고서야 경만을 바라본다.

그는 습관처럼 메모장을 당겨 필담을 시작했다.

「누구요?」

「아들이에요.」

'거짓말!'

눈을 부릅뜨며 야단치는 시늉을 하자 아미가 그를 가까이 끌어당겼다.

'쾌속 승격이군.'

경만은 포근한 담요로 무릎을 덮은 그녀 바로 옆에 다가갔고, 수틀을 중심으로 사십오도 각도를 이루며 앉게 되었다. 바닥이 무척이나 따끈따끈했다.

정연이보다 몇 살 어려보이는 그녀의 얼굴엔 포근함과 우수가 겹쳐있었다.

「당신 나이는?」

미소년의 정체는 일단 뒤로 미루고서 늘 궁금하던 질문을 한 거였다. 그러자 그녀는 마치 그 질문을 기다리고 있었다는 듯이 재빨리 자기 나이를 적는 거였다.

「우리 나이로 서른이에요. 아들은 중3. 선생님은?」

'정연이보다 어린 것은 고사하고 서른 살 차이.'

짐작은 했었다.

「내 나인 아직은 50대라 해두고, 당신은 도대체 몇 살에 저 녀석을 낳았소?」

한동안 소리 없이 웃다 말고서, 그녀가 남자를 빤히 바라보는데, 갑자기 그녀의 눈동자가 출렁였다. 마치 태풍전야처럼 고요한 슬픔이었다.

「보고 싶었어요.」

경만은 가슴이 뭉클하였다.

무어라고 말을 이을까 하다가 다시 볼펜을 쥐었다.

「남편은?」

묻기조차 두려운 질문에 그녀가 멍해졌다. 그림에서도 언뜻언뜻 느껴지던 바보스러움이 바로 지금 아미의 눈망울을 점령하고 있었다.

「돌아가신 건가?」

어떤 경이로움이 깃발처럼 흔들리는 그녀의 얼굴.

「지방 출장?」

「복잡해요.」

그는 말머리를 돌렸다.

「전에 모차르트를 들려줬던 사람, 아무래도 당신 같소. 제목은 모르겠지만 트로트를 들려줬던 사람도 당신 같은데, 아니오? 제발, 정직하게 말해줘요.」

드디어 고개를 끄덕이며 그녀가 수줍게 웃었다. 가슴 설레는 웃음이었다.

'노래로만 말한다? 아아, 너무 예쁘다.'

방안에선 도레미송·아직은 열여섯 이제 곧 열일곱·외로운 양치기·모든 산에 올라 등이 끝나고 마침내 에델바이스가 흘러 나오고 있었다.

'당신은 마리아고 나는 트랩대령이군….'

그는 입이 근질거려 못 견딜 지경이었다. 그래서 "나는" 하고 입술을 뗀 그 순간, 그녀가 재빨리 집으로 통하는 복도 쪽을 흘깃 보더니 그의 입술에 자기 손가락을 갖다 대는 거였다.

「나는 당신을 몹시 사랑하고 있소.」

드디어 튀어나온 고백이 그녀의 품에 폭 안겨졌다. 눈물이 났고, 희망과 용기를 한꺼번에 얻었다. 집에 가면 그림을 다시 눈에 잘 보이도록 해둬야겠다고 스스로에게 다짐하면서 그는 또 썼다.

「나는 당신을 사랑한다고 쓰는데, 당신은 도통 안 쓰네? 나만의 짝사랑?」

그녀가 황급히 변명했다.

「…… 어쩔 수가 없어요.」

'착각도 유분수지. 당신도 날 사랑한다고 여겼다니.'

일시에 사라지는 희망 앞에 등불을 켜듯 그녀가 또 글을 쓰기 시작한다.

「그 그림, 보고 싶어요. 저를 닮았다는 초상화」

마치 전깃불이 들어온 것 같은 구경만의 얼굴.

'네가 그걸 묻지 않았더라면 나는 울었을 거야.'

그는 고개를 끄덕이곤 안을 향해 소리쳤다.

"학생! 이야기 좀 할 수 있겠나?"

기호가 기다렸다는 듯 정중한 태도로 나와 앉았다.

"중3 치고는 꽤 크네? 이름이 뭔지 알아도 되나?"

"예. 윤기호라고 합니다."

"아버지께선?"

순간 수틀을 들쳐들고 엉거주춤 몸을 일으키는 아미.

"제 기억으론 한 번도 뵌 적이 없습니다. 돌아가신 거 아니라면 다른 곳에 살아 계신 거겠죠. 그런데 아저씬 누구시죠? 혹 저희 아버지를 아시나요?"

'도무지 이가 들어맞질 않아!'

아미의 얼굴이 하얗게 질리고 있었다.

'내가 물어선 안 되는 걸 물었나 보군.'

경만이 입을 다물자 기호도 입을 다문 채 어깨를 한번 추어올리고선 몸을 돌렸고, 그런 기호를 끌고 아미가 안으로 사라졌다.

동생의 방까지 같이 들어간 그녀.

"집안에선 어떤 남자든 자형 외엔 대꾸를 말라고 했잖니? 벌써 까먹었어?"

"그 이유가 뭔데? 알아듣게 이율 대봐."

"자형이 가게 안 어딘가에 도청장치를 해뒀어."

기호는 눈에 핏발을 세우며 소리쳤다.

"또? 그 버릇 안 고쳤어? 요즘 좀 잠잠했잖아?"

"잠잠했다니? 넌 아직 몰라. 잠잠한 게 어떤 건지."

저도 모르게 눈물을 쏟는 누나를 보며 동생은 안절부절못했다. 그러다 문득 서랍을 열고 곤봉을 꺼내더니 그것을 뚫어져라 노려보았다.

"죽여 버리겠어. 그 새끼……."

"아서! 네 인생 망치려고 그러니?"

누나는 곤봉을 빼앗아 도로 서랍에 넣어주었다.

'완전히 빼앗아버리지 않는 이유. 그건 말이야. 하다하다 급하면 요긴하게 써먹을 수도 있잖아.'

그녀는 울음을 꿀꺽 삼키곤 상긋 웃었다.

"기호야, 나는 네가 있어서 참 든든해."

"뭘, 근데 누나, 저분 누구지? 왜 아버질 물으셔?"

"좋은 사람이야. 근데 내가 벙어리인줄 알아. 알지?"

볼에 흘러내린 눈물을 닦으며 싱긋 웃는 누나.

기호는 잠깐 고개를 끄덕이곤 느닷없이 제 누나를 방 밖으로 떠밀었다.

"누난 참 맹꽁이다? 밖에서 만나 얘기함 되지 뭘 그리 벙어리 노릇까지 하고 있어? 저 아저씨가 알게 됨 기분 되게 나쁠 것 아냐? 어서 나가서 해명해. 얼른."

그러더니 누나를 다시 붙들어 세웠다.

"가게로 들어가지 말고 대문으로 나가. 자형은 오늘 당직이랬지 아마? 내일 올 거야. 누나. 시사랑에 가있어. 내가 저 아저씰 그리로 보내줄게."

기호의 얼굴에 익살이 넘치더니 "너, 너?" 하면서 어쩔 줄 몰라 하는 누나를 대문 밖에까지 확실하게 몰아내고는 한숨을 푸욱 쉰다. 그리고 혼자 가게로 돌아와서 대뜸 필담을 시작하였다.

「아저씬 뭘 하는 분이세요?」

경만은 어떤 말 못할 사연이 있나보다고 감지했다.

「현재는 종로 세일학원에서 일본어 강의를 하고 있다. 일본어 가르쳐 줄까? 어머닌 어디 가셨니?」

「ㅋㅋㅋㅋㅋ~~~. 누나가 그렇게 늙어 보여요?」

한 대 얻어맞은 기분. '늙어 보이는 게 아니라 네가 전처소생인 줄로 알았다.'라는 말이 목구멍까지 올랐다가 꿀꺼덕 삼켜졌다. 그 모양을 벙글거리며 구경하던 기호는 다시 메모를 해서 경만의 손에 쥐어주는 거였다.

「시사랑 아시죠? 신월천가에 있는……」

그는 메모를 읽다 말고 실없이 웃었다. 「당신은 내게 사로잡혔어!」라고 했던 승리의 메모와는 대조적으로 글씨가 작았지만, 갑자기 엇비슷해진 옛날이 떠올라 일순 쓸쓸해졌다.

도리천과 성좌도

"영암사지 쌍사자 석등? 정말 최금지님?"

가슴이 벅차올라서 터질 것만 같았다.

'이건 우연한 일이 아니라 필연이야. 지귀설화의 무대도 영묘사이고 지기삼사의 두 번째도 영묘사와 옥문지. 어쩌면 이렇게 아귀가 딱딱 들어맞는단 말인가.'

'하지만 무슨 소용이람. 정작 그대가 몰라주는데.'

어느 골짝에서 왔는지 노루 한 마리가 앙금앙금 다가오더니 제풀에 놀라 달아나고, 작은 새 두 마리도 앞서거니 뒤서거니 노루를 따라가고, 그것을 망연히 지켜보던 사내의 지중해빛깔 눈에서도 원망 서린 굵은 눈물방울이 방울방울 수정 알갱이가 되어 투두둑 굴러 떨어지고 있었다.

'나더러 어떡하라고? 울지 마요. 제발요.'

너무나 황당하여 몸 둘 바를 몰라서, 사내와 똑 같이 눈물을 흘리며 절절 매는 수밖에 아무것도 생각나지 않아서, 그녀는 문득 나비 한 쌍을 수놓은 손수건을 끄집어내어 사내에게 내밀었다. 사내가 얼떨결에 손수건을 받아 눈물을 닦는데, 포르르 나비가 살아나오더니 날개를 접었다 폈다 하였다. 그 옛날 연암 박지원이 청나라에 가서 구경했다는 요술 한 장면처럼.

'아아, 영원히 잊지 못할 여왕이시여, 시공을 초월하소서. 황매산 아래 영암사의 쌍사자 석등을 쪼았던 석공을 기억해내소서. 그대로 인하여 온몸을 불태웠을 뿐만 아니라 그대를 위하여 첨성대를 만들었던, 그래서 그대가 마지막 가는 날에 도리천에 묻히고자 유언까지 남기셨던 것을, …여왕이시여, 정녕코 생각나지 않으시오?'

'도대체 왜 자꾸 그런 엉뚱한 말씀을?'

그런 질문을 하면서도 그녀는 점점 사내의 말에 빠져 들어가고 있는 자기 자신을 느꼈고, 그 현실 또한 어처구니가 없어서 머리를 짚었다.

'하지만 이번 학기는 <왕의 남자> 이야기로만 채워도 시간이 모자랄 지경이겠네?'

뜬금없는 욕심에 가슴을 지그시 누르며 그녀는 소리 내어 물었다.

"첨성대를 만드셨다고 하셨죠?"

'그러합니다. 이 몸 하찮은 석공입니다. 하지만 아무리 알천공이 방해를 놓았어도 우린 저 하늘이 점지해준 인연이었소. 몸통부 27단은 별을 기준으로 하여 달의 공전 주기와 같게 하고, 상부 정자석 2단을 합한 29는 초승달에서 다음 초승달까지, 즉 한 달의 날 수와 같게 하였으며, 가운데 창문을 기준으로 위아래 각 각 12단은 1년 열두 달과 24절기를 나타냈고, 결국 몸통 돌의 총 숫자를 365, 1년의 날 수가 되게끔 한 첨성대를 잊지 마소서. 첨 성대가 바로 수미산이며 도리천인 것을…. 왕이여! 이루지 못할 인연이었어도, 그래서 불쑥불쑥 가슴이 불타올라도, 우린, 우린, 천년 세월이 흐르고도 영원히 남을 인연이오.'

드디어 다리에 힘이 빠져 스르르 주저앉자, 사내도 덩달아 옆 에 주저앉았다.

'그대가 왕이 되고부터 우리 사이는 하늘과 땅 사이가 되고 말 았지요.'

그때 선덕여왕은 이미 알천장군과 혼인할 사이라는 소문이 나 돌고 있었지만 정작 왕은 석공을 잊을 수가 없었다. 그가 영묘사 목탑을 자기 몸과 함께 불태우며 허적허적 바다로 뛰어들었던 그날, 왕은 석공의 가슴팍에 금팔찌를 놓아주면서 '우리 다시는 이승에서 만나지 말아요. 그대도 죽고 나 또한 죽어 어느 별에서 건 다시 태어나서 만나요'라고 당부했으며, 석공도 알아들었다. 그런데 석공은 3년 뒤 어느 날 갑자기 나타나서는 옥문곡에 백제 군사들이 모여 있다고 알려준 것이었고, 그래서 약속은 물거품 이 되고 말았다. 석공이 먼저 약속을 깼고, 왕은 이왕 깨어진 약속이니 '너를 안 볼 수가 없다' 하면서 버릇처럼 석공의 주위를 맴돌았다.

"아이고, 하루도 못 보면 눈이 짓무른다."

그런 농을 해가며 나타나서는 그저 평범한 여인네인양 활짝 웃어주곤 하는 여왕이었다. 하기야, 불꽃같은 마음으로 왕을 사모하는 석공 하나를 달래주려고 연극을 했을 수도 있었다. 그랬다, 왕의 어진 성품으로 보아 그러고도 남음이 있었다.

'영묘사에 불까지 낸 이 몸이 안쓰러워 그러셨던지, 왕께서는 어느 날 대뜸 소인더러 수미산을 닮은 첨성대를 지으라고 하셨지요. 그곳이 왕께서 영원히 묻힐 무덤이라고, 첨성대가 바로 도리천이 될 거라고, 간절히 부탁하시었지요. 그러다가… 마침내 그대는 자장대사와 함께 하늘의 뜻을 살피는 천문대를 짓자는 명분을 내세우셨고, 물론 그 임무를 나에게 주시었지요. 그런데 옥문곡 전투에서 공을 세운 알천 장군은 자신이 첨성대를 책임지고 짓겠다며 큰소리치고 나섰는데, 그대는 차마 말리지 못하셨고… 알천장군은 기어이 자기 맘대로 첨성대 짓는 일을 가로맡아 진두지휘를 시작하였었지요. 하지만 거의 마지막 단계에서 첨성대는 폭삭 무너져버렸습니다. 무너질 수밖에 없었지요. 첨성대는 하늘과 땅을 합해 33단이 되어야만 비로소 서른셋 하늘의 우주를 연결하는 우물, 도리천이 된다는 공식을 무시하고 무작정 33단으로 쌓아올렸기 때문에 무너졌던 거웁니다. 그래서 다시 이 몸이 불려가서 첨성대를 완성하였사온데, 첨성대를 완공한 감격적인 그 순간, 아아, 알천 그 사람은 말도 아니 되는 구실로 내 눈을 불로 지져 멀리 내쫓더군요. 생각만, 떠올리기만 해도 끔찍하고 치가 떨리고 몸서리쳐지는 그 일이라니! 마음에서 일어났던 불길이야 바다에 뛰어들어 오래도록 헤엄치는 것으로 흔적도 상처도 없이 낫게 할 수 있었지만, 하지만 터무니없는 죄목을 씌워 형벌로 가해진 그것은… 도미가 개로왕에게 두 눈을 뽑혔던 그것처럼 억울하였지요.……'

"도미설화 말씀이신가요?"

"그렇소, 도미가 두 눈을 잃게 되자 비로소 수로부인의 사랑을 독차지하게 되었던 그 기구한 사연 말이오."

"어머나, 도미의 아내 이름이 어찌 성덕왕 시대 순정공의 아내 이름과 같죠?"

그녀는 불쑥 목소리로 물었다.

'오호라, 그 수로부인 말씀이오? 신라 순정공의 부인이었거나 백제 도미의 부인이었거나, 지금은 신라나 다라국이나 백제나 모두 대한민국 안에 있다는 걸 나도 압니다. 아무튼 첨성대를 만들었는데도 공을 치하받기는커녕 두 눈이 지져지는 형벌을 받고서 나는……'

'하기는 첨성대는 분명 선덕여왕의 업적. 그럴듯하게 다가오는 첨성대 설화의 한 대목.'

'영묘사에서 불붙었던 그때처럼 우시산국, 지금의 울산 앞바다로 뛰어드는 수밖에 없었지요. 그래서 지금의 남해인 낙노국까지 헤엄쳐 가서 그곳 거북바위에 가을하늘 별자리 신화를 새겼던 거라오.'

'사실은 남해가 제 고향입니다만……'

'아하, 그럼 잘 아시겠습니다만, 그 암각은 사실 화공 김민성의 별자리 그림을 그의 손자 김방경의 부탁을 받고 이 몸이 쫀 것입니다. 북극성과 양자리와 규수별자리와, 그리고 가을 대사각형, 또 닻별의 한 부분……'

'언제요?'

'삼별초의 난 때, 김방경이 제주와 거제, 그리고 남해에다가 그 별자릴 새겨달라고 했었지요. 그 암각이 부적의 효과를 지닌다는 것쯤은 잘 아시리라 믿습니다만.'

'김민성의 도안을 최 모 석장수가 새겼다던데요?'

'최금지, 지귀 최금지. 그게 바로 이 몸이오.'

그녀는 기절할 듯이 놀랐다.

'그것은 사실 김방경의 조부 김민성이 어떤 꿈을 꾸고 나서 그린 것이오. 그리고 손자 김방경이 태어났고… 조부 김민성은 방경을 데려다 키웠는데, 그런데 방경이 아주 별났다오. 조금만 자기 배짱에 맞지 않고 부아가 치밀면 으레 거리에 나가 드러누워서 뒹굴뒹굴 발버둥이를 치며 울었다오. 방경이 울면 아무도 못 말렸는데, 세상에, 오가는 소와 말도 그를 슬슬 피해서 다녔다 하오. 방경이 대여섯 살 되었을 때까지도 그런 일이 종종 벌어지곤 했는데, 어느 날 궁리궁리하던 조부 김민성이 바로 그 별자리, 태몽을 그린 그림, 그것을 방경에게 주자, 방경이 그만 울음을 뚝 그쳤더랍니다. 그것이 하늘문이라오. 이 몸이 새긴 가을하늘 별자리….'

'그럼 삼별초의 난에서 혁혁한 공을 세웠던 고려 후기의 무신 김방경이 그 별자리를 새기게 했군요?'

'그렇소. 가을하늘 별자리인 그 하늘문은 부적과 같은 것이라오.'

즉시 스마트폰 검색창에 '김민성 김방경'이라 물었더니 고려사에 <김방경 열전>이 소개되어있다는 것을 알 수 있었다. 다시 '삼별초의 난'을 조사해보니 정말 사실적으로 다가오기도 했다. 물론 김방경이 남해안 곳곳에 별자리 암각을 새기게 했다는 증거는 그 어디에서도 찾을 수 없었지만, 그 일은 무엇보다도 비밀스레 진행되어야했을 것이라고 보면 그럴싸하게 다가왔다.

'거듭 말하지만, 제주, 거제, 그리고 남해 양아리에 새긴 석각은 이 나라를 지켜달라는 뜻의 부적이기 이전에 그대와 내가 김공의 도안을 펼쳐놓고 별자리 하나하나를 짚어가며 함께 울고

함께 웃던 별자리 그림이라오.'

'현재 우리나라의 섬을 순서대로 본다면 제주, 거제, 그리고 진도인데요? 어머나, 예전엔 남해가 세 번째!'

'그렇습니다. 예전엔 남해가 세 번째였지요. 아무튼, 앞이 보이지 않는데도 마치 보이는 것처럼, 특히 남해 양아리 석각에는 김민성 공 그림에 최금지 석장수가 새겼다는 것까지 표시하면서, 그대를 향한 내 그리움을 삭이고 또 삭이는 주문을 외우고 있었단 말이오.'

"그 석공이 최금지 님? 동양에서 제일 큰 각자라는 양아리 석각? 그런데 시대가 다르잖아요? 김민성의 손자 김방경은 고려시대 사람이고 선덕여왕은 그 한참 전인 신라시대잖아요?"

'그대여! 시공을 초월하소서.'

안타까운 얼굴로 입술을 꾹 다문 채 소리치는 그의 얼굴에 뜬금없이, 죽어서도 못 잊을 사람인 정시우 화백의 얼굴이 겹쳐지면서, 몇 년 전 남해지역신문에서 본 신문기사가 떠올랐다. 바로 그가 소위 '서불과차'를 가을하늘 별자리라고 주장하고 있다는 기사였다. 그러자 마치 그녀의 기억 속에 들어갔다 나온 것처럼 최금지가 "그 사람은 기억하시면서?"하고 빙그레 웃었다.

'웃기게도 그것이 진시황 시대 서불이란 사람이 다녀가면서 새긴 서불과차라고 소문 난 모양입디다만, 그래서 2003년 시월에 개관된 제주도 서복전시관 광장에도, 2010년 3월에는 정방폭포 석벽에도 남해 양아리 거북바위에 새긴 내 별자리를 베껴다가 판각해놓곤 그것이 서불과차라고…… 내가 제주와 거제 것과는 달리 남해 양아리 거북바위에는 하늘 천(天)까지 새겼었는데, 그러고서야 이곳 황강까지 헤엄쳐 왔었는데 말이오.'

'어떻게? 눈은 괜찮은가요?'

그녀는 새삼 연민의 눈으로 그를 보았다.

'다행히 도미 같이 눈알이 뽑히지는 않았으니까요.'

부르르 몸서리를 치고서 그는 입을 열었다. 마음으로만 말하려니 또 불이 날 것만 같은 불안감이 엄습한 거였다.

"이번엔 삼사지기의 세 번째 이야기요. 그대는 병도 없던 어느 날 대소신료들을 부르셨소. 그러고는 '내가 아무 해 아무 달 아무 날이 되면 죽을 것이니 나를 도리천 가운데에 장사 지내라' 하고 이르셨지요. 그러자 신하들은 그곳이 어디인지 몰라 물었고, 그대가 낭산 남쪽이라고 가르쳐주었지요. 과연 그달 그날에 이르러 그대가 죽었고, 신하들은 자기들의 왕인 그대를 낭산 남쪽에 장사지냈습니다. 그리고 10여년이 지난 뒤 문무대왕이 왕의 무덤 아래에 사천왕사를 지었다고 하는데, 사천왕천(天) 위에 도리천이 있다고 하는 불경을 따랐기 때문입지요.… 그런데 왕이시

도리천과 성좌도 | 121

여, 정말 그러하오니까? 사천왕이 지키고 있는 그곳이 바로 수미산이요, 수미산이 바로 첨성대라는 것을 그들은 꿈에도 몰랐사옵니까?"

허허허, 웃음을 터뜨리면서 배꼽을 움켜잡는 그 모습에 또다시 젊은 날 시우오빠의 익살스럽던 모습이 겹쳐졌다.

'그나저나 놀라운 발견이 아닐 수 없다!'

그녀는 또 스마트폰에서 첨성대를 검색하였고, 하나의 글을 한참이나 들여다보고 있었다. 첨성대를 수미산으로 보는 어떤 네티즌의 글이다.

「수미산은 불교에서 우주 중심에 있다고 상상하는 산이며 첨성대와 매우 흡사한 모습을 하고 있다. 우리나라에서 여러 승려들이 함께 모여 불도를 닦는 곳, 즉 가람의 배치는 대개 이 수미산을 염두에 두고 만든다고 한다. 일주문에서 불지를 향해 나아가고, 사천왕이 산다는 수미산 중턱에 이르는데, 불이문은 수미산 꼭대기, 법당 안 불단은 수미단인 셈이다. 수미산 정상은 정 입방체로써, 중심에 선견천이 있고 주위 사방에 32개의 궁전이 있으니 합이 33천(天)인 셈이고, 33은 범어(梵語)로 '도리'이니 도리천이라고도 한다. 그러고 보면 첨성대는 바로 이 수미산의 도리천을 상징한다고 아니할 수 없다.」

'그렇다면 선덕왕은 바로 첨성대에 묻혔어야 했고, 문무대왕은 바로 그 아래에 사천왕사를 지었어야 마땅하겠죠. 그래야 왕의 유지를 제대로 받드는 격이겠는데요?'

가만히 학생들에게 들려줄 첨성대 설화를 지어보면서 그녀는 웃음을 머금었다.

여왕은 완공된 첨성대를 보고 감개무량했죠.

'이토록 훌륭한 솜씨라니, 내 그대가 만들어준 이 도리천에 묻혀서 그대와 영혼을 같이 하리라.'

"과연 신묘한 솜씨로소이다. 나무아미타불…"

자장대사도 감탄하며 합장하였고, 왕은 기쁨을 감추지 못한 채로 석공을 찾아오라고 지시하였는데 알천이 대신 대령하였답니다.

"그대가 석공이던가? 왜 석공은 아니 데려오고?"

"석공은 지금 서라벌엔 없습니다."

화들짝, 왕이 크게 놀라 옥음을 높였습니다.

"뭐라고? 그가 도대체 어딜 갔다는 말인고?"

알천이 의기양양하게 경과보고를 하는데,

"눈을 불로 지져 멀리 쫓아버렸사옵니다."

"무어야? 석공이 무슨 잘못을 저질렀기에 그토록 무서운 벌을 주었단 말이냐? 알천공은 이실직고하렷다."

"중대한 과오를 저질렀기에…… 참으로 기가 막혀서 독단적으로 형벌을 가했사옵니다. 통촉하소서."

푸르르 옥체를 떨며 왕이 알천을 노려보고, 자장대사도 옆에서 머리를 갸웃거렸죠.

"그가 무슨 과오를 저질렀단 말이던가?"

"33단으로 짓겠다던 약속을 저버리고 31단으로 마무리했사온데…… 참으로 낭패이옵니다. 이제 와서 첨성대를 또다시 지어야 할 판국 아니옵니까?"

그러자 자장대사가 혀를 끌끌 찼습니다.

"허어 참, 알천장군이야말로 크게 잘못했구려."

그리고 그 이유를 왕에게 설명하였지요.

"마마, 31단으로 마무리했다 하오나, 하늘과 땅을 합치면 33단이 되옵니다. 석공은 첨성대에다 영원성을 불어넣은 거옵니다. 나무아미타불……"

그래서 바로 그 일로 선덕여왕은 알천공과의 혼사를 파기해버렸다는데, 후일 어느 골짜기에 돌을 쪼는 귀신이 산다고 하여 백성들이 가지 않는 곳을 찾아가서 보니 여자부처님 하나가 돌에 새겨져 있었고 그 앞에는 선덕여왕이 그 석공에게 주었던 금팔찌가 놓여 있었다는 이야기가 전해지고 있습니다.

그녀는 문득 정신을 고르잡고는 머리를 흔들었다.

"하지만 제가 어찌 감히 선덕여왕이 되겠습니까? 아닙니다."

"그러면 그대 이름을 협부가 저 왜에다 다파라국을 세운 후 그 옆의 야마대국에 첫 여왕으로 추대했던 무녀 비미호라고 부르리까?"

"비미호는 또?"

"비미호, 아니 히미코……. 왜국에 가서서 말이 통하지 않아 고생께나 하셨지만, 아무튼 그대는 참 빛나는 천손이었소."

'천손이라…….'

망연히 그를 바라보면서 최혜수는 정말 있었을법한 기억 쪽으로 주파수를 맞추고 있었는데, 그러거나 말거나 사내는 여전히 열변을 토하고 있었다.

"선덕여왕이고 히미코이고 간에, 차라리 우리 고향별에서 불렀던 그대로 마고라 부르는 게 좋겠구려.… 역사의 여명기인 황하문명시대에 우리 천손은 동이라는 이름으로 그 문명을 열어갔고, 동이라는 종족이 생겨나기 전에는 구려가 있었고, 구려가 생겨나기 전에는 풍이가 있었고, 풍이가 생겨나기 전에는 마고 그대가 있었지요. …… 마고여, 마고여, 그러나 천지창조의 주인공은 율려입니다. 율려가 몇 번 부활하여 별들이 나타났고, 우주의 어머니 마고를 잉태했던 거지요."

"그럼 마고는 어떻게 자손을 번창시킨 건가요?"

사내의 말이 휘몰이장단처럼 빨라지고 있었다.

"마고는 홀로 선천(先天)을 남자로 하고 후천(後天)을 여자로 하여 배우자 없이 궁희와 소희를 낳고, 궁희와 소희도 역시 선천과 후천의 정을 받아 결혼하지 아니하고 네 천인과 네 천녀를 낳았지요. 율려가 다시 부활하여 지상에 육지와 바다가 생겼는데, 기(氣)·화(火)·수(水)·토(土)가 서로 섞여 조화를 이루더니 풀과 나무, 새와 짐승들이 태어났지요. 마고여, 기억나지 않으시오? 그대는 율려를 타고 지구를 삶의 터전으로 만들었고, 천인과 천녀들은 하늘의 본음(本音)으로 만물을 다스렸습니다. 네 천인과 네 천녀는 마고의 뜻에 따라 서로 결혼하여 각각 3남 3녀를 낳았고, 그들이 또 서로 결혼하여 몇 대를 지나는 사이 1만 2천명의 무리가 되었지요."

"그들은 무얼 먹고 살았나요?"

'굶지는 않았지요.'

사내가 속으로 중얼거린 다음 소리를 이었다.

"그들은 지구상의 가장 높은 곳에 마고성이라는 이상적인 공동체를 이루고 살았는데, 품성이 조화롭고 깨끗하며, 땅에서 나오는 지유(地乳)를 먹고살아 혈기가 맑았지요. 그들의 귀에는 오금(烏金)이 있어 하늘의 소리를 듣고 율려를 체득하여 자신이 바로 우주와 하나임을 깨달았습니다. 우주의 원리인 율려에 의존하여 살았기 때문에 유한한 육체의 한계를 넘어 무한한 수명을 누렸던 거웁니다. 또 그들은 만물에 깃들인 마음의 본체를 읽는 지혜로운 눈으로 세상을 보았습니다. 소리를 내지 않고도 말을 했고, 소리로 나오지 않는 말도 들을 수 있었습니다. 마음먹은 곳은 어디든지 갔으며, 형상 없이도 행동할 수 있었습니다. 마고여…… 이 지구에 온 그대는 늘 잠자리 날개처럼 투명한 옷을 입고 다녔는데, 속살은 비치지도 않았지요. 누가 무슨 생각을 하고 있는지 다 알아맞히는 신통력이야 우리 고향에선 너나없이 가지고 있었습니다만."

"내 이름 마고? 그런데 그 고향이란 어느 별인지?"

한동안 멍하니 서 있는 그녀에게 '나중에 스스로 알게 될 것'이라 하면서 그는 거북바위에 무수히 새겨진 별자리를 가리켰다.

"아까도 말했지만, 우리 본향은 북두칠성 어느 별."

"북두칠성……?"

북두칠성이란 말이 자꾸만 맘에 걸려서 웃을 수조차도 없었다.

"정말로 우주인이시란 말씀이세요? 그래서 하늘문을 새기고 계시다는 뜻인가요? 이 암각은 그럼……?"

안드로메다처럼

<詩사랑>을 그냥 지나치려다가 되돌아섰다. 아미로부터 놀림당한 것 같은 기분을 차 한 잔으로라도 보상 받으려는 심리가 그를 다실 안으로 끌어들였다.

홀의 한 가운데에서 이글이글 타고 있는 난로를 피해 한쪽 구석에 자리 잡은 그는 눈을 감았다. 그리고 시간이 얼마나 흘렀을까,

"선생님……"

웬 아가씨의 목소리.

"좀 이따 주문합시다."

눈을 감은 채 입을 열었다.

아가씨는 아무런 대답도 없었다. 가버린 모양이라고 생각하며 한참 후에 눈을 뜬 순간, 그는 자기 눈을 의심했다. 바로 앞에 아미가 앉아있는 게 아닌가.

"몹시 피곤하신 것 같아요."

그는 몸을 벌떡 일으켰고 한참 후에야 천천히 앉았다. 막연히 사연이 있으리라 짐작은 하였지만, 말이란 것이 저토록 술술 나올 줄은 몰랐다.

"당신이 말을 한 거요?"

"……."

경만은 점점 우울의 늪으로 빠지는 자신의 마음조각을 가까스로 건져 올렸다.

"하지만, 들어나 봅시다. 벙어리 시늉 한 사연을."

그는 자문자답하고 있었다.

"사내 혼을 빼려면 그런 요상한 방법을 쓰는 것도 괜찮겠지. 딴은 재미있었으니까 말이오. 맞소? 날 유혹하려고 작정하고?"

'모든 꿈과 환상은 일시에 깨어졌다. 지금 이 순간부터 밝힐 것은 밝히고 나는 내 본연의 자리로 돌아가는 거다. 그런데 내 본연이라니?'

"정말 죄송합니다. 그냥 말 못하는 여자로 점 찍혀도 됐는데……. 끝이 빨리 왔네요. 하지만 선생님을 조롱하는 마음은 손톱만큼도 없었어요. 정말이에요."

그의 머릿속엘 다녀오기라도 한 것처럼 아미는 또랑또랑하고 나긋나긋한 목소리로 말도 잘했다. 경상도 억양에 약간 비음이 섞인 목소리는 그 몸에서 풍기는 이름 모를 향기와 썩 잘 어울렸다.

"고향이 혹 경상도요?"

그녀가 고개를 끄덕이며 덧붙였다.

"우리나라에서 네 번째로 큰 섬이에요."

"아니 뭐라고?"

경만은 펄쩍 뛰다시피 놀랐다.

'고향이 같다니. 이럴 수가……? 그럼 정말 우리는 운명이란 말인가? 그림속의 여자도 고향이 남해라고 했잖은가? 동일인?'

말도 안 될 상상이라며 그는 이내 냉정을 되찾았다.

"고향이 어디든, 하여간 변명을 해보시겠소?"

빠져들지 말자고, 빠져들어선 안 된다고 다짐하면서, 그는 거듭 채근했다.

"조롱하지 않았다는 증걸 대려면 변명이 필요한데?"

드디어 그녀가 구체적인 자기소개를 시작했다.

"제 이름은 윤기나예요.……"

"윤기나?"

"그래서 제 동생은 항렬 따라서 기호. 아참, 그 애는 제 아들이 아니고 동생이에요.… 옆으로 오실래요?"

귓속말을 하려는 모양이었다. 이름이 뭐든 아들이든 동생이든 관심 밖이었다. 경만의 관심은 오로지 그녀의 고향이 남해라는 데에만 쏠려있었다.

"고향까마귀만 봐도 반갑다는데, 허 참!"

"고향이 남해예요?"

마음의 주름살을 깨끗이 다림질하고선 그녀 옆으로 가 앉은 구경만. 싸하고 달착지근한 여자의 체취가 온 신경을 통통 두들기며 번져갔다.

"어머니의 성을 따랐어요."

그래놓고 나니 이야기가 너무 길어질 것 같았는지 아미는 입을 다물었다.

"기막힌 우연이군요. 인연인지 운명인지, 암튼 고향 오빠라 생각하고 자초지종을 털어놓아 봐요."

어떤 희망색깔이 그녀의 눈에 물들어 반짝였다.

"자초지종을 들으시고 나면 저 같은 건 아마 꼴도 보기 싫으실 거예요. 하지만, 저에 관해 말씀 드리지 않을 수가 없네요. 흉보지 마세요."

고개를 푹 수그렸던 그녀는 다실 직원이 다가오자마자 기다렸다는 듯이 주문부터 서둘렀다.

"전 그냥 카푸치노 주시구요. 선생님은?"

"나도 그걸로 하지 뭘."

"아, 그럼 카푸치노 둘, 에쎄 라이트 한 갑."

"에쎄? 담배라고?"

경만은 깜짝 놀라 되물었다.

"안 피우시나요? 근데 전 지금 담배가 고파서요."

"어……?"

바로 옆의 여자에 대한 환상이 일시에 사그라지고 있었지만, 당사자는 별로 개의치 않는 것 같았다.

직원이 담배를 공손히 갖다놓자, 그녀는 차탁에 비치되어있던 라이터로 담뱃불을 붙였고 한숨을 토하듯 연기를 후욱 불어냈다. 경만은 어안이 벙벙하여 다만 바라만 보고 있었다.

"놀라셨죠? ……, 선생님 댁에 있다는 그 그림이 울겠죠? 근데 선생님, 전 그림이 아니에요. 이렇게 말도 하고 커피도 마시고 담배도 피울 줄 아는, 살아있는 짐승이랍니다. 저를 너무 환상적으로 만들진 마세요."

차탁에 놓인 그대로 싸늘히 식어가는 커피 두 잔과는 달리, 담배는 그녀의 창백한 손끝에서 빨긋빨긋 속을 태우고 있었다.

"저녁밥 좀 해주라. 당신이 보고 싶기도 하고 배도 고프고 말이야."

그날따라 예상치 못한 순간에 들이닥친 형석. 은근히 무섭게도 무척 다정다감하게 굴었다.

"찬이 없는데 어떡하죠? 미리 전화라도 주시잖고."

순간 남편의 눈이 파랗게 번뜩였다.

"애인 피할 시간을 달라? 좋았어. 담부턴 명심하지."

담배를 피워 문 남편이 능글능글 웃으며 이죽거렸다.

"아니 뭐 해? 밥 안 줘?"

도대체 뭣부터 해야 할지 아내는 감을 잡지 못했다.

정신을 차리려고 하면 할수록 오히려 혼미해졌다.

밥상 든 팔이 후들후들 떨렸다.

"중풍 걸렸어? 왜 달달 떨고 그래?"

아내의 속은 미리서부터 너덜거렸다. 버릴 때가 다된 걸레쪽 처럼.

"밥 먹었어. 이거 내가라고. 남편 대접 받아보려고 일부러 배고프다 한 거야."

"아내 연습 시키는 거예요?"

아내는 아무렇지도 않은 듯 투정을 부렸다.

"그래. 당신은 아직 아내 같은 기분이 안 드니까."

기어이 밥상을 놓치고 만 윤기나. 밥상을 벗어난 밥그릇이랑 찬기들이 우르르 쏟아졌다.

"에그으~ 칠칠치 못한… 빨리 치우고 이리 와봐."

다정스런 핀잔으로 밑자리를 까는 남편. 일부러라도 와들와들 떨어대면서 아내는 더욱더 처량한 표정을 지었다.

'떨어야 해. 더, 더, 고양이 앞에 쥐처럼 떨어야 해. 이번엔 뭘

하려는 걸까?'

남편의 의도를 짐작할 수가 없었다.

'당하기 전에 도망쳐야 해……'

그러나 도망칠 틈을 남겨놓았다면 그는 김형석이 아닐 거였다.

"팔찌는 왼팔에 차는 거 맞지? 그건 나중에 치우고 얼른 와."

마치 팔찌라도 사왔다는 듯이 남편은 아내의 왼팔을 덥석 잡고는 끌었다.

"영원한 팔찌 선물을 할 거야. 매화무늬 팔찌. 어때? 멋지겠지? 꼼짝 말아야 해."

또 어떤 변태적인 방법으로 옷을 벗기려나 싶었지만 그건 아닌 모양이었다. 하지만 너무나 다정스런 표정으로, 그는 피우던 담뱃불을 그녀의 왼쪽 손목에 들이댔다. 그녀의 눈은 공포에 탈색되었고, 입술에선 총 맞은 짐승의 신음이 새어나왔다. 지지직, 살타는 냄새가 나고, 남편은 아내의 손목에다 아주 조심스레 꽃잎을 만들기 시작했다. 아무리 팔을 빼내려 해도 도저히 빼낼 수 없게 완강하게 붙들려버린 채로, 아내는 기어이 기절하고 말았다. 그러나 남편은 몰랐다. 알면서도 모른척하는지 몰랐다. 아내가 기절해버렸다는 사실을 알아차렸을 때는, 아니 인정하였을 때는, 매화꽃잎 다섯 장을 다 찍고 나서였다. 그러고서야 제정신이 돌아온 거였다. 만약 제정신이 아닌 상태에서 그랬다면 말이다.

그는 아내를 침대에 눕히고는 손목에 붕대를 감아준 다음 분무기에 물을 채워 와서 아내의 얼굴에 뿜었다. 한참 만에 한기를 느끼며 그녀가 눈을 떴을 때, 남편은 그녀의 얼굴을 들여다보며 "깼나?" 하고 멋쩍게 웃었다. 악마의 웃음……. 그녀는 또다시 기절했다. 그때 기호가 들어왔고, 자기 누나의 손목에 감긴 붕대를 보았고, 누나가 지금 기절해있다는 걸 알아챘다.

"자형! 누나 왜 이래요?"

형석은 대답을 회피한 대신 아내의 뺨을 이리저리 찰싹찰싹 때리고 있었다.

"일어나! 정신 차려!"

기호가 자형을 밀치고 제 누나를 들쳐 업었다.

"손목 자른 거죠? 맞죠? 빨리 병원엘 가야 해요. 피를 많이 쏟은 거죠?"

<꿈섶>에서 병원은 그다지 멀지 않은 곳에 있었으므로 금방 다다를 수가 있었다. 그러나 기호는 혼자서 누나를 업고 병원으로 부리나케 달렸다. 자형이 따라오지 않는다는 걸 이상하게 생각할 겨를도 없었다.

"자해행위일 수도 있겠군.……"

의사의 말에 기호의 입술이 하얗게 질렸다.

"자해가 아니에요. 누나가 스스로 이랬다면 자국이 오른손에 나있어야 하는데, 이건 왼손이잖아요?"

"착각이야. 오른손으로 했으니 왼손에 나있는 거지."

"아니예요. 누난 왼손잡이란 말이에요."

기호는 펄쩍 뛰며 절규했다.

"뭐라고? 설마?"

"그 인간이 이렇게 한 게 분명해요. 왜 진작 눈치 채지 못했을 까? 어휴!"

기호는 계속 소리소리 질렀다.

"진정해. 원인은 다른 데 있어. 유산이라고!"

"아니 뭐라구요?"

"기호는 집에 갔다가 내일 아침에 오는 게 좋겠군. 자형을 보내. 보호자니까."

기호는 한 달음에 집으로 갔다. 자기 아이를 유산시키고서도 집안에 들어박혀 꼼짝도 않는 냉혈인간을 찾아 들이닥쳤다. 그리고 들어가던 길로 책상서랍에서 곤봉을 꺼내들었고 안방 문을 열어젖혔고 곧바로 침대에 누워 잠든 형석에게 곤봉을 내리칠 기세로 높이 치켜들었다. 그 순간, 형석이 눈을 번쩍 뜨고 기호에게 달려들더니 대번에 처남을 깔고 앉아 씩씩거렸다. 아무리

어리다지만 자기보다 커서 함부로 다룰 수는 없었다. 그래서 우선 말로 나무랐다.

"지금껏 키워준 은공도 모르고? 배신도 유분수지."

"당신이 날 키워? 천만에! 우리 누나가 날 키웠어. 내 엄마처럼 날 키운 건 누나라고. 도대체, 당신이 우리에게 해준 게 뭐가 있어? 죄 없는 우리 누날 왜 괴롭히는 거야? 이혼해. 우리 누나하고 이혼하란 말이야. 자식도 없는데, 오늘도 유산했다는데, 왜 붙들고 있는 거야?"

"뭐야? 유산?"

"다 알아. 누나가 당해온 거, 다 안단 말이야."

순간 형석은 기호의 뺨을 세게 후려쳤다. 치고 또 치다가 그 입에서 피가 흐르는 것을 보고서야 부스스 일어났다. 기호가 형석의 바짓가랑이를 잡아당기며 악을 썼다.

"미쳤어! 당신은 미쳤어! 정신병원에 신고할 거야!"

"피나 닦아라, 이놈아!"

기호를 획 뿌리치고 물러나 앉아 화장지를 건네주며 형석이 이를 뽀드득 갈았다.

"소원대로 이혼해주마. 둘이 나가서 잘 살아 봐 어디. 위자료는 한 푼도 없는 줄 알아, 이 철없는 놈아."

입술의 피를 빨아들이며 기호는 일그러지게 웃었다.

"위자료가 아까워서 여태 이혼 못해줬네? 당신은 사람의 탈을 쓴 짐승이야."

"이게 아직 덜 맞았나?"

형석이 손을 위로 치키자 기호가 그 손목을 꽉 움켜쥐었다. 그러자 형석은 손을 잡힌 채 으르렁거렸다.

"그년이 얼마나 나쁜지 말해줘? 애인이 있어!"

순간, 기호는 구경만의 얼굴이 떠올랐다.

"내가 미친 짓을 하는 것도 다~ 그놈을 밝혀내기 위해서란 말이다. 두 연놈들, 들키기만 해봐 어디. 확 간통죄로 집어넣을 거다. 오히려 내 쪽에서 위자료 뜯어낸다 이 말이다. 알겠나? 철없는 윤기호!"

"악당!"

허겁지겁 병원에 달려든 형석은 대뜸 사과부터 했다.

"미안해, 용서해줘. 내 다신 안 그럴 거야. 모처럼 생긴 아기를 또 잃다니, 난 정말 구제불능이야."

딴사람처럼 양순해진 형석은 자기 머리를 쿡 쿡 쥐어박았다. 하기야 임신한 줄은 상상도 못했었는데 유산 되었다니, 후회막급일 거였다.

'산다는 게 왜 이리 재미가 없어?'

그러다 별안간, 그의 속에선 또 못 말릴 의처증이 모락모락 올라왔다.

"그거, 딴 놈 씨지? 내 새끼 아니었지?"

고개를 돌리고 눈을 감아버린 윤기나. 형석은 그 얼굴을 다시 자기 쪽으로 돌려놓고서 다그치기 시작했다.

"몇 년 안 생겼잖아? 아무래도 그거, 딴 놈 씨야. 맞지? 바른대로 말해. 그러면 나도 순순히 이혼해줄게. 네 동생이 그러더라. 이혼해주라고."

그의 눈엔 질투의 불길이 이글이글 타올랐고, 두 손은 아내의 어깨를 거세게 흔들었다. 그러나 아내의 참을성이 벼랑에 부딪쳐 깨어졌다. 산산조각이 났다.

"개… 새꺄! 나가! 나가란 말얏! 어서 나가! 오지 마!"

옆 침대의 중년 여인이 벌떡 몸을 일으키곤 우물쭈물하였다.

"아줌마! 거기 인터폰 좀 눌러주세요. 이 인간이 날 죽이려고 해요. 보셨죠?"

왁자한 소동이 벌어졌다. 의사들이 달려오고 형석이 허겁지겁 달아났다.

정신감정을 받아야 한다는 의사의 말에 기나는 붕대 감겨진 왼팔을 마구 흔들었다.

"이거, 이거, 저 인간이 팔찌 선물이랍시고 담뱃불로 지진 거
란 말입니다."

"증거가 없잖아요?"

미치고 팔짝 뛸 노릇이었다.

"자해가 아니에요. 아니란 말이에요. 그 인간이 미쳤다고요!"

그때 기호가 들어왔고, 기호의 얼굴을 본 기나는 정말로 미친
듯이 울부짖었다.

"입술이 왜 그래? 이젠 너까지 때리디?"

"드디어 곤봉을 휘둘렀거든. 하지만 그건 암 것도 아니야. 중
요하지 않다고."

가만히 동생의 말에 귀를 기울이는 윤기나.

"그 인간은 누나의 약점을 잡기만 하면 그 구실로 누날 위자료
한 푼 없이 쫓아낸대. 까짓 거 안 받으면 어때? 이혼해줘라 누나
야. 내가 벌어먹일게."

"우리 기호, 다 컸네?"

기나는 동생의 손을 잡았다. 참 따뜻하였다.

"우리 그냥, 죽어버릴까?"

기호가 눈물을 글썽이며 누날 나무랐다.

"마음 약한 소리 하지 마. 우선 병원 옮기자.…… 난 어쩐지 그
아저씨가 우릴 구해줄 것 같아. 뭔가 좋은 방법을 알고 계실지도

모르잖아?"

"기호야. 그분 유부남이야. 너, 자꾸 그런 방향으로 생각하는 거 싫어."

"아니야 누나. 그 아저씨, 누나의 친구는 될 수 있는 거 아니겠어? 좋은 의논 상대가 될 거 같아. 아버지 같은 느낌이 들기도 하고."

"하긴, 고향이 같대."

그러다 기나는 동생을 가까이 불렀다.

"너, 아버지가 궁금하댔지? 찾아볼래?"

기호의 눈이 '여태 아버지의 아 짜도 입에 올리지 말게 하더니?'라고 말했다.

"누난 이제 와서 나를 아버지한테 떠넘길 속셈이야? 내가 큰 혹이지 응? 누날 이만큼 불행하게 만든 건 바로 나야. 그렇지 응?"

"아니야!"

오뉘는 서로 부둥켜안은 채 울음을 폭발시켰다. 옆 침대 환자들이 측은하다는 눈길을 보내거나 말거나, 시끄럽다고 귀를 막거나 말거나, 무슨 큰일이 터졌냐고 간호사가 의사를 불러오거나 말거나, 전혀 개의치 않고 목 놓아 울었다. 누나는 동생이 불쌍하고 동생은 누나가 불쌍하여 펑펑 울어댔다.

◇ ◇ ◇

구경만은 벌써 며칠 아침을 전화통만 지켜보고 있었다. 이제는 전화통 지켜보는 것만으로 아침식사를 대신하고 출근하기가 습관이 되어버렸다. 답답했다. 외롭고 슬프고 미칠 것만 같았다. 부딪히듯 냉장고로 가서 문을 펄쩍 열었지만 맥주 한 병 남은 게 없었다. 이윽고 의자를 책장 앞으로 당겨 책장 위의 아미 얼굴을 내렸다.

"아미 ……"

그는 그림을 부둥켜안고 엉엉 소리 내어 울었다.

자신의 힘으로는 도저히 구하지 못할 곳에 감금된 그녀였다. 그래서 더더욱 서러웠다. 하지만 그녀의 아픔을 대신할 수 없다는 사실에 부딪히자, 그의 가슴은 폭발적인 상사병으로 들끓기 시작하였다.

아까부터 벨이 울렸는데 늦게야 송수화기를 들었다.

"구경만 선생님이시죠? 저는 윤기홉니다."

별안간 불길한 예감이 들며 가슴이 두방망이질했다.

"어제 제일병원에서 퇴원해갖고 이 개인병원으로 옮겼어요."

"아니 왜?"

"자형 눈을 피하려고요.…… 이 병원에 있는 게 안전할 것 같아서요."

"뭐라고? 위험하구나. 우선 누날 만나봐야겠어."

병원 로비에서 기호와 이야기를 나누던 경만은 시시각각 마음이 조급해졌다.

"누난 선생님이 오신 줄 모르고 있어요. 까맣게."

"그럼 내 전화번혼?"

"밖에서 만나 뵙겠다하고 억지로 받아냈죠."

몇 사람 떠들썩하게 엘리베이터에서 나오고 있었다.

"아빠!"

정연이었다. 경만은 흠칫 놀랐지만 태연한척 했다.

"어쩐 일이냐? 또 생겼나?"

"아빠도 참? …근데 아빠, 웬일이세요? 오늘 강의 있는 날 아니에요?"

"응, 누구 면회 좀 할 일이 있어서 잠깐 들렀어."

"산부인과에? 아빠가?"

경만은 얼른 등을 돌리고서 딸이 나왔던 엘리베이터의 단추를 눌러놓곤 손을 흔들었고, 기호는 너무 놀라워서 멍해졌다가 엘리베이터의 문이 열리자마자 경만을 안으로 밀어붙였다.

"아빠라뇨? 정말 따님이세요?"

경만은 씁쓸히 웃으면서도 침착하게 설명했다.

"기호가 누나를 엄마라고 믿는 거나 마찬가지로, 쟤도 나를 아빠라고 부르지."

"세상은 참 요지경입니다. 그렇죠?"

"허허, 그래 인석아!"

차츰 정이 들려는 기호를 바라보며, 경만은 일단 정연이 문제는 접어두기로 했다.

입원실로 들어갔던 기호가 다시 나왔다.

"들어오시래요. 전 그럼 독서실에 좀 가볼게요."

기호는 눈을 찡긋하며 경만을 병실로 들이밀었다.

침대에서 일어나 앉은 아미는 환자복 앞섶을 매만지고 있었다.

한없이 가여운 여자.

"손목을 다친 거요?"

눈물 글썽해진 채로, 아미의 시선은 허공을 뚫어댔다.

"다른 곳에 문제가 있는 거요?"

둘 밖엔 아무도 없지만 아미는 말을 꺼렸다.

"설마 이곳도 도청장치 되어있을까 봐? 자아, 말 좀 해봐요."

경만은 아미의 창백한 얼굴을 응시했다.

이윽고 경만이 아미의 손목 붕대를 풀었고, 그리고 신음하였다.

"이번엔 손목에다 린치를 가한 거군."

경만은 단번에 알아차렸다. 자형 모르게 병원을 옮겼다는 기호의 말에서 이미 짐작하고 있었던 터였다.

"이것쯤 아무 것도 아니에요."

앞으로 전개될 일이 감당키 어려운 무게로 그녀를 내리눌렀다. 더 이상의 고문도 이젠 절대 사절이다. 하지만 김형석과의 생활을 청산해야 하는데, 그래야만 살겠는데, 그 방법이 도무지 떠오르지 않았다.

"선생님……"

경만은 조금 전에 본 정연의 얼굴보다 훨씬 앳된 아미의 얼굴에 흘러넘치는 눈물을 보고 어찌할 바를 몰랐다. 그는 늘 갖고 다니던 손수건을 내밀었고, 그녀는 전혀 사양하는 기색도 없이 받아서 눈물을 닦고 또 닦았다.

"애기 같아. 자아, 울지 말고 얘기 해봐. 가슴속에 묻어두지만 말고. 뭐든지…, 난 고향 오빠 아닌가?"

"이혼할거에요. 선생님."

"이혼이 누구네 애 이름인가?"

별스레 놀라진 않았지만 일단 형식적인 대꾸를 했다.

"유산되었어요. 근데 그 아기가 부정한 씨라고 저를 몰아세우더라고요. 아기 아버지를 이실직고하라고, 그럼 이혼해준다고…"

경만은 이상하다는 눈빛으로 아미를 보았다.

"유산이었어? 일부러 지운 건 아니고?"

"무슨?"

"내 딸은…, 거의 습관적으로 아일 지우거든."

아미는 문득 경만의 사생활이 너무 궁금해졌다.

창밖엔 눈이 펄펄 내리고 있었다.

"제가, 선생님 아이…… 낳아드릴까요?"

아미가 심각한 얼굴로 말했다. 울어야 할지 웃어야 할지, 아니면 아미를 얼른 껴안아야 할지, 혹 이 자리를 피해버려야 할지, 얼른 판단이 서지 않았다.

안절부절못하는 그를 보며 아미는 까르르 웃었다.

그리곤 정색했다.

"농담이에요 선생님. 저같이 더럽혀진 여자가 어떻게 선생님에게 그럴 수 있겠어요? 담배나 한 대 피웠으면 좋겠어. 사다 주시지 않을래요?"

"아미……. 그러지 마. 자학하지 마라."

"자학이라고요? 전 지금, 자학을 하고 싶어도 못하는, 그래서 미칠 지경인 상태예요. 담배는 저를 미치지 않게 하는 제 유일한 치료도구입니다. 치료제라고요."

경만은 한숨을 길게 몰아쉬고는 침대 옆 간이의자에 주저앉

왔다.

"잡초도 씨가 있다는데, 나도 씨 하나 만들고 싶긴 하다. 그런데, 내 아이 낳으려면 담배 끊어. 알겠지?"

아미가 서글픈 미소를 지었다.

"내 애인이 선생님이라고 말할까요? 그럼 정말 이혼해줄까?"

구경만, 그도 마찬가지로 일그러진 미소를 지었다.

"간통죄로 집어넣을 거다 아마……"

"날 사랑한다고 하셨잖아요? 우린 어차피 간통죄에 해당되는 거 아닌감? 마음으로 그러는 것도 죄라구, 성경에 명시되어있어요."

"하기야 난 당신과 20년을 넘게 살아왔지. 암튼, 간통죄로 고발되건 말건, 그놈에 인간한테서 빠져나오는 게 급선무야."

그러자 아미의 표정이 쫓기듯 절박해졌다.

"안돼요. 법적 조치론 절대로 불가능이에요."

갑자기 머리를 마구 헝클며 히스테리를 부리던 그녀.

하지만 금세 침착해지는 거였다.

"저랑 함께 도망가실래요?"

"기호는 어떡하고? 학교문제가 있잖아?"

"학곤 정해졌죠. 그 인간은 처남이 고등학교엘 가게 되었는지 조차도 몰라요."

"그래도 주소 추적을 하면……"

"전입신고도 안할 겁니다."

"많이 생각했군. 거처할만한 데는 정해놨고? 뭘 먹고살려고?"

"선생님이 책임져주셔야죠, 선생님……"

그녀의 눈이 경만을 은밀하게 끌어들였다.

"선생님도 무자식이고 저도 그렇고, 이런 기막힌 인연이 어디 있겠어요? 이 마당에 뭐가 무서워서요? 지금 이판사판입니다. 제가 그 인간 손에 죽든지 그 인간이 기호 손에 죽든지……. 급해요, 선생님만 저를 원하신다면 일을 감행할 수 있어요. 얼른 답해주세요."

"구해달라고? 페르세우스가 안드로메다를 구하듯이 그렇게?"

"어머나, 어떻게 아셨어요? 제게 있는 안드로메다 별자리를?"

"아니, 그게 무슨 말이야? 어디 있어? 좀 보자."

"언제고 보여드리겠지만…. 지금은……"

아미는 몸을 잔뜩 웅크리며 바르르 떨었다.

"전, 안드로메다처럼 망망대해 바위섬에 쇠사슬로 묶여있어요."

"그 별자릴 동양에선 규수 별자리라고 하는데……,"

"결국 처녀란 말이지요. 그것도 누군가 구해줄 것이라는 믿음에 차서 그 무서움을 끝까지 견디는…… 쇠사슬에 묶인 처녀!"

불현듯 몸을 일으켜 침대에서 내려선 아미.

경만은 문득 그녀의 향기를 맡았다. 소독약 냄새와 섞인 그것은 공장에서 막 빠져나온 신제품처럼 깨끗했다.

"선생님, 허락하시죠? 페르세우스까진 못되시더라도, 아무튼 제 보호자가 되어주시는 거."

엉거주춤 선 채로 난감한 표정을 짓는 구경만.

"꾸며낸 이야기던가요? 20년이나 같이 살아온 거."

그녀는 너무도 합당한 말을 하고 있는 중이었다.

"전 지금 퇴원해야겠어요. 선생님이야 어떤 결정을 지으시든."

"내 맘대로 하라고?"

"제 보호자 되시기가 껄끄러우시면, 그냥 언제든지 제가 외로울 때 친구나 해주세요. 부담 갖지 마세요. 언제 만난 사이라고……"

"들어갈 집이 있느냐니까?"

"지금부터 구하러 다녀야죠. 암튼 사라질 겁니다. 그 괴물 앞에서 영원히! 우선 기호의 학교생활에 지장이 없을 거리에다 집을 얻어야겠어요. 어머나, 그리고 보니 그 인간 기호가 어느 학교로 진학하는지를 모르기 천만다행이네요."

"내 눈앞에서도 사라질 것 같군. 왜 그리 급하지?"

"선생님은 제 삼자라서 아직 피부에 닿지 않으신 모양이에요."

아미가 가방을 챙겨 병실 문을 나가는 것을 보고서야 경만이 뒤따라갔다.

"당신 참 굉장한 여자야. 그런 대담성을 가지고 왜 지금까지 붙들려 살았지?"

"쥐도 구석으로 몰리면 고양이를 문다는, 그런 절박감일 뿐. 선생님, 전 그림이 아니에요. 만신창이가 되었으면서도 앞으로 살아가야 할 궁리를 하는 속물, 두발달린 짐승. 이 판에 선생님에게 의지하는 건 잘못이죠?"

"그렇군. 잘못이군."

하지만 지금 헤어지면 아미를 영영 잃고 말리라는 예감이 그를 조마조마하게 했고, 그래서 부랴부랴 학원에 전화하여 휴강 조치를 하고는 아미의 퇴원수속을 도왔다.

아미가 바라는 열세 평짜리 아파트는 좀처럼 나타나질 않았다. 대신 조그마한 가게 딸린 한 칸짜리 방을 계약했는데, 방은 당장이라도 이사를 할 수 있도록 비어있었다. 앞으로의 생계유지를 위해서는 오히려 잘된 일이라고 하며, 아미는 와락 경만의 허리를 감았다. 그리고 그의 등에다 얼굴을 비벼대며 들릴락 말락 속살거렸다.

"선생님……"

촉각을 바짝 세웠다. 그러나 아미는 좀체 다음 말을 끄집어내질 못해서, 경만이 그녀를 돌려세우고 뚫어져라 보다가 으스러지게 끌어안았고, 입술을 더듬었다. 그의 혀를 받아들이면서 그녀 속에선 잔잔한 웃음이 번졌다.

'내게 순수하게 남아있는 거라곤 바로 이것뿐이란 걸 알아차리셨군요.'

그랬다. 형석이 그녀의 몸 구석구석을 다 점령했었지만 입술만은 가지지 못했다. 그녀가 한 번 퇴짜 놓은 뒤로 입술만은 건드리지 않고 지켜준 거였다. 아내를 상습적으로 학대하면서도 정작 자기 몸은 털끝 하나라도 다치길 원하지 않기 때문이기도 했는데, 혹여나 혀를 깨물릴까봐 몸을 사린 거였다.

"아미! 오늘밤은 어디서 잘 거야?"

오스스, 사시나무처럼 몸을 떠는 그녀가 애처로웠다.

사방엔 벌써 어둠이 짙게 깔려 신축 아파트 단지의 불빛들이 대기층의 오염으로 막혀버린 별빛을 대신하였다.

"우선 어디 가서 밥부터 먹자."

"그래요. 하지만 제가 잘 곳부터 정해야 하잖아요?"

"염려 마. 우리 집 아님 호텔로 모실 테니까."

"예에? 그럼, 선생님 댁에 전화부터 거세요. 방 하나 깨끗이 치워놓으라고."

"하하하~ 우리 집엘 갈 거야? 정말이지?"

경만이 웃음을 멈추지 않고 짓궂게 물어대자, 아미가 머리를 흔들었다.

"아아뇨—. 하여간 전화부터 거세요."

"괜찮아. 걱정 마."

"어머머? 기다리게 하시려고? 혹, 사모님이 집에 안 계세요?"

"집에 왔다가 다시 교회 갔을 거야. 하나님의 열혈 팬이니까."

"전도사님이세요?"

"아마도."

레스토랑 <다락방> 계단을 내려딛으며 아미의 표정이 굳어
지고 있었다.

"선생님 죄 지음 안 되겠다. 보통사람보다 더 무거운 벌을 받
겠는 걸? 아휴, 오히려 내가 큰일 날 뻔!"

괴목 받침을 한 커다란 유리탁자를 찾아 앉은 경만이 아미를
다시 바라보았다.

"왜? 왜 큰일이 난다는 거야?"

테이블에 팔꿈치를 내린 아미는 문득 턱을 고이며 소녀처럼
천진하게 말했다.

"사모님은 하나님의 절대적인 팬이시고, 저는 그런 사모님께
못할 짓을 하려고 했거든요. 벌 받을 짓."

"그럼 아까 그 일은 어쩌고? 꿈이었어?"

"무슨 일?"

그녀가 시치미를 뚝 뗐다.

"꼭 말로 해야겠어?"

"아하, 그거요? 오히려, 외로운 영혼 구제해줬다고 칭찬하셨을 걸요?"

"저런 말이 하고 싶어서 첨엔 어찌 그리 벙어리 시늉을 했노?"

직원이 와서 공손히 절하고 두 손을 모았다.

"참으로 죄송한 말씀을 올려야겠는데요? 여긴 10인용 테이블 입니다. 나중에 단체손님이 올지도 몰라서요."

경만은 예쁘장한 웨이터가 측은해보였다.

"그래서? 어서 말해보게."

웨이터가 몹시 고마워하며 다시 손을 비볐다.

"음식을 시키시기 전에 2인용 테이블로 옮겨주셨으면 해서요."

약간 짓궂은 표정으로 웃는 아미가 무척 예뻤다.

"이 사람이 말을 못해요. 글자로 대화를 해야 하는데 어떡하겠 소? 여기 불이 제일 밝은 거 같은데 말이오."

그러자 아미는 자기 가방에서 메모지를 끄집어내더니 「2인용 으로 가겠어요. 말 안 하면 되죠 뭐.」라고 썼다.

둘은 서로 마주보고 미소 지으며 몸을 일으켰고, 경만이 2인용 자리를 하나 가리키곤 웨이터에게 주문했다.

"다락방 정식이 뭔지, 그걸 갖다 주소."

그런데 정작 자리를 옮기고 나자 아미는 입을 꾹 다물어버렸다. 경만은 그런 그녀에게 무슨 말이건 하라고 자꾸 눈짓했고, 아미는 아주 재미있다는 듯이 구경만을 구경만 했다. 이윽고 아미가 구경만의 귀를 잡아당겼다.

"선생님은 누구세요?"

헛웃음 짓다 말고서 경만은 자기 무릎을 턱 쳤다.

"아참! 큰 실례를 했군. 우리, 빨리 식사 끝내고 나갑시다. 당신을 데려다주고, 거기서 내 얘길 털어놓는 게 좋겠어."

"절 데려다 놓고서, 그리곤 댁으로 가신다고요?"

"그럼 어떡해? 같이 자잔 말인가?"

그녀는 미소를 머금었다.

"아뇨. 데려다만 주세요. 그리고 선생님의 구체적인 사연은 제가 알 필요가 없을 것 같네요. 하나님이 무서워서 아무래도…"

경만이 그녀의 이마를 통 퉁겼다.

"아야야!"

몹시 아픈 척 엄살을 피우고서 아미가 밝게 웃었다.

아미가 잠든 것을 확인하고서야 모텔을 빠져나온 경만은 곧장 택시를 잡았다.

'내가 지금 무슨 짓을 벌이고 있나?'

아침부터 밤까지 벌어졌던 일을 하나하나 떠올려보니 하루의 일이 아니라 한 달에 걸쳐 연달아 일어났던 일인 것처럼 여겨졌다. 그 중에 병원에서 잠깐 부딪쳤던 정연의 얼굴이 가장 크게 떠올랐다.

'명색이 아버지란 사람이 자기보다 댓살 어린 여자를 만나러 왔었다는 걸 알아채면 정연인 과연?'

낌새가 수상하더니 집에 들어서자마자 울긋불긋 총천연색인 아내 얼굴과 맞닥뜨렸다.

"흥, 왜 들어왔어? 아예 자고 들어오시지."

"또 무슨 간섭을 늘어놓으려고?"

일단 시치미를 뚝 뗐다.

"잡아떼지 말아요!"

"뭘?"

"택시로 모시고 나간, 그 여자 말이에요."

"밑도 끝도 없이?"

무늬만 아내인데도 제법 확인 쐐기를 박는다.

"흥, 숨겨 논 여자가 바로 그 여자였구먼?"

"쓸데없는 소리, 계속 할래?"

아내의 추궁을 묵살한 채 주방으로 자리를 옮겼다. 아침엔 없던 맥주가 냉장고 안에 줄줄이 들어차 있는 것이 께름칙했다.

"희귀한 일이군."

태연히 중얼거리며 맥주 한 병과 컵 하나를 들고 방으로 들어가자, 아내가 뒤를 졸졸 따라다니며 비아냥거리는데,

"술까지 마시고 들어올 것이지? 딸년이 아비 먹으라고 사논 술, 누가 가져갈까봐 들어오자마자 마시남?"

"오호, 그랬어? 그냥 고자질하기 뭣해서 술까지 사들고 왔더란 말이지?"

남편 앞에 턱 퍼질고 앉은 아내는 통곡이라도 할 기세로 따져들기 시작했다.

"흥, 혹시나 했더니 역시나였어? 걔가 당신 애기라도 낳았수? 그래서 산부인과에 갔던 거유? 하기야, 그냥 늙긴 생각수록 억울했겠지. 아들이야 딸이야? 배냇저고리라도 장만해줄게. 아참, 배냇저고리에 무슨 아들딸?"

'이제는 슬슬 가족관계를 정리할 때가 왔군.'

경만은 한결 가벼운 심정이 되었다.

"고것이 형사처럼 잠복해 있다가 뒤를 밟았다? 지가 못 안겨준 고추, 애비가 자가 생산했나 싶었겠지. 가족놀이 쫑파티가 싫음 구구로 가만있을 일이지 원."

"주책도 분수가 있어야지. 손주를 봐도 시원찮을 나이에 애길 낳아? 아이고 창피!"

"내 나이가 어때서?"

자기가 진짜 마누라라 착각한 나머지 남편 닦달하기 계획표를 착실히 짜느라고 몇 시간을 낭비한 유영수는 입에서 나오는 그대로 지분대고 있었다. 하기야, 막내 동생 같은 남편 아닌가. 기꺼이 곰살궂은 인생 상담자가 되어 주리라 작심했었는데도, 열심히 준비한 그 말들은 도무지 어디로 숨어버렸는지 종적이 묘연한 것이었다.

"웃기지 마! 당신이야말로 애기 생기면 창피하겠지만, 난 아직도 오십대야. 바보야!"

갑자기 말문이 막혀버린 아내는 눈물을 줄줄이 쏟으면서 방방 뛰었다. 그녀는 손에 잡히는 대로 집어다가 마구잡이로 던졌다. 깨부수기 시작했다.

"위선자! 더러운 인간! 야이 사기꾼아! 도둑놈아!"

불현듯 첫 아내 양소임이 야반도주하는 주제에 무슨 덕담인양 내뱉었던 '이별사설 한 판'이 떠올랐다.

'천길만길 유황불 낭떠러지에 널찌가이고, 동가리, 동가리 짤라지가이고, 열두 지옥 방방이 따로따로 들락날락함서, 한 푼 주이소, 두 푼 주이소 쿠고, 천만년 동냥질이나 다닐 순 악질, 고자놈!'

하지만 추억에나 붙들려 있을 판국이 못 되었다.

아미의 얼굴. 아침에 그림을 껴안고 펑펑 울었었고, 그러느라 무심히 책상 위에 놓아두었었는데, 그것을 그만, 무뇌만 마누라쟁이가 자기 분수를 깜박한 채 부숴버린 거였다. 무참히 찢겨져 버린 아미! 경만은 눈이 뒤집혔다.

추사 김정희의 세한도가 삽화로 들어간 고서적이든, 석파 대원군의 난초가 새겨진 붓통이든, 피카소가 만들고 그린 도자기이든, 그 무엇이든 던져도 용서할 수 있었다. 그러나 그녀만은, 20년을 가슴에 품고 살아온 그녀만은 노터치! 노터치의 보물이었다. 다시 손대면 당장 이혼할 각오를 하라고 경고한 바도 있었다. 그런데 까먹을 게 따로 있지. 건망증도 가려가면서 일으켜라! 찢겨서 너덜거리는 그림을 들고 있던 그의 손이 급기야 단말마의 비명을 불러냈다.

"끝이야!"

별안간 만신창이 아미 얼굴에 알른알른 미소가 피어나는 순간, 딸 정연이 들이닥쳐서는 무릎을 착 꿇고 제 엄마 대신 용서를 빌고 있는데, 그러거나 말거나 구경만은 밀려오는 자기설움에 코끝이 시큰거렸다.

"한 이불 덮고 자는 부부도 아니면서 네 결혼 때문에 하는 수 없이 혼인신고를 했었다. 그때 조건이 있었지. 서로의 사생활은 건드리지 말기로 말이다. 그런데 이렇게 드러내놓고 나를 장악하려고 드니, 난 이제 이혼신고를 할 수밖에 없다. 이 마당에, 무슨 이해가 필요하나? 더 이상 말을 말고, 네 엄마나 깨우쳐주기 바란다. 이혼 사유? 그런 게 필요하다면 한 가지만 말해주마. 일년 삼백육십오일 중에 네 엄마가 나한테 밥을 챙겨준 날이 몇 날인 줄 너 아나? …… 한국사회에선 아내의 입장을 내세워 강짜를 부릴 정도가 될라면 말이다. 적어도 부엌에 삼백일은 들어가야 되는 거다. 그런데 네 엄만 부엌엘 안 들어간 횟수가 삼백일은 넘는다. 물론 진짜 마누라가 아니니 탓할 수는 없다만, 아무리 그렇다고, 도대체, 생각이란 걸 하고 그따위 짓을 하는지 한심스럽다. 정연아. 며칠 사이에 네 엄마와 구청에 갈 거야. 네 엄만 곧이곧대로 해줘야 통하는 사람이니까 말이다. 그렇게 알고 있어라."

경만은 딸이 한잔 가득 따라놓은 맥주를 거들떠보지도 않고 간단한 소지품이 든 가방 하나만 챙겨들었다.

"신경 쓰지 마라. 이혼해도 이 아파트는 네 엄마 몫이니까 말이다."

참으로 오랜만에 까치호랑이를 바라봤다.

'저걸 처분할 때가 된 것 같군.'

새롭게 시작하리란 생각이 굴뚝같아졌다.

'그래, 고생 끝 행복 시작이야.'

나는 소망한다

　남해 상주면 상주 해수욕장. 서쪽에는 천황산이, 남쪽에는 삼서도와 목도가 만을 가로질러 점점이 떠있다. 그래서인지 겨울인데도 바람이 매섭지가 않았다.

　제비꽃색깔 머플러와 비둘기색깔 롱코트, 그리고 잿빛 부츠의 발목에 선명한 제비꽃 무늬 …… 아미는 꼭 그렇게 차리고서 겨울 바닷가를 묵묵히 걸었다. 바다 깊은 곳에서부터 바닷바람이 몰려나와 하릴없이 사그라지며 한 올씩 그녀의 머리칼을 날리고 있었다. 한 발 한 발 모래펄에 발자국을 찍으며 그녀와 조금 떨어져 걷던 경만은 그녀의 긴 머리칼에다 깊은 슬픔을 버무렸다. 그리고 가만히 다가가 그녀의 손을 주머니에서 빼고는 담배를 쥐어주었다.

　"에쎼야. 당신 기호품. 어때? 피워 볼 거야?"

　"언제는 피우지 말라고 말리시더니?"

　여자가 쿡 하고 웃음을 터뜨리자, 남자가 우물쭈물 변명하였다.

　"당신을 위로할 방법을 찾다가 샀지."

　둘은 서로 이마를 맞댔다. 얼굴과 얼굴은 남자의 손으로 가리고 그 사이에서 여자가 담뱃불을 붙였다. 입술에 물려진 담배가 빨긋빨긋 타다가 순식간에 연기로 변하는 순간, 여자는 기침을 했다.

"담배 피는 여인은 꽤 매혹적이야. 하지만, 기침을 한다면 안 좋은 징조지."

아미는 눈을 살짝 흘겼다.

"아이고, 바람 때문이었어요. 뭐 골촌 줄 아시나봐?"

담배까치를 내던지고서 여자가 소녀처럼 달렸다. 세상에 태어나 처음인 것처럼 마음껏 웃고 마음껏 떠들었다.

남자가 문득 "나한테 할 말 있지?"하고 물었다.

"무슨 말?"하고 여자가 시치미를 뗐다.

"있잖아, 그 말……"

여자는 생각에 빠졌다. 어느새 빠져나오지 못할 사랑의 늪에 발을 들이밀었고, 그래서 여행 제의도 마침 고향으로 가자는 거고 해서 흔쾌히 받아들였지만, 남자가 원하는 그 말은 도무지 어려웠다. 그래서 여자가 문득 딴청 피웠다.

"어머머! 저 물고기가 왜 저래요?"

촘촘한 그물망처럼 펼쳐진 물을 뚫고서 갑자기 물고기가 뛰어올랐다. 한 놈인 줄 알았더니 여기저기서 화들짝, 포르르, 파르르, 오르고 내리고 오르고 내리면서, 깊은 곳에선 큰 물고기가,

얕은 곳에선 작은 물고기가, 저 혼자 아니면 여럿이서 마치 군무를 추듯이 뛰어오르고 있는 모양새였다.

"탈출하고 싶은가봐."

"글쎄, 춤추는 거 아닐까."

"아녜요. 저건 어디론가 달아나고 싶다는 뜻의 처절한 몸부림이에요."

"처절한 몸부림 치곤 너무 눈부셔. 마치 당신 같이"

그랬다. 바들바들 눈시울 떨어야만 보이는 그것들은 어쩌면 그녀의 분신일지도 몰랐다. 물밖엔 아무 것도 없어보이던 물위로 불쑥 불쑥 솟아오르며 꼬리지느러미를 비트는 물고기들. 비틀 때마다 비늘 쓸리는 아픔을 감내하며 와그르르 깨어져 방울방울 낱낱이 곤두박질치는 물보라 알갱이들. 그들은 어쩌면 페르세우스를 기다리던 안드로메다의 눈물방울들일지도 몰랐다. 그 사슬 벗어나고픈 열망을 부추기던 거센 파도의 아우성일지도 몰랐다.

"허황옥이 가져왔다는 쌍어신앙을 말하고자 하는 건 아닐까?"

"그럼 저 물고기들도 아유타국에서 온 것일까요?"

"하하하, 어제 보았던 보리암의 삼층석탑처럼?"

경만은 금산 5경에 속한다는 그 석탑의 전설이 떠올랐다. 금관가야의 시조 수로왕의 비 허황옥이 아유타국에서 올 때 풍랑을 막고 항해의 안전을 도모하기 위해 배에 파사석탑(婆娑石塔)을 싣고 왔었는데 그 일부를 원효대사가 옮겨다 놓았다고 하는 전설이었다. 그 석탑 위에 나침반을 올려놓으면 북쪽을 가리켜야 할 바늘이 남쪽으로 60도 가까이 돌아가 버리는 자기난리(磁氣亂離)현상이 일어나는데, 일설엔 석탑 속에 우주의 기가 흐르기 때문이라고도 하고, 부처님의 진신사리가 석탑 안에 들어있기 때문이라고도 하며, 온천수가 흐르기 때문이라고도 했다.

해변을 빠져나와 우거진 솔숲을 지나자 호텔 '은빛소나타'가 그들을 반겼다.

경만은 그녀를 침대에 앉히고서 한숨지었다.

만약 세 번째 아내 최승리였더라면 벌써 덤벼들어 경만을 발가벗겨놓고는 '당신은 내게 사로잡혔어!'라고 외치며 승리의 깃발을 날릴 것이었다. 그러나 아미는 달랐다. 마치 고향바다처럼 순하고 부드럽고, 사랑과 슬픔이 가득한 여자였다.

경만은 숨을 가다듬었다.

"우리 부부가 되어 살자. 서로 사랑하면 다 해결되는 거야."

"정말 그럴 수 있을까요? 우리……"

아미는 믿을 수 없다는 표정으로 조용히 몸을 일으키더니 욕실로 들어갔다.

"나도 들어갈까?"

아미가 "아—뇨!"하면서 깜짝 놀라 소리쳤다.

"등 밀어줄게."

경만이 억지로 들어가자 그녀는 체념했고, 그녀의 등이 좁은 욕실 불빛에 적나라하게 드러났다.

"악—"

경만은 비명을 질렀다. 그녀의 등에 새겨진, 몇 년에 걸쳐서 이루어졌을 꽃무더기. 마치 별자리처럼 배치된 흉터들. 매화꽃무늬문신…….

아미의 등에다 주룩주룩 눈물을 쏟는 구경만.

"그 인간, 미친 거 아냐? 이 정도라면 당장 이혼소송을 걸 수도 있어. 근데 바로 이게 안드로메다 별자리인가?"

"그렇죠?"

"우선 방으로 가자. 당신 흉터를 다시 좀 보자고."

둘은 욕실에서 나와 침대에 나란히 누웠고 경만이 아미의 등을 어루만지며 하나하나 별자리를 짚었다.

"그런데 이걸 그 작자가 만들었단 말인가?"

"원래 제 등에 있었어요."

경만은 탄식했다.

"분명 어떤 무속적인 주문이 걸려있었을 거 같아. 당신 혹시

신딸 아닌가?"

등을 돌리고 누운 채 아미가 풋! 웃었다.

"신딸은 신딸인데, 그 인간이 이 별자리를 매화꽃으로 만드는 바람에 주문의 효력이 없어진 그런 거 아닌가?"

그녀의 등엔 흡사 안드로메다 별자리 같은 점들이 태어날 때부터 있었던 거고, 김형석은 바로 그 점들을 꽃씨로 삼아 뱅글뱅글 돌아가며 매화 꽃잎 다섯 장씩을 담뱃불로 새겼고, 그랬기에 아미에게 걸려있었던 어떤 주술이 발효를 못한 건지도 모른다고, 구경만은 아주 심각한 얼굴이 되어 설명했다.

"호호호, 선생님 아주 재미있는 추리를 하시네요. 사실 제 어머니가 그런 비슷한 이야길 해주시기는 했는데요, 저에게 '윤'이라는 어머니 성을 준 진정한 이유로는 제 아버지가 제 생부가 아니라는데 있다는 거예요. 말도 안 되지만."

경만은 화들짝 놀라며 벌떡 일어나 앉았다.

"그럼 다른 남자가 있었다는 건가?"

아미도 이불을 끄잡아 내리고는 몸을 일으켰다. 그리고 정색했다.

"아뇨. 절대로 외간 남자가 있었던 것도 아니래요."

"그럼 어찌 된 건가? 당신 어머니는 남자도 없이 잉태했었다는 건가? 부도지에 있듯이 마고가 남자도 없이 궁희 소희를 낳았다는 그것처럼 말이야."

아미가 팔짱을 끼었다. 그리곤 여태 본 적이 없는 묘한 웃음을 흘렸다.

"그럴지도 몰라요. 동생은 아니지만, 전 … 우리가 맨 처음 가본 양아리 서불과차라는 석각, 그것과 관련 있는걸요. 어머니가 그 거북바위에서 기도를 드리고 나서 저를 임신했다고 그러셨거든요."

"아하, 아들 낳게 해달라고 기도 드렸다 그 말이군. 진시황 시대에 불로초를 찾아 남해로 왔던 서불이 새겼다고 전해지는 서불과차, 그 석각에다 기도를 드렸다? 전에 내 친구가 그걸 별자리라고 벅벅 우겼던 그 거북바위… 그러고 보면 별자리가 맞는 거 아닌가? 아무튼 그 바위에 기도했는데 딸이 태어났고, 딸의 등에는 무슨 별자리 같은 점이 수두룩했고……, 하지만 아무리 그렇다고 생부를 부인하다니 좀 이해가 되지 않는군."

"어머니 꿈에 삼신할머니가 18세 처녀 모습으로 나타났던가 봐요. 자주……."

"거 참 점점 흥미가 동하는군. 근데 나타나서 뭐라고 했대?"

"그저, 나는 내가 누군지 모르겠다. 너는 아는가? 그러더래요."

"아들은 못 주겠지만 딸은 하나 점지해주겠노라… 그런 말이 아니고, 자기 이름을 알아맞히라고 그랬단 말인가? 거 참 희한한 태몽이네."

"그 꿈에다가 이름을 붙이자면 태몽 맞을 거예요. 똑 같은 꿈을 서너 번은 꾸셨다니까요. 그래서 엄만 아버지가 친아버지가 아니라고까지 한 거랍니다."

"그럼 당신한테는 기나도 아미도 아닌 또 다른 이름이 있을 수 있겠군?"

"선생님 추리대로 저에게 내려진 무속적인 어떤 주문과 저의 또 다른 이름이 관련 있었다면, 정말 그랬을 수도 있겠군요. 그러면 내 남편이라는 인간은 그 주문이 발효되지 못하도록 모종의 장치를 한 셈이겠고요."

"당신이 신딸, 즉 무당이 되는 걸 방지해줬다는 그 말 아닌가?"

"그 석각 앞에 서서도 아무 일 없었던 걸 보면, 오히려 고마워해야 하나요?"

아미가 푹 한숨을 쉬자, 경만이 그녀를 꼭 그러안았다.

"그런데 어떻게 참았니? 아파서, 아파서, 어떻게…?"

"기절해버리는 거죠."

남편의 린치를 중단시키는 방법은 아주 간단했다. 기절해버리면 되었다. 그래서 남편은 아내의 등판에다 한 번에 꽃잎 한 장밖엔 만들지 못했고, 매화꽃잎 다섯 장을 완성시키려면 한 달, 두 달, 석 달, 어떤 것은 일 년이 걸린 적도 있었다. 그런데 저번에 매화무늬 팔찌를 선물한답시고 감행한 담뱃불 작품은 그녀가 기절하고 나서도 한참이나 진행되었다. 그날로 매화꽃잎 다섯 장이 다 새겨졌다는 것이 그 증거였다.

다시 몸을 일으켜 침대 아래로 내려선 아미는 왼쪽 손목을 들여다보며 바들바들 몸을 떨었다. 새록새록 되살아나는 아픔 때문에 팔짝팔짝 뛰었다. 그녀의 등에서 매화꽃무리가 부르르 흔들렸다. 마치 매화꽃 숲에 서 있는 여자의 나신에 비바람이 몰아치는 것 같았다. 그녀의 손목을 들여다보다가 등을 쓸어보다가 안절부절못하던 경만은 이윽고 그녀를 마구 흔들어댔다. 그리고 소리쳤다.

"말해! 다 말해! 그 인간이 너에게 저지른 일을 다 말하라고. 들어줄게. 말로 토해야만 미치지 않는다고."

"어떻게 말해요? 그걸 어떻게……"

도저히, 맨 정신으론 입 밖으로 낼 수 없는 이야기였다. 그러나 대강 씻고 다시 침대로 돌아간 그녀는 담배를 피워 물었다. 그리고 차근차근, 마치 영화이야기를 하듯 남편에게서 당한 일들을 털어놓기 시작했다.

"그만, 그만해!"

"그런 건 흔적이 안 남아 있어서 진단서를 뗄 수도 없는 거잖아요. 그러니 제 말을 거짓말이라 여기셔도 할 말 없습니다."

와르르 가슴 무너지는 소리, 그는 애써 냉정을 찾았다.

"등에 새겨진 이 꽃무리는? 이건 진단서를 뗄 수 있지 않을까?"

"멋 부리느라 문신했다고 그럴걸요? 이 손목도 제가 자해한 거라고 오해받는 판국 아닌가요?"

바드득 이를 갈면서 경만이 그런 놈은 죽여야 마땅하다고 중얼거렸다.

"안 돼요 선생님!"

"왜? 왜?"

"그러면, 선생님이나 저나 끝장이잖아요? 전, 제대로 한 번 살아보고 싶어요."

"그렇구나,… 정말 그렇구나.……"

최선의 방법이란 게 꽁꽁 숨어있는 길 뿐이었다.

경만은 아미와 함께 구체적인 탈출 방안을 모색하기 시작하였다. 자신도 여행이 끝나는 대로 이혼수속을 밟기로 했으니 마침 잘된 일이었다. 동생 기호는 학교 근처에 하숙을 얻어주기로 했다. 많지 않은 재산이지만, 시골의 전원주택 한 채 정도는 구입할 수 있을 거였다. 결정하고 보니 마음이 다급해졌다.

오박육일로 잡았던 여행을 삼박사일로 단축하고 호텔 로비로 나오는 길이었다.

맞은편에서 걸어오던 한 남자가 유심히 아미를 바라보며 스치다가 몸을 획 돌리고 발을 멈췄다. 그리고 그녀의 얼굴을 정면으로 쏘아보는 거였다. 김형석인가 싶어 경만은 잠시 아찔하였지만, 남자는 바로 20년 전에 미국으로 영영 가버린 줄 알았던 그 친구 정시우였다. 바로 그가 아미에게 넋이 빠져서는 멍하니 서 있는 것이었다. 그가 마침 아미를 향해 입을 떼려고 하는 것을 가로막고서 경만이 손을 내밀었다.

"정 화백 아닌가?"

그제야 최면에서 깬 사람처럼 정시우가 돌아보았다.

"아니? 와아~ 자네가 언제 이 사람을 찾아냈지?"

눈앞의 여자가 질렸거나 말았거나 그는 아무 거리낌 없이 떠들어대고 있었다.

"그 여잔 지금 오십도 넘었을 걸? 살아있다면 말일세. 아니죠? 그쪽 이름이 뭔지, 좀 알아도 될까요?"

하지만 아미는 가던 길을 재촉하고 있었다. 호텔 커피숍으로 들어가는 중이었다. 그들이 오랜만에 만난 친구들임을 직감했고, 그래서 자리를 피해주려는 것이었다.

그녀의 뒷모습을 보며 정시우가 또 중얼거렸다.

"어쩌면 저렇게 같을 수가 있지? 환장하겠군."

"하이고, 몸매까지도 같단 말이지? 내가 보긴 잘 본 건가 보네."

경만이 아미에게 다가가는 걸 막아서며 정시우가 따지듯 말했다.

"이름이 뭐냐니깐? 왜 대답을 안 하지? 말 못하는 사람인가?"

경만은 한동안 그녀의 벙어리놀음에 폭 빠졌던 자신을 떠올리며 실실 웃었다. 그리고 아미 옆에 가 앉아서는 정시우를 정면으로 마주보게 했다.

"직접 여쭤보시게."

이윽고 정시우 화백이 정중한 질문을 던졌다.

"아깐 실례했습니다. 제가 아는 사람과 너무 닮아서요. 설마 그럴 리야 없겠지만,…… 최혜수 씨라고, 혹 아시는지?"

그런데, 깜짝 놀라면서도 고개를 끄덕끄덕하는 여자.

"최혜수라면 제 이복언니 이름인 것 같아요. 저보다 나이가 훨씬 많은 언닌데, 어릴 때 한두 번 보았을 뿐이죠. 그 언니와 제가 너무 많이 닮았다고, 제 어머니가 그러셨죠. 하지만… 지금도 그렇게 닮았는지는 알 수 없네요."

한참 후 경만이 침묵을 깼다.

"이복자매지만 이쪽은 윤씨고 그 쪽은 최씨. 자네가 진작 최혜수라는 이름을 말해줬으면 좋았을 텐데…… 아무튼 두 사람 아버지는 분명 최씨 맞아. 윤기나, 당신과 동생의 성은 어머닐 따랐다고 했으니까 말이지. 정리해보자면, 최혜수와 윤기나는 둘 다

비슷한 삶을 이어왔을 거고, 그래서 이미지마저 닮아버렸다 그거지? 그럼 그 언니는 지금 어디에 있소?"

무슨 말을 해야 할지 애매했지만 그렇다고 가만히 있을 수는 없어서 간단한 추리를 내놓은 거였다.

아미는 담담하게 대답했다.

"몰라요. 저는 제 아버지가 살아 계신지조차도 모르는데, 어떻게 아주 어릴 때 본 언니 소식을 알겠어요? 그냥 이름만 그 이름이란 것 외는……"

정시우는 담배를 끄집어내어 경만에게 권했다가 경만이 마다하자 아미에게로 내밀었다. 그러자 아미는 사양하지 않고 한 개비 뽑아드는 거였다.

"이거 실례했군요. 먼저 권하는 건데……. 담배 태우는 것까지 최혜수씨와 같을 줄은 몰랐거든요."

경만은 바짝 긴장하였다.

"그 시절에 여자가 담배를 태운다는 건, 그건 드문 일인데? 혹?"

"화류계 여자였냐고? 그건 아니고, 아틀란티스의 후예라고 그랬지."

"뭐야? 뚱딴지같이 아틀란티스의 후예라니?"

"그렇지? 뚱딴지같지? 그런데 최혜수는 자기가 아틀란티스의 후예라고 자주 그랬거든. 어느 날, 내가 그림 모델을 구하다가 만난 여자인데, 단지 고향과 취미가 통한다는 이유로 내 모델이 되어준 건데 말이야."

"그 여자도 그럼 화가였나?"

"아니지. 나처럼 암각화에 관심이 많았던 것뿐, 전공은 문학이었어. …그런데 혜수씬 모델을 서기 전엔 꼭 담배 한 대씩을 태웠거든."

"나이도 어렸을 텐데?"

"대학 1년생이었지. 알고 보니 노상 속이 메슥거려서 담배를 태운다나 뭐라나. 더구나, 누드모델을 서려면 몹시 긴장이 되고, 그래서 태운다는…. 난, 최혜수의 모든 자태를 감상하고 그리고 했지만, 그녀의 손도 한 번 못 잡았다네. 그녀는 내게 손이라도 허락하게 되는 날은 필시 모델료를 못 받게 될 거라고 걱정했던 거야.… 그런데, 그녀가 내 화실에 다니기 시작한지 불과 두 달밖에 안된 어느 날 문득, 바람과 같이 사라져 버렸다네. 그게 전부지."

"잠깐, 여기 화장실이 어디죠?"

아미가 벌떡 일어서며 종종걸음 쳐서 나갔다. 정시우의 거리낌 없는 말들을 듣고 있기가 민망해서였다.

"혹시 손 한 번 잡자고 요구했던 게 아닌가?"

경만이 진지하게 묻자, 정시우는 머리를 흔들었다.

"손이 아니라, 입술을 딱 한 번만 주면 모델료를 듬뿍 주겠다고 제의했었지."

"이런 뻔뻔한 놈!"

"그런데 사실 말이야, 내게서 사라진 이윤 입술이 아니었다고."

"뭐였는데?"

"별자리 때문이었지."

"뭐라고? 별자리? 그 여자의 등에도 별자리가 있었단 말이야?"

"헉! 그럼 뭐야? 이게 어떻게 되는 건가? 윤기나 씨에게도 별자리가? 거 참 희한한 일이군."

"아무튼 여자의 아킬레스건을 건드린다는 건 비겁해. 옳지 못한 일이라고."

"그렇지. 그런데 자네야말로…… 찬란한 결혼경력을 싹 감추고 지고지순한 돌쇠역할을 하고 있는 거 아닌가? 흐흐흐, 저 여자, 그럼 과수댁이겠군?"

"상사바위 전설 말인가? 유감스럽게도 저 여자는 과수댁이라기보다 주인집 딸에 속한다네. 나는 뱀이 되어 그녀를 친친 감고 있다가 결국 천 길 낭떠러지에 떨어져 죽게 되는 역할이겠지만."

"슬픈 일이군. 그런데, 양아리 석각은 가 본 건가?"

"서불과차?"

"서불과차는 무슨! 그거 별자리가 확실해!"

"별자리? 무슨? 혹 거기에 안드로메다라도?"

"안드로메다? 혹 자네 애인의 등에 안드로메다가?"

"하여간 말해 보라고. 안드로메다가 있고 그 옆에 페르세우스가 있다면 그거, 서불이 지나갔다, 라는 뜻의 글자가 아니라 별자리가 맞을 확률이……."

"하하핫! 우리가 볼 때 맨 오른편이 페르세우스야. 별자리로 알고 보면 확실하게 나타나지. 안드로메다는 물론, 케페우스, 카시오페이아, 다 있어. 우리나라 가을의 밤하늘이지."

"헉! 자네 진짜로 별 박사가 된 거로군?"

"에히유, 그런데 그걸 안 믿어준다 이 말이지. 천문학계나 암각화 학술지나 모두 등을 돌린단 말이야. 이젠 그 거북바월 영판 서불과차라고 딱 못 박고는 대대적인 관광지로 만든다네. 미치고 팔짝 뛸 노릇이지."

"아이고, 자네가 힘든 싸움을 하고 있구먼."

정시우, 그의 눈에선 금방이라도 흘러내릴 듯 눈물이 일렁이고 있었다.

"그런데 구경만! 그 북두구성 이론을 지금쯤은 이해했는가?"

"안 그래도 둘이 손잡고 거길 순례하고 왔다네."

"하이고, 그럼 상사바위까지 간 거로군?"

"그렇다네. 남해가 고향이긴 해도 상사바위에 직접 오기는 처음이라더군. 아무튼 거기서 자네의 북두구성 이론을 피력하기는 했지. 헌데 자넨 손도 한 번 못 잡은 여잘 그토록 잊지 못하고 있었나?"

"이루지 못한 사랑은 오래오래 남는 법 아니던가?"

"난 자네가 사랑 같은 건 안중에도 없는 인간인줄 알았어. 하하하…… 과수댁과 돌쇠 이야기보다 더 지독한 짝사랑 스토리가 있는 줄은 정말 몰랐네."

정시우도 허허허 웃었다. 그러다 문득 출입구 쪽으로 손을 흔들었다.

"그녀를 잊으려고 성이 같은 다른 여잘 사귀었지."

출입구 쪽에서 자그마한 키의 여자가 경쾌한 발걸음으로 다가오고 있었다.

"끈질긴 여자야. 한때 미국 간다는 핑계로 도망쳤다가 5년 만에 붙들렸었지."

"정말 대단한 인연이군. 혹 내가 아는 여자인가?"

"우린, 중학교를 졸업한 후로 서른이 넘어 재회했잖은가? 그전의 인연이야. 헌데 저 여잔 내가 한국에 있을 때에도 날 미국에서 찾아 헤맨 경력이 있지."

"저 여자?"

경만은 정시우의 시선을 따라 뒤쪽으로 고개를 돌렸다. 그 여자는 바로 눈앞으로 다가왔다. 그리고 경만의 맞은편에 앉은 정시우를 향해 한껏 웃었다.

"당신, 한참 찾았어. 친구 만나셨나봐?"

그제야 구경만을 보게 된 여자가 갑자기 얼어붙어버렸다. 최승리, 바로 그녀였던 것이다. 그녀를 마지막으로 보았던 순간이 경만의 머릿속을 빠르게 스쳐갔다.

출판사의 편집장 일을 다시 보고 있었던 경만.

그에게 최승리가 예고 없이 들이닥친 거였다. 정신병원에서 본 그 모습이 아니었다. 막무가내로 이혼해달라던, 안 해주면 죽이겠다고 으름장을 놓던 그 모습도 아니었다. 상냥했다. 하지만 그녀는 한층 성숙된 몸가짐으로 전남편 앞에 앉았다. 출판사가 있는 건물의 지하 카페였다.

"어떻게 된 거야? …… 예나는?"

승리는 빙그레 웃었다. 도인이 된 모양이었다.

"미칠 것 같았어. 몇 달 신경정신과에 치료를 받으러 다닐 정도로. 그러다 어느 날 결심했어. 내가 열렬히 사랑할 수 있는 남자를 찾자고…… 그리고 당신을 만났었지. 그 남자의 배신에 복수도 할 겸, 나는 내가 선택한 남자를 불같이 사랑하리라는 거창한 결심을 했어. 행복했지. 그런데, 팔삭둥이를 낳다니, 가만히 계산해보니 예나는 그 남자의 아이였어."

'그놈이 이놈이었어?'

경만이 머리를 호되게 얻어맞은 기분으로 굳어있는 동안 아미가 돌아왔고, 정시우는 멍하니 서 있는 최승리에게 대강대강 아미를 소개하기 시작하였다.

"상종 못할 인간들!"

별안간 아미의 손을 끌어 잡으며, 구경만이 벌떡 몸을 일으켰다.

"나쁜 놈!"

'이럴 수 없어. 이건 꿈이야. 현실이 아니라고……'

멀거니 구경만의 독기 어린 시선을 받으며 정시우는 천천히 머리를 흔들었다. 하지만 꿈이 아니라서 지워지질 않는 현실.

구경만이 아미의 손을 꽉 잡은 채 이 모멸스러운 자리를 벗어나자고 안간힘을 쓰는 동안, 최승리도 그를 피해 뒷걸음질 치다가, 그러다 두 눈길이 딱 마주쳤다. 그녀는 더 이상 피하지를 못한 채 가늘게 전율하며 경만을 마주보고 있었다.

"구경만 씨……"

목소린 떨리고 있었지만 눈동자는 여전히 또롱또롱 빛나고 있는, 오십 후반의 여자 최승리!

"나쁜 사람……"

경만은 열에 들뜬 사람처럼 "나쁜 사람"만 중얼거리며 허둥지둥 로비로 빠져나갔다. 아미도 손을 꼭 잡힌 채로 그와 함께 나갔다.

택시를 세우고 있는데, 정시우와 최승리가 앞서거니 뒤서거니 쫓아왔다.

"무슨 오해가 있는 모양이다. 술이나 한잔 하며 풀자. 뭐 그리 급한가?"

"구예나가 정예나로 바뀌었나?"

"무슨 소린가?"

"자네의 저 매력적인 부인한테 물어보게나."

"아니 뭐라고?"

정시우와 최승리, 두 사람이 동시에 질린 얼굴을 하자, 경만은 그런 꼬락서니 위에 한 겹의 비웃음을 덧대어주었다. 그리고 마침 와서 멈춘 택시 안으로 아미를 밀어 넣고 자신도 차에 오르면서 선언했다.

"다시는 마주치지 않기를 하나님께 기도하겠네."

운전기사가 두 사람을 반겼다.

"어서 오십시오. 어디까지 모실까요?"

"터미널로 갑시다. 서울 가야 하니까요."

"예에, 잘 알아 모시겠심다."

택시가 출발하자, 경만은 아미의 손을 자신의 무릎 위에 올리고 감쌌다.

'아직도 내가 승리의 굴레에서 벗어나지 못했다는 증거로군. …… 빌어먹을!'

그는 아미의 코트주머니에 손을 넣었다. 위로한답시고 사다 넣어줬던 담배가 아직 그대로 있는 것이 여간 반가운 게 아니었다.

"담배 한 대 피워도 되겠소?"

운전기사와 아미에게 동시에 묻는 셈이었다.

"못 피우신다더니? …… 속이 많이 상하셨나봐."

피우지 말라고 말리는 사람은 없었다.

"아까 그 여자가 내 담배를 끊게 했었다고."

그리고 경만은 좀 더 큰 소리로 운전기사 뒤통수를 향해 털어놓았다.

"근 이십 년 만에 피우는 담배라오!"

"우와! 참말로 축하함돠. 기록이 째리 때리 뿌사지는 이 순간."

운전기사가 감탄사를 연발했다.

경만이 담배연기를 깊게 들이마셨다가 길게 내뿜자, 그것은 최승리의 요염한 자태로 변하여 핼끔핼끔 뒤돌아보며 차창 밖으로 빠져나가고 있었다.

'그래. 이제야 비로소 너에게서 벗어나는 거다. 해방되는 거야.'

담배연기가 빠져나갈수록 상념도 점점 또렷이 정리되어가고 있었다.

"당신은 왜 담밸 안 피워?"

그는 잠시 아미를 이상스럽다는 듯이 보았다.

"담배가 땡기지 않네요. 불안이 없어져서 그런가?"

"이 상황이 불안하지 않다? 행복한가?"

"행복해요."

그의 가슴속에서 물밀듯한 사랑이 치밀었다.

"최혜수라는 그 언니는 궁희, 당신은 소희, 그럴까?"

"마고할머니가 우리 엄마고?"

쟁그랑, 겨울태양이 차창을 비집고 들어왔다.

1월이 마지막 열흘가량을 앞두고 흰 눈을 펑펑 쏟고 있었다.

"벌써들 오셨어요?"

아미가 기호에게 머플러를 풀어 건네주며 반가운 눈빛을 했다.

"어떻게 집에 있었구나? 별일 없었지?"

기호에게 핸드폰이라도 있었더라면 미리 연락을 해서 난로에 불이라도 피우게 했을 텐데, 아쉬웠다. 홀이 너무 싸늘하였다.

"별일 있을까봐 독서실 안 갔어. 자형이 찾아올 것만 같아서 말이야."

세 사람은 일순 불안한 시선들을 주고받았다.

"당분간 꼼짝 말고 있어요. 내가 모든 준비를 끝내고 데리러 올게."

눈발이 점점 드세어졌기에 그는 우산을 펴들었다.

'택시를 못 잡았다는 핑계를 대고 들어갈까?'

그렇게 망설망설하면서 몸을 돌릴 때였다. 아미의 집으로 들어가는 입구의 큰 골목 모퉁이에서 누가 그의 움직임을 따라 하고 있다가 멈칫거렸다. 그러다 우산도 받치지 않은 채 종종걸음 쳐오는 여자. 여자는 구경만을 향해 똑 바로 걸어오고 있는 게 분명했다. 경만은 가슴이 철렁 내려앉았다. 그 여자 최승리!

'어떻게 미행했지?'

승리는 경만이 궁금해 할 여가도 주지 않았다. 만약 주었다면 그녀의 이름은 '승리'가 아니라 '실수'일 거였다. 폴짝! 마지막 걸음을 경만의 우산 속에다 들여놓은 그녀가 야릇한 웃음을 빼물었다.

"호호홋! 언제나 구경만 하시는 구경만 씨! 하나님께서 당신의 기도를 들어주시지 않았군. 애석하게도"

그녀는 뻔뻔스러울 만큼 태연한 어조로 비아냥거렸다. 마치 예전에 출판사에 처음 나타났던 최승리를 보는 느낌이었다.

"내게서 뭘 더 바라는 거요?"

"히잉~ 말씀 낮추셩."

아랑곳없었다. 그녀는 아주 자연스레 경만의 팔짱을 끼고 예전이나 다름없는 소녀 모드로 재잘거렸다.

"할 말이 남았거등. 어디 가서 얘기 좀 해요. 얼루 갈까?"

때마침 택시가 한 대 와서 섰고, 두 사람은 택시를 동승했다.

"어디로 모실까요?"

운전기사가 백미러를 보며 물었다.

"시내로 들어갑시다. 대한극장쯤에 내려주시는 게 좋겠어요."

저 혼자 결단내리고 스스럼없이 방향을 말하는 그녀를 경만은 내버려두었다. 짜증나는 정연엄마의 낯짝을 보는 것보다는 한때 뜨겁게 살았던 여자와 시간을 보내는 것도 그리 나쁘지는 않다고도 여겼다. 그런 생각 이면에는, 이 여자가 이미 정시우의 아내가 되어 있겠다는, 그러니 새삼 어쩌지 못할 것이라는 확신이 있기도 했다. 그러나 오산이었다. "난, 우리 아이를 낳을 거야."라고 종알거린 최승리, 그녀는 경만이 손가락을 머리에 대고 동그라미를 그리며 "그 나이에? 여태 뭘 하느라고 지금에야 애를 낳아?"라고 대꾸하자, 무언가 재미있어 죽겠는 표정을 지은 거였다.

"예나 말고는 애가 없어. 남편이 있었어야지."

"무슨 말을 하고 있어? 정시우가 그 남자 아닌가? 예나 아빠 말이야."

운전기사는 미끄러운 길에만 관심을 쏟았고, 와이퍼는 연해연방 내려앉는 함박눈을 끊임없이 지워내고 있었다.

"오해이십니다. 그 사람이 예나 아빤 건 맞지만, 예나는 여전히 구예나인 걸 뭐. 물론 그 사람과 결혼한 사실도 없고……"

"앞뒤 말이 두동지잖아. 당신은 그 남자를 찾으러 미국엘 간다고 했었잖아? 정시우 역시 미국에까지 자기를 찾으러 다녔다는 여자 이야기를 했고 말이야. 그 여자가 바로 당신이란 걸 나는 직감했어. 호텔에 같이 나타난 것. 도대체 그 빤한 상황을 무엇으로 대체하려고?……"

"호 호 호 호!"

승리는 간드러지게 웃었다.

"서구적인 사고방식이랄까? 우린 허물없는 친구랍니당. 게다가, 그 사람은 독신주의자이고, 나는, 아직 당신 외엔 사로잡고 싶은 남자를 만나지 못했고."

경만은 담배를 피우고 싶었다.

"담배 있소?"

운전기사가 담배를 내밀었다. 관심을 길에만 쏟으려고 애썼지만, 왠지 두 사람의 이야기가 점점 흥미로워서 귀를 바짝 세우고 있던 참이었다.

경만은 보란 듯이 담배를 빨아들여 창밖으로 연기를 뽑아냈다.

"그렇담, 우리의 아이를 낳을 거라던 말은 뭐야?"

"당신과 나의 아이!"

경만은 하마터면 담배를 삼킬 뻔 했다.

그는 얼른 담배를 비벼 끄고 헛기침을 몇 번 했다. 그리고 승리를 노려보았다.

"무슨 수작이야? 장난이 심하잖아?"

"그럼 설명하지."

승리는 무슨 선심이라도 베풀듯 앞뒤 정황을 조리 있게 설명하기 시작했다.

"내가 장난으로 미행한 줄 알아? 당신에겐 정시우의 과거 모델을 빼다 박은 아름다운 여자가 있다는 것도 알아. 내 짐작으론 부부관계는 분명 아니었어. 어쨌건, 그 여자가 우리 사이에 끼어들 순 없어. 나는 곧 당신 애기를 가지고 말테니까."

와르르 가슴 내려앉는 소리가 났다.

"부부사이라면 어떡할 거야?"

"웃기지 마. 부부사이라면 다 저녁에 한 사람은 집으로 들어가고 한 사람은 다시 밖으로 나와 택시를 기다리고 할 리가 없지. 그리고 내가 알기론, 당신이 지금까지 다른 여자와 동거하고 있다면 하계동 살 때의 그 정연엄마입니다. 겉으로 보기엔 아주 평화스러운 가족……. 지금은 그 애도 시집을 갔겠네?"

족집게였다. 아무리 자기 친정어머니에게서 들었다손 치더라도, 정연이의 이름까지 들먹이다니……

"예나는 지금 어디 있지?"

"미국에서 대학 다니고 있죠. 교수님이 된다나?"

"잘됐군. 근데 예나는 자기 아빠가 누군지 알아?"

"아까 말했잖아? 구예나 아빠 구경만이라고."

"생부가 아니잖아?"

"요즘 세상에 생물학적 아버지가 뭐 그리 대단하다고? 아무튼 예나는 언젠가는 아버질 초청하겠다고 그러대. 졸업하고 한국에 나와서 아버질 모시겠다나,"

"복잡해지겠군."

"복잡할 것 없어. 우리 사이에 끈 하나만 만들면 근사한 가족이 될 거니깐."

포르르 휘날리는 눈발 사이로 한강이 얼어붙고 있었다.

"난 그 여자와 결혼할 예정이야. 정연엄마하고는 당신도 짐작했다시피 무늬만 부부였고"

"그것 봐, 당신도 날 못 잊고 있었어. 맞았어."

화를 내지 않을 수 없었다.

"제멋대로야, 당신은!"

그녀는 또 깔깔거렸다.

"당신을 어떻게 미행했는지, 궁금하지 않으신감?"

"비행기라도 타고 왔나?"

"비행장에선 비행기가 결항이었을 걸. 기후관계로"

"그럼?"

"비행기가 떴어도 소용없질 않았겠수? 표적은 고속버스를 탔으니깐……. 정화백이 자기 차로 고속버스를 따라잡아줬지. 그 사람, 내 로봇이 다됐거든."

"의리 없는 놈……"

"천만에! 의리 빼면 시체인 사람인 걸."

"하여간, 당신이란 여잔 참 대단해."

경만은 마음을 접고는 느긋한 웃음까지 보였다.

그녀는 옛 남자를 영화관으로 끌고 갔다.

어렵사리 비집고 들어간 곳이 이름 모를 영화관의 이름 모를 영화. 화성인지 뭔지 분간 할 수 없는 어느 불모지대에서, 우주복을 입은 남녀가 서로를 마주 보고 서 있었다. 그리고 남자가 손을 뻗어 여자를 잡으려는 순간, 남자는 발을 헛디뎌 블랙홀 같은 벼랑 아래로 끝없이 굴러 떨어지고 있었다. 순간, 승리가 너무도 자연스레 경만의 팔을 잡아당기더니 그 손을 아프도록 잡았다. 작고 뜨거운 손……. 경만의 온 몸에선 오래 전에 겪었던 그 전류가 마술처럼 흐르기 시작했다. 그의 거시기는 믿을 수 없는 힘으로 불끈 솟아서 바지를 뚫을 것만 같았고, 그의 입술에선 '죽어도 좋아.'라는 외마디가 튀어나올 것만 같았다. 아무리 돌이질 치려해도 최승리란 여자는 그의 모체였다. 아담의 갈비뼈 하나를 뽑아서 이브를 만들었다지만, 그녀의 몸에서 핏방울 하나가 떨어져서 형성된 몸이 바로 '나' 아닌가 싶을 정도였다.

여자는 이제 남자의 손바닥을 펴서 한 글자씩 손가락 글씨를 썼다.

「당·신·은·내·게·사·로·잡·혔·어」

글자 하나하나를 감지한 남자의 속에선 울음의 강이 흘렀고, 여자의 손이 점차 돌진해오는 것을 내버려두었다. 이 끈질긴 집념의 여자가 끌고 가는 곳이 과연 어디인가? 그것이 흥미롭기조차 하였다. 하기야, 이 밤 안으로 신월동 집에 들어간다고 해도 유쾌한 일이 기다리고 있는 것도 아니었다. 이혼당할 날을 마음 졸이고 기다리는 정연엄마를 대면하는 것도 스트레스 쌓이는 일이었다. 그런 상황을 잘 아는 듯, 승리는 서두르지 않았다.

영화구경을 마치고서 두 사람은 밥을 먹었고, 한참 후, 고주망태 구경만과 최승리를 태운 택시가 한적한 시외로 빠져나갔다.

하늘문, 떠오르다

그는 거북의 등 오른쪽 모서리에 속한 암각의 아랫부분과 중앙에 있는 세 개 씩의 둥근 구멍들을 각각 짚으며 말했다.

"이 그림은 옆에서 봐야 제대로 알 수 있는데, 다른 별자리는 청동기시대의 것이지만 여기서부터 저기까지는 소인 작품이옵니다. 여기 크게 파놓은 구멍 세 개씩은 두 눈과 입을 표시한 인물상. 이것은 즉 삼신사상, 삼성사상을 인간의 머리 부분으로 삼은 암각화라고도 할 수 있지요. 말하자면 우리 고향의 왕과 왕비라오. 우리 고향별의 왕관은 신라나 가야의 왕관 같이 머리 위가 비어있는 식이 아니라 머리 꼭대기를 거의 봉하고 여러 장식을 달았지요. 물론 속관도 착용하는데, 이 기다란 것이 그것이지요. 이래야만 왕관이 움직이지 않습니다. 제천행사를 할 때에 맘대로 흔들 수도 있고요."

그러고 보니 거북의 등에 새겨진 암각화는 며칠 전 대가야박물관에서 보았던 고령 지산동30호분 하부석곽 개석암각화다. 그도 그럴 것이, 그 암각화들은 고분 축조 시 매장의례와 관련하여 새겨진 것이 아니라 주석실의 개석 석재를 구하는 과정에서 암각화가 새겨진 바위 면을 채석한 것이라고 했다.

'그렇다면 이 거북의 등을 도려내어 갔었다는 말인가? 그럼 당신은 가야시대 이전 사람이고 내가 서 있는 시공간은 한참 전의 시대, 그야말로 신라 선덕여왕 시대일까?'

혜수는 대가야박물관의 해설자가 피력하던 이야기가 떠올랐다.

"이 그림의 중심암각은 인물상입니다. 각각 남성과 여성의 정면과 측면으로, 성기를 극히 강조하여 표현한 것이라고 해요. 더불어 추상적으로 처리된 남녀의 성애장면, 별자리를 판 바위구멍, 새 발자국 형 무늬 등이 새겨져 있고 줄로 꿴 듯 선으로 서로 연결한 바위구멍과 독립된 구멍들을 새기고 그림 사이 빈 공간에 무수히 쪼아 넣은 작은 점들로 구성되어 있음을 알 수 있지요. 그러나 현재까지의 보고와는 달리 성기가 강조된 인물상의 형태를 180도 돌려서 보고 또 다른 형상의 그림으로 파악하는 연구자도 있습니다. 이것은 고분의 석실 축조를 위해 채석되어 옮겨진 것이어서 원래의 상태를 알 수 없기 때문입니다. 현재까지 세 개의 성혈을 삼각형으로 배치한 것을 인물상의 인면으로 파악하고 있지만, 위에 한 개, 아래에 두 개의 구멍을 배치한 인면보다는 그 반대로 위에 두 개, 아래에 한 개를 역삼각형으로 배치한 인면형이 더 사실에 가깝다고 봅니다."

해설자가 언급한대로 이 암각화는 지산동30호분 하부석곽 개석암각화13)가 180도 돌려져 있는 상태이다. 눈 두 개가 위에, 입한 개가 아래에 배치된 것이다. 위의 눈 두 개와 아래의 입 한 개를 구멍으로 배치한 사람의 얼굴형은 남아메리카 바위그림에서도 확인되는데, 그렇다면 이 그림은 사람의 두상 위에 나뭇가지 모양이 얹어진 것으로 볼 수 있다. 즉, 관을 쓴 인물상으로써 관의 형태가 강조되었음을 알 수 있다. 성혈과 선각 등으로 형상을 표현했다는 점, 그림 내용 중 별자리형이 포함되었다는 점이 주목된다. 특히 현 고령 쌍림면에서 합천의 쌍책으로 가는 길에 찾아보았던 송림리 유적과 닮아있는데, 마치 화살표 같은 나뭇가지형태의 바위구멍 별자리와 통할 가능성이 있는 것이다.

"제천행사 때에 왕이 주도하나요?"

'제천행사 주도권은 아무나 잡을 수 없는 법입니다. 왕과 왕비가 신과 교신하는 굿판이니까요. 그리고 여기 맨 아래는 왕비로써 왕관을 좀 간략하게 표시하였지만, 이 위쪽에 있는 왕의 왕관은 꼭대기에 일산이나 깃털을 꽂아 고정시킬 수 있도록 작은 꽃모양의 구멍을 갖추었소. 이것 보시오. 곡옥도 주렁주렁 달아놓은 화려한 형태로 팠다오.'

'곡옥들이 바람에 흔들거리는 것처럼 보이네. 아름다워요.'

머리를 끄덕이다 말고 혜수는 오른편 위쪽 불가사리 형태, 그

리고 그것과 인물상을 가르고 오밀조밀 꿴 듯이 연달아있는 그
림들을 가리켰다.

"그럼 이것들은 무엇인가요?"

사내가 잠시 우물쭈물하더니 무슨 결심을 한 듯 속으로 말을
했다.

'우주여행을 할 때 방향을 잡아주고 위로 뜨게 하는 운전 손잡
이가 바로 이것이오. 그리고 이건 일종의 재단이라고 할까. 부뚜
막 같은 거라고 하면 설명이 되겠는지?'

'그런데 우주여행이라고요? 역시 외계인?'

'외계인……? 아무튼 우리 고향별에서 이 별로 오는 것도 우주
여행을 해야만 가능하고, 이 별에서 우리 고향으로 가려고 해도
우리는 우주여행을 할 수밖에 없고, 그래서 하늘문이 필요하다
오. 이 암각화나 남해 양아리의 암각화나 공통점이 있는데, 거꾸
로 보아야 바로 보인다는 거요. 땅에서 보는 게 아니라 하늘에서
보게 한 표식이기 때문이지요.'

그녀의 마음에선 온통 물음표만 둥둥 떠다니는데 사내가 그것
을 읽었다.

"하지만 마고, 의심치 마시오. 히미코, 아니 수로왕의 둘째딸
묘견공주가 왜의 첫 여왕이었듯이, 선덕여왕이 신라의 첫 여왕
이었듯이, 그대도 분명 이 행성의 첫 여왕. 이제 나는 그 어디에

고 별자리들과 윷판을 다 새기고 나면 돌아가겠지만, 그대는 이 행성의 수명이 다할 때까지 영영 십팔 세 처녀로 살아갈 것을…… 그것이 그대 운명이니만큼 이 천손들을 잘 보살펴야 하오. 하지만 아무리 그렇더라도 가끔은 이렇게 나의 숨소리를 들어주시면 고맙겠소. 나는 그대를 너무나 사랑하오. 저 머나먼 북두칠성에서 이 별까지 그대를 찾아올 만큼."

불현듯 그녀의 머릿속에서 <내 이름은 마고>라는 사설시조 한 마당이 판을 벌이고 있었다.

'자아, 내 손을 잡아요. 이 근처에선 그대가 찾는 암각화라곤 볼 순 없지만, 촛대바위, 송곳바위, 베틀바위, 맷돌바위, 마당바위, 피난바위 등등을 올라가면 황매산은 볼 수 있으니까요.'

혜수는 그의 손을 잡고 사뿐사뿐 그가 이끄는 대로 암릉을 타기 시작하였다.

"저건 얹힌 바위인데 밀면 떨어질 것 같지만 전혀 아니랍니다. 저러고 수만 년 세월을 버텨온 거라오."

커다란 암릉을 돌아 바위 첫 봉우리로 올라서는데, 안개가 덮어버려 먼 곳은 그저 아득할 뿐이었다. 산꼭대기에 거의 이르렀을 때 큼지막한 두 개의 바위가 좁은 틈새를 사이에 두고 마주보고 있었다. 틈이 넓지 않아 건너뛰기가 용이하였다.

"뛰어보시겠소? 양쪽 바위를 오가면 오래 산다는 전설이 있다고 하니 말이오."

"오래 살아 뭘 하나요?"

머리를 설레설레 흔들자 아련한 슬픔색깔이 그녀를 감싸 돌았다.

비교적 완만한 길을 따라 산꼭대기로 다가가는데, 바위는 점차 줄어들고 흙길이 나왔다. 조금 가자 왼쪽으로 어떤 사찰과 이어지는 길을 만나고, 조금 더 가자 허굴산 정상이 나타났다. 정상은 다른 기암괴석에 비해 별로 크지 않은 여남은 개의 바위로 이루어져 있었다. 다시 내리막길로 접어들었다. 큰 바위 사이에 낀 아주 작은 바위가 불쌍해 보이기도 했지만, 그런대로 버틸만하기에 여태껏 그러고 있는 것 같았다. 비스듬히 바위들을 타면서 좀 더 가니 작은 암자가 하나 있었다. 암자에선 금방이라도 사람이 문을 열며 나올 것만 같은데 인기척이라곤 없었다.

"이것들이 피난바위일 거요. 다라국은 자주 전쟁이 났었는데, 전쟁이 일어날 때마다 사람들이 이곳으로 피난오곤 했었지요."

쪽 곧은 돌기둥을 가운데 두고 양쪽이 거의 대칭을 이루며 툭 불거져 나온 거대한 바위는 무슨 짐승의 머리를 닮은 것 같기도 했다. 어쩌면 고인돌일지도 몰랐다.

"저기가 황매산이라오."

고인돌 같은 피난바위를 들락거리며 최금지가 말을 이었다.

"이곳이 다라국으로 명성을 떨칠 무렵엔 나는 저 황매산 자락 모산재의 무지개터 아래 영암사에서 입에 여의주까지 물고 있던 용머리 거북이었다오.14) 그러니 앞으론 거북이라 불러주시길 바라오."

'거북님? 그럼 쌍사자 석등을 조각하기 이전에?'

'그렇다오. 그걸 귀부라고들 하는데, 사실은 내 자화상 같은 거라오. 하지만 다라국이 금관국과 떼려야 뗄 수 없는 우호관계라는 걸 입증하기 위하여 비석을 앉히는 비좌 양 모서리엔 쌍어를 새겨두었다오.'

'수로왕의 비 허황후가 가지고 왔다는 쌍어신앙을 말씀하시는 건지요?'

'그렇지요. 가야라는 이름이 물고기를 뜻한다는 것은 이미 아실 터. 그러니 다라가야, 금관가야의 가야에 바로 물고기라는 뜻이 들어있는 것이지요.'

그러면서 지귀는 그녀의 손을 살짝 잡았다. 눈 깜짝할 새 까마득한 벼랑 위에 앉은 거북바위에 다시 내려온 거였다. 해는 중천에 떠서 바위들이 따끈따끈해지고 있었다. 그는 주섬주섬 연장을 챙기면서 중얼거렸다.

"마고시대의 기억을 떠올려 봐요. 거울과 방울과 칼이라는 천부삼인을 아시겠지요. 거울은 단지 외면보다는 내면을 바라보라는 상징을 지녔지만, 자신의 마음을 맑고 걸림이 없는 상태로서 진정한 하늘인간이 되어 살아가기를 기원한다는 염원이 들어있지요. 그리고 방울은, 단순히 가락과 파장을 상징합니다만, 언어보다는 파장 이용하는 것을 익숙하게 하라는 지침이 담겨있지요. 우리가 곧잘 흥얼거리고 노래를 잘하는 비밀이 아마도 천부삼인 중의 방울에 들어있는 것 아닌가 싶습니다. 마지막으로 칼, 석기시대로부터 금속문명을 전수하라는 상징입니다만, 금속문명과 더불어 물질을 다루는 능력을 갖추라는 주문이 덧들어있지요."

그녀의 머릿속으로 합천박물관 앞에 조경되어 있던 커다란 황금 칼이 스쳐갔다.

"그러면 황금칼의 나라 다라국, 그런가요, 거북님?"

말없이 허리춤을 뒤적거려 곡옥 목걸이 하나를 끄집어낸 최금지.

"그대가 내게 준 금팔찌에 비할 바는 아니지만 여기 이 유리구슬에다 그대와 나를 새겨두었으니 내 생각 날 때마다 두고두고 보시길 바라오."

목걸이 끄트머리엔 불그레한 마노가 태극의 반쪽모습으로 달려있다. 그 바로 위엔 투명한 수정대추옥 한 개, 또 그 위, 목걸이가 타원을 이루기 직전의 매듭부분엔 바다색깔 바탕에 여러 색깔을 써서 물체를 상감한 유리 환옥이 매달려 있다. 흰 오리들이 물풀 간들거리는 물속에서 헤엄치는 것을 배경 삼아 하얀 피부에 빨간 입술을 한 두 사람이 마주보고 있다. 그리고 담홍색 마노 환옥 여남은 개, 하늘빛깔 대롱옥이 한 개, 짙은 바다색깔 유리 환옥이 서른 개 가량, 녹색 유리 작은 옥 서너 개 등이 아기자기하게 줄서 있다.

태극문 곡옥 한 쪽을 만지작거리며 그는 목걸이를 들어올렸다.
"사실은 이 옥이 중요하다오. 이 거북바위에 새긴 왕관의 곡옥들을 보아서 짐작하시겠지만, 옥은 하늘로 통하는 신령스런 기물이외다. 오죽하면 옥으로 만든 천부삼인이 다 있을까요? 특히 용과 곰을 결부시킨 모양의 신표와 이 목걸이의 곡옥. 다시 보시오. 태극은 우리가 하늘민족임을 나타내는 징표입니다. 수로왕의 딸 묘견공주가 거북선을 타고 왜국으로 떠날 때 이별선물로 바쳤던 곡옥 목걸이야 사실 웬만한 장인이면 다 해낼 수 있는 거라서 여러 개가 생산 되었던 거고, 아무튼 야마대국의 첫 여왕 히미코는 늘 곡옥목걸이를 하고 있었지요."
목걸이를 걸어주면서 흡족한 웃음을 흘리는 그를 물끄러미 바라보다가, 그녀는 상감 유리 환옥을 이리저리 돌려 보이며 물었다.

"이 목걸이는 미추왕릉에서 발굴되었다는 상감 유리환옥 목걸이… 한 점밖에 없는 줄로 알았는데요? 그런데 이건 바로 아까 이야기 속 도미 아내의 목걸이?"

'그렇소. 수로부인이 가지고 있던 것이라오. 그 목걸이가 개로왕에게 갈 위기에 놓였다는 걸 알아채고 내가 슬쩍 했던 거요. 최금지가 지귀로 불렸듯이, 최혜수도 수로부인이라 할 수 있으리다. 그러니 지금은 이 곡옥목걸이 임자가 바로 그대인 것을….'

'그럼 혹 이 목걸이는 북극성에서 만드신 건가요?'

그가 소리 없이 웃어대다가 뚝 그쳤다.

'이 다라국엔 옥구슬이 혼전만전하다오. 뿐만 아니라 즉석에서 옥 세공을 할 수 있는 숫돌도 아주 좋은 게 있다오. 물론 심혈을 기울여 만들어야 하니 자연히 오래 걸리겠지만. 이 금팔찌도 다라국에서 난 것인 성싶은데, 아무튼 굉장히 매력 있는 나라가 바로 다라국이라오.'

'도대체 다라국이란 나라가 어디에……?'

"하하하, 바로 이곳이오. 그리고 이 몸이 새기고 있는 이 암각화는 사실 우리 고향별로 가는 출입문을 표시하는 거지만 말이오."

"그냥 별자리거나 하늘 문이 아니라 하늘로 통하는 문이라는 말씀인가요?"

"그렇다오. 이 몸 언제고 돌아갈 시각이 되면 바로 이 지점에서 출발할 거라서 착실히 표시하고 있는 거라오. 단, 땅에서 보는 게 아니라 하늘에서 보게끔, 거울을 마주보는 원리로 새겼는데, 부디 그대와 더불어 떠나길 원하오. 내 욕심인지요?"

순간 지귀의 손목에서 금팔찌가 햇살에 반사되었다.

"언제고 이 몸의 흔적을 따라다니며 축원해주시다 보면 자연스레 옥전을 만날 수 있을 것이오."

"축원이라 하셨나요? 어떤 식으로 하는가요?"

"마고, 무척 안타깝구려. 그러나 지금은 기억을 모두 잃었지만, 어디서고 천부삼인을 찾을 때쯤이면 그대의 몸도 본래의 기능을 되찾을 것이고 저절로 하늘 굿을 하게 될 것이오. 내 그대를 자주 불러내어 기억을 되살려보도록 하리다."

"나는 그럼 무녀인가요?"

지귀는 아주 당연하다는 듯 머리를 끄덕였다.

"그렇소, 수로왕의 딸 묘견공주, 아니 야마대국의 히미코 여왕이 무녀였던 것처럼 그대도 무녀인 것이오."

'무녀라니, 하늘 굿을 해야 하다니…'

너무나 서글픈 마음에 그녀는 그만 울먹울먹해졌다.

'그 증거로 그대의 등에 북두칠성이 있잖소?'

'아….'

빙그레 웃으며 그가 거북바위 아래를 가리켰다.

'이 아래에다 별자리를 새긴다면 북두칠성이요. 별이 아홉 개니 북두구성이라고 해야겠지만 …사실은 개양성이 세쌍둥이고 그래서 북두칠성은 삼성, 삼신과 통한다오. 마고할미를 삼신할미라고도 하는 이유가 거기에 있지요.…'

'그럼 제가 여기에 엎드린다면 별자리들이 완성되는 건가요?'

"하하하!"

화들짝, 그가 이를 드러내고 웃었다.

"그대가 만약 남해 양아리 석각, 그 별자리석각 밑에 드러눕는다면, 그렇다면 얼추 맞는 방향이리다. 아무튼, 이 몸이 석각을 모두 마치고 돌아가기 전에 그대의 멋진 굿판을 구경하길 바라오."

"그런데 윷판은 왜 새기는가요?"

울음을 쏟고 싶어지는 마음을 가까스로 억누르고 그녀는 다시 물었다.

'윷판의 바깥이 둥근 것은 하늘을 본 뜬 것이라오.'

그는 차근차근 설명하였다.

"그리고 안이 네모났음은 땅을 본떴기 때문이라오. 하늘이 땅을 둥글게 둘러싼 셈이지요.[15] 제일 가운데 있는 둥근 구멍은 가끔 양각으로 태극문양을 새기기도 하는데, 북극성, 즉 우리 고향을 모방하였다오. 이 나라 사람들이 천손이란 걸 자각하게 하는 한 방법이 바로 윷판 암각 아니겠는지?… 만약 그대가 천혜의 고인돌바위 아래에 묻힌 세 개의 보물을 찾아내게 된다면 그 또한 이 나라 사람들이 천손이라는 증거물을 확보하는 셈이겠지만 … 그럼 다음에 또 봅시다."

"세 개의 보물? 아니, 거북님 어딜 가시나요?"

조용히 걸어가면서 그가 하소연하고 있었다.

'수로부인이시여, 이 몸이 보고 싶을 땐 나들이를 하시오. 연못이나 계곡 근처로 소풍을 나오시오. 그러면 내 기어이 그대를 만나리다. 사람의 본성, 어차피 축생의 그것이나 마찬가지로 발현되는 법. 이 몸은 거북이가 되든지 용이 되든지 그 무엇이 되든지 간에, 다음부터는 그대가 부르자마자 그대를 품겠소.'

'아, 수로부인전….'

화르르 얼굴이 달아오른 그녀는 무슨 알 수 없는 말씀이냐고 묻고 싶었지만 마음뿐이었다. 입 밖으로 나오지 않는 말이라니! 말은 목소리를 내야 하는 것을….

"거북님! 어머나? 그러고 보니 우린 성이 같군요? 아무튼 수로부인, 그리고 거북님…… 거북아, 거북아, 수로부인을 내놓아라."

최금지가 뒤를 이었다.

'남의 아녀자를 앗아간 죄, 그 얼마나 큰가. 만일 내놓지 않는

다면 그물로 잡아서 구워 먹으리라!'

혜수는 먹먹해진 눈길로 그를 바라보았다. 수로부인 설화까지 꿰고 있지만 분명 한국인은 아니고 혼혈인도 아니며 더군다나 서양인도 아닌 그의 얼굴이 순간 하늘에 붕 떠올랐다. 눈을 비비고 다시 보았으나 이미 그는 없었다. 마구 두리번거리다 거북바위를 보니 그가 새기던 하늘문도 감쪽같이 사라졌다. 천 살, 아니 만 살도 훨씬 넘었을 거북바위는 얼마 전에 보았던 그대로 등껍질이 벗겨진 채 먼 산만 바라보고 있었다. 무참히 도려내어진 등판은 금방이라도 피가 뚝뚝 흐를 듯 붉은 속살이 드러나 있다. 아픔에 길들여졌는지 외마디 비명조차도 없다.

저 멀리 북두칠성이 뜨고, 그리로 별 하나가 서서히 다가가고 있었다.

진정한 탈출

"여기가 어디야? 당신은 왜 여기 있어?"

그는 킹사이즈 침대에 누워있는 자신과 노란 가운을 걸치고 서 있는 여자를 번갈아보았다. 찰랑찰랑한 미색 커튼의 미세한 올 사이로 햇살이 스며들고 있었다.

"옛날 그 모텔은 아니니 안심하시길 바람. 근데, 어젯밤 일이 하나도 생각 안 나? 역시 그 옛날처럼?"

몽롱한 의식 속에 여자와 둘이 있는 장면은 떠올랐다.

"…… 또 나를 잡아 잡수신 거야?"

경만은 험악하게 이죽거렸다.

"또, 또 그러신다? 당신이 날 잡수신 거지. 왜 내가 먹었다고 그래? 어쨌든, 내 입증하건대, 당신은 절대로 구경만 하는 남잔 아니야."

둘 다 오래전의 그 아침을 상기시키며 웃고 말았다.

경만은 자신의 몸을 점검했다. 다행히 잠옷을 얌전하게 입고 있었다.

"철이 좀 들었군.……"

그렇게 대견해하면서 승리를 다시금 바라보았다. 오십대 중반이겠으나 눈가에 주름살 하나 생기지 않은, 아직은 팽팽한 여자였다. 그리고 예나 마찬가지로 귀염성도 함북 담고 있지 않은가. 그는 빙긋이 웃었다.

"반가웠다. 그렇지만 이젠 가야 해. 학원에도 나가봐야 하고."

학원엔 일주일 휴강조치를 해두었으니 일요일까지 합쳐서 아직 사흘이나 남았지만 말은 그리 했다.

"차 한 잔 마시구 가지 뭘."

그녀가 이상하리만큼 순순히 나왔다.

경쾌한 걸음걸이로 침실을 빠져나가는 그녀를 따라 그도 침대에서 내려섰다. 그리고 커튼을 좌르륵 밀어붙이고 바깥을 살폈다. 눈앞엔 아무것도 없었다. 아니, 아무것도 없는 건 아닌데도 하늘도 땅도 안 보였다. 높다란 산이 턱하니 앞을 가로막고 있는 데다가 그것이 온통 눈으로 덮여있으니 눈앞엔 그저 백지 한 장만 놓여 있는 것처럼 보였을 뿐이었다. 가만히 귀를 기울이자 찻물 받는 소리와 주전자가 딸가닥거리는 소리가 났다.

그는 방문을 열고 거실로 나갔다. 거실엔 붉은 카펫이 깔려있고 고급 소파와 탁자가 정갈하게 배치되어 있었다. 그리고 벽엔 독수리와 거북이의 박제품이 걸려있고, 2백호는 넘어 보이는 그림도 한 점 걸려있었는데 르누아르의 <목욕하는 여인들>에 마티스의 <춤>을 적용시켜 그린 것 같은 수채화였다. 그런데 여인들의 얼굴이 하나같이 윤기나, 아니 아미의 이미지 아닌가.

"도대체 여기가 어디야?"

다급하게 외치는 한편 이층으로 난 계단을 밟아 올라갔다. 거의 다락에 가까울 만큼 천장이 가까운 이층은 모든 시설이 다 갖춰졌으면서도 꼭 한 군데뿐인 창문은 그나마도 가로 1미터에 세로 30센티미터 크기의 좁은 문틀에 창살이 한 뼘 간격씩 세로로 박혀 있었다. 그 창살이 소름끼쳤다.

"차 드셔야징. 내려와."

아래층에서 상냥한 승리의 목소리가 들려오자마자 그는 구르듯이 계단을 내려왔고, 그녀를 본체만체하고서 현관인 성싶은 곳으로 엎어질 듯 들이닥쳤다. 그러나 칸칸이 유리창으로 된 중문은 쉽게 열렸지만 그 다음에 가로막고 있는 것은 도무지 열쇠구멍도 손잡이도 하나 없는 견고한 철문. 아무리 밀어도 더듬어도 마치 벽인 듯이 소용없었다. 그랬다, 꼼짝 없이 갇혔다는 느낌이 그의 머릿속을 강타하고 스쳤다.

"문 좀 열어! 어떻게 여는 거야?"

꽥 소리 질렀지만, 승리는 그저 생글거리며 그의 쩔쩔 매는 모양을 구경만 하고 있었다.

"여는 방법이 있긴 하지. 근데 뭐가 그리 급해? 자아, 이리 와봐."

"당신, 나를 납치했군?"

경만은 사그라질 것만 같은 몸을 간신히 가누며 휘청휘청 소파로 가서 앉았다.

"이제야 그걸 아셨남?"

그녀는 찻잔 쟁반을 들고 그의 옆에 바싹 다가앉았다.

"자아, 아무 생각 말고 쭉 마셔. 몸에 좋은 홍삼차야. 아무리 좋은 음식이라도 불쾌한 기분으로 섭취하면 독이 되는 법."

그녀는 남자의 팔뚝에 보송보송 돋아 있는 털을 살살 밀어붙이며 욜랑거렸다.

"나, 3월에 돌아가. 두 달 남았는데, 그동안 여기서 살고 싶어. 그러다 보면 당신의 애기도 가질 수 있을 거야. 일석이조 아닌 감? 당신과의 못다 한 사랑도 맘껏 불태우고, 당신의 분신인 애기도 얻을 수 있고……. 어때? 멋진 생각이지?"

"행여나! 폐경기도 한참 지난 나이 아냐?"

"천만에! 만만에 콩떡! 난 아직은 아니야. 사람마다 다 같은 거 아니거든."

"미쳤어!"

경만이 들고 있던 찻잔을 탕 하고 놓자, 찻물이 튕겨나가 카펫을 적셨다.

"옛날 그 병이 도진 거야? 그래서 두 달간 나를 사육하겠단 말이지?"

"도졌는지도 몰라."

그녀는 정말 미친 것처럼 이를 드러내고 웃었다.

"정말로 내 속엔 광기가 꿈틀거리고 있는 느낌이거든. 그렇지만 누구에게나 광기가 잠재해있는 게 아닌가 싶네. 그것이 얼마만큼이나 겉으로 드러나는가 하는 차이일 뿐이지. 맞아. 난 거의 99.9프로 표출시키는 형이야, 그치? 어쨌든, 할 수만 있다면 그 광기를 이용하는 거지 뭐."

지극히 정상적으로, 승리는 자신의 행동을 합리화시켰다. 그러면서 "아침 드셔야징?" 하면서 몸을 일으켰고, "커피나 가져와!"라며 퉁명스레 내뱉는 경만을 귀엽다는 듯 바라보고는 고분고분 주방으로 물러났다.

토스트와 커피의 향에 취한 듯, 그는 침울하게 말했다.

"당신은 나를 슬프게 하는군. 부질없는 짓을 하고 있는 당신이…… 어쩐지 가여워."

최승리가 아주 여유 있게 호호호 웃었다.

"내가 가엽다구? 당신이 결혼하겠단 그 여자가 가여운 거지, 난 아니야."

불현듯 아미가 몹시 보고 싶고 걱정되는 구경만.

"그 여자, 날 기다릴 거야. 두 달 뒤면 그 여자, 이미 이 세상에 없을 거야. 정연엄마야 끄떡도 없겠지만."

"그래? 그 여잘 그토록 사랑하시남? 잘 되었군. 이 기회에 그 여잘 시험해보는 거지 뭐. 까짓 두 달을 못 기다릴 여자라면 아예 단념하는 게 나으니깐."

"그렇지만 이건, 행방불명이잖아? 난 사흘쯤 후엔 나타나게 약속되어 있다고."

"그럼 전화로 연락해. 두 달 후엔 틀림없이 보내드릴 테니까."

그녀는 자기 핸드폰을 내밀었다.

'아미는 아예 핸드폰이 없어. 유선전화조차도 미처 놔주지 못했어!'

경만은 푹푹 속이 상해서 식빵 한 조각도 입에 댈 수가 없었다.

"당신은 악마야. 애당초 내가 악마에게 걸려들었던 거야. 하지만, 어디 맘대로 해보라고. 내가 호락호락 넘어갈 줄 알아?"

그러나 승리는 천년 묵은 여시처럼 교활하고 요염하게 그를 으르기 시작했다.

"저 그림, 정시우 거야. 물론 여긴 그 사람 별장인데 내가 두 달간 빌렸지."

"빌어먹을 놈!"

"호호호! 가장 중요한 건 여기가 강원도 두메산골이라는 거지 뭘."

"얼씨구, 제대로 납치한 거라 이 말이지?"

그녀가 눈을 깜박깜박하며 머리도 끄덕였다.

"그렇지. 제대로 걸려든 거야 당신……. 직장에 전화는 해두는 게 좋을 거고, 정연엄마에게도 두어 달 휴가를 연장한다고 일러 두는 게 좋을 걸?"

2개월간의 먹을거리들은 집안 어디엔가 저장되어있다는데, 그녀의 부탁으로 정시우가 준비해준 거라고 했다. 그 말에 경만은 의리 없는 그놈이라 욕했고, 승리는 의리 있는 남자라고 칭송하였다.

구경만을 포획해서 감금시켜놓은 최승리는 그의 깊은 곳에 숨어있는 본능이란 이름의 퍼즐 판을 찾아내어서는 한 조각 씩 끼어 맞췄다가 팽개쳤다가 하는 일을 계속 되풀이했다. 그를 끊임 없이 도발하고 공격함으로써 그녀 앞에만 서면 설설 기게 만들었다. 경만은 간혹 도망칠 틈을 노렸지만 그것은 오로지 한 가닥 소망일 뿐 어림도 없는 일이었다. 하지만 어쩌다 그녀가 걸어놓은 최면에서 벗어나는 순간이 오면, 경만은 별안간 아미에게 시달렸다. 아미의 등에 난 안드로메다 별자리는 어느새 사슬에 묶인 처녀로 둔갑하여 애절한 구조요청을 하는가 하면, 때로는 매화꽃무리들과 아미의 슬픈 얼굴이 계속 왔다 갔다 하다가 기어이 중첩되면서 그의 눈을 어지럽혔다. 그러다 경만은 어느 순간 페르세우스가 되었다. 반드시 안드로메다를 구해야 하는 사명감이 그를 옭죄었다.

"야이 메두사야!"

"메두사? 호홋! 거 참 맘에 드는 별명이네. 그래, 난 지금 메두사라고!"

그녀는 정말로 메두사가 된 것처럼 머리칼을 산발하고 덤벼들었다.

"호호호호! 봐, 날 보란 말야! 왜? 거울 갖다 주까? 목을 쳐보라니깐!"

"이 미친 것아. 날 보내달란 말이야. 문 어디 있어?"

벼락같이 악을 쓰며 그녀를 때리기까지 했지만 소용없었다. 마조히즘에 걸렸는지 사디즘을 연구하는지, 그녀는 "우와! 좋았어. 때려! 더! 더, 세게! 이왕이면 여길 때려. 아이구, 왜 그만 때려, 호호호! 더 때리라니깐?" 그러고 별의별 교성을 지르며 달려드는 통에 완전히 김새버리는 꼴이 되곤 하였다.

몇 날이 지났는지 도통 알 수 없던 어느 날. 그는 드디어 지하실을 발견했는데, 거실의 카펫 밑에 마룻바닥과 수평을 이룬 사각 널빤지가 있어서 보니 둥그런 쇠고리 하나가 감춰져 있었고,

들어보니 바로 지하실 문이었다. 재빨리 그것을 도로 덮고 방으로 눈을 돌리자, 승리는 마침 취침 중이었다.

'하기야, 한바탕 회오리 같은 격정의 끝이니 무척이나 달콤한 낮잠일 테지?'

그는 가만가만 사다리를 짚어 내려가기 시작했다.

이상한 집 구조였다. 한쪽 벽면 전체가 투명한 페어유리인 그곳은 사실 지하실이 아니라 일층인 거였다. 유리벽 바깥은 꽁꽁 얼어있는 실개천, 그리고 평상바위가 몇 개 앉아있는 산의 발치. 침실에서 본 바깥경치로는 분명 그곳이 일층이었는데, 내려와보니 착각인 거였다. 여기저기 세워져 있는 미완성 그림들이 이 집의 소유주가 정시우란 걸 새삼 알아차리게 했다. 뿐만 아니라 하려고만 들면 얼마든지 탈출할 수 있도록 되어있는 구조였는데, 언뜻 눈에 비친 쪽문 하나가 그 사실을 말해주고 있었다.

'내가 설령 최승리의 배 위에서 복상사를 당하더라도 정시우는 그다지 책임을 느끼지 않겠군.'

어느 집이건 안에 있는 사람을 가두려면 밖에서 잠가야 되는데, 이 쪽문은 안에서 잠겨있기 때문이었다.

다시 거실로 올라가 침실을 들여다보니 그녀는 아직 꿈길을 헤매고 있었다.

'그렇군. 당신이 나를 납치한 게 아니라 내 스스로 당신을 원했

던 거로군. 얼마든지 도망칠 수가 있었는데 말이야.'

그는 승리의 얼굴을 내려다보며 속으로 한탄했다. 그 순간, 그녀가 눈을 반짝 떴다. 그리고 "흐응, 당신 어딜 가?" 하면서 포근한 이불 속으로 그를 끌어들였다. 불현듯 그녀의 목을 조이고 싶은 충동을 누르느라 경만은 진땀을 뺐다.

'네가 아니야. 죽일 놈은 김형석 그놈이야. 그놈이 지금쯤 아미를 찾아냈을지도 몰라. 아미가 그놈 손에 죽었을지도 몰라. 이 바보천치야. 날 좀 내버려둬.'

그는 이제 한껏 여유작작한 심정으로 승리의 몸속으로 젖어들어 갔다. 죽고만 싶은 오르가즘의 한 복판에서 허우적거리며, 그녀가 신열에 들뜬 콧소리를 내고 있었다.

"내꺼야. 당신은 내꺼라구. 당신만이 나를 채워줘."

새벽동이 터 오는 산골의 적막 속을 휘적휘적 걸으며, 그는 얼어 죽을 것만 같았다. 부리나케 빠져나오느라 옷을 변변히 걸치지 못했다. 비록 눈이 쌓여있어도 지금쯤 2월이라 혹한은 아니려니 싶어 가벼운 실내복 그대로 뛰쳐나온 것이었다. 그러나 산골의 추위는 한겨울 그대로였다. 도무지 길이 나오지 않았다. 일층인지 지하실인지로 되돌아가서 거기서부터 차근차근 길을 찾는다면 아주 수월할 거였지만, 그러다가 최승리의 눈에 띄면 필시

도로아미타불이 될 거였다. 그래서 처음부터 길이 아닌 곳만 가려서 이리저리 헤매다가 보니 허우적거릴 수밖에 없었r, 그러다가 가까스로 별장이 보이지 않는 지점에 이르러서야 정상적인 길을 찾기 시작하였다. 길 비슷한 지점을 찾았는데도 온통 눈으로 뒤덮여 있어서 무릎까지 푹푹 빠졌지만 그는 계속, 무조건 행진했다. 잠시도 멈출 수가 없었다. 흡사 귀신처럼 따라붙는 최승리의 환영에, 그는 끊임없이 발을 움직였다. 휘이 휘이, 두 팔을 휘저으며 꽁꽁 얼어붙어오는 다리를 계속 움직였다.

이윽고 제설작업이 된 큰길로 들어선 그는, 그 사실을 알아차리자마자 쓰러졌다.

뭔가 훈훈한 것이 코로 들어온다는 느낌이 드는 동시에, 발이 무척 근질거렸다. 그리고 온 몸이 물먹은 솜처럼 가라앉았다.

'승용차?'

눈을 번쩍 떴다. 또 다시 승리에게 붙잡힌 거 같아서 오싹하였지만, 그러나 여자는 안 보였다. 조수석에 앉아있는지는 미지수이지만 일단 안 보여서 맘을 놓고 한숨을 푹 쉬었다.

"이제야 정신이 든 모양이지?"

뒷좌석의 상황을 감지한 운전자가 반가움을 표시했다. 운전석 뒷거울에 비친 눈. 선글라스를 벗은 그 눈매가 바로 정시우라는 것을 알아차리자마자, 경만은 그만 숨이 콱 막혀 허둥지둥 기침을 해댔다.

"전생에 무슨 원수를 졌다고 이러나?"

"하하하! 자네와 난 죽마고우 아닌가?"

호탕한 웃음과 함께 운전자가 음악을 트는데, 모차르트의 피아노 협주곡, 바로 <엘비라 마디간>의 주제음악인 거였다. 기가 차고 매가 차고 비렁뱅이가 깡통을 찰 일이었다.

"뭐, 다른 곳으로 옮기는 줄 알았어? 친구야! 자넨 최승리 머리보담 훨씬 못해."

뭔 뚱딴지같은 소린가 싶으면서도 궁금증이 일어서 멀뚱히 다음 말을 기다렸다.

"한가하게 놀고 있는 사람을 호출하더니 대뜸 도망자 수배령을 내리는 거야. 내가 마침 근방에 있었거든.…… 도망자를 색출했노라 보고했더니, 서울로 모시라고 지시하더군. 만약 서울엘 도착할 때까지 깨어나지 않으면 병원으로 모시라고 배려했는데, 다행이야. 집이 어딘가? 모셔다 드릴 테니"

"알고 있잖나?"

맥을 턱 놓아버리고서 경만은 좌석에 몸을 파묻었다.

"아하, 그렇지. 고강동 근처……"

"나아쁜 놈!"

"나쁜 놈은 바로 자넨걸. 남의 여자 가로채서 폭 빠지게 만들고는, 그리고는 과거 있다고 걷어차고⋯⋯"

"어어라? 거 참 희한한 소리네? 승리가 그따위 소릴 하던가?"

날카로운 경만의 반응에 정시우는 머리를 흔들었다.

"아냐, 아냐, 농담이었어. 정색하지 말라고."

그는 청색 오리털 파카 하나를 뒤로 던졌다.

"이거 입게. 엊그제 평화시장에서 샀는데 꽤 따뜻하더라고. 근데, 자넨 복도 많아. 승리도 예나도, 심지어는 혜수까지도 모조리 자네가 가진 셈 아닌가? 어디에 끌려서 모두들 그러는지 참 알 수 없군. 비밀무긴 뭔가?"

<치악 휴게소>에 들러 경만에게 뜨거운 우동을 먹게 하면서, 그는 계속 떠들어댔다. 오래전 치악산에 그림동아리가 애용하던 별장이 있었는데 그것을 재작년엔가 구입했다. 이번엔 거기서 오래 눌러 살까 하는 계획으로 귀국했는데 자네의 그 혜수씨를 만나고 나선 마음이 변했다. 진짜 혜수가 생각나서 도저히 한국에 눌러 앉을 수가 없다. 양아리 석각도 그렇다. 그게 서불과차가 아니라 별자리라고, 아무리 외쳐대도 아무도 안 믿는다. 그러니 다시 건너갈 수밖에⋯⋯. 혹시 최승리와 가정을 이룰 수 있을지도 모르겠다. 여보게, 사랑이란 게 뭐 별거던가, 등등.

아미의 집. 아무도 없는지 문이 바깥으로 잠겨있었다.

'그 사이에 어떤 일이 벌어졌더란 말인가?'

골목 슈퍼에서 한참이나 아미의 집을 지켜보고 있었지만 누구도 드나드는 기척이 없었다.

'내일 다시 오는 수밖에 없군.'

그는 더 이상 몸을 지탱할 수가 없었다. 그래서 일단 정연엄마가 있는 신월동 아파트로 가기 위해 발길을 돌렸다. 잠바 주머니엔 정시우가 미리 넣어둔 지폐가 몇 장 있어서 그걸로 택시를 잡어탔다. 벌써 열흘 전에 들어가려고 했던 집을 이제야 들어간다고 생각하니 감회가 새로웠다.

승리에게 붙들려서 도망쳐 나오기까지가 마치 악몽 같았다. 그래서 자꾸만 운전기사에게 날짜를 물었고, 기어이 운전기사가 짜증을 부렸다.

"아니, 몇 번을 묻는 거요? 1월 25일이라니깐요. 좀 적으슈. 볼펜 드릴까?"

"허허 참. 2월 며칠인 줄 알았지요. 미안합니다."

그는 더 이상 묻는 걸 그만두고 주머니 속의 지폐를 만져보았다. 지폐는 최승리와 보냈던 그 시간들이 뚜렷한 현실이었음을 짚어주고 있었다.

카메라와 일본어 소설 한 권, 그리고 다른 잡다한 소지품이 들어있는 그의 가방이 정시우의 별장에 그대로 남아있다는 것을 그는 아파트 출입구에 서서야 알아챘다. 하지만 가방을 포기하기로 했다. 가방을 찾기 위해서라며 승리를 다시 만나게 됨은 죽기보다 끔찍한 일이 되어버렸기 때문이었다.

그는 한없이 작아지고 초라해진 자신을 들여다보기가 참으로 끔찍해졌다. 그랬다. 카프카의 <변신>에서처럼 자신이 한 마리의 커다란 벌레가 되어있는 기분이었다.

그는 아파트의 벨을 누르면서 현기증을 일으켰고, 무늬만 마누라 정연엄마가 문을 열고 멀뚱히 바라볼 즈음엔 마치 기다렸다는 듯이 흐물흐물 주저앉아버렸다. 적어도 괴물이나 벌레로 변신하지는 않은 자신의 모습이 그녀의 눈에서 일렁이고 있었다.

"아이고, 하나님 아버지!"

'아버지 감사합니다.'를 반복하고 중복하고 연발하는 목소리가 마치 이명증처럼 그를 들쑤시고 있었다.

딸 정연에게 '이혼'을 강조하며 큰소리치고 나간 남편. 금방 돌아와서 이혼장에 도장 찍으라고 들이댈 줄 알았던 남편이 사흘이 가고 나흘이 가고 닷새가 되도록 돌아오지를 않자, 유영수는 남편이 벌써 딴살림을 차렸나 하는 의심이 갔다. 그러다 곧 그 생

각을 지웠다. 살뜰한 결혼생활을 했던 것도 아닌데다 자식조차
도 없고, 그저 편리상 한 지붕 한 공간에 살았던, 당사자 말마따
나 무늬만 부부였다. 애당초 사생활을 간섭하지 않기로 했었지
만, 일이 그렇게 우스꽝스럽게 꼬여버린 거였다. 여덟 평짜리지
만 아파트까지 준다는데 이혼해주지 않을 이유가 없었다. 그러
므로 딴살림을 차렸다면 이혼서류도 작성하기 전에 그리 급하게
서둘 하등의 이유가 없는 것이었다. 그러면 자기 신세를 한탄하
여 자살이라도 했나 하고 생각하니 그건 그럴듯하였다. 결혼을
세 번이나 하였으나 실패했었고, 나중에 만난 딸 하나 딸린 열 살
연상의 여자하고는 잠자리 한 번 안한 채로 부부로 살고 있다가
그림속의 여자 하나를 간신히 만났으나 그조차 무늬만 마누라에
게 거센 간섭을 받았으니, 그러니 자기 신세가 너무 암담했겠다
고 이해되었다. 해서 그녀는 참회의 눈물을 줄줄이 쏟으며 급기
야 금식기도까지 벌인 터였다. 그를 기다리느라 전도하러 다닐
수도 없었을 뿐만 아니라, 단 한 번 빠진 적 없던 주일예배조차도
까먹어버렸다.

"이이가 한강에 투신했었나 보네……"

몇날며칠 굶은 것 같은 몰골로 뻗어버린 경만을 방에 끌어다
가 눕힌 그녀는 얼음이 백인 것 같이 뻣뻣한 그의 옷들을 벗기며
내내 흐느꼈다.

"모두가 당신 마음인 걸…… 당신 맘먹기대로 인걸"

한 집에 살면서 남편 병구완 한번 한 적이 없던 유영수는 처음이자 마지막으로 남편에게 지극정성을 다하였다. 그래선지 구경만은 며칠 후 거짓말처럼 건강을 회복했다.

그리고 2월이 왔고, 구경만은 자리를 차고 일어났다.

이때다 싶었는지 조용히 무릎을 꿇은 채로 아내가 이혼서류를 내밀었다.

"도장 찍었어요. 이제 당신 도장만 찍으면 됩니다."

가만히 눈을 내리깔고서 입술을 꼭 깨문 그녀의 몸에선 무한한 슬픔이 아롱지고 있었다.

"며칠 있다가 합시다. 아참, 정연엄마, 이 아파트 명의변경이 필요한가?"

순간, 눈을 똑바로 뜨며 노려보는 그녀의 얼굴을 피할 겸, 그는 책장 위를 더듬었다. 그러나 사랑하는 아미는 이미 없었다. 가슴이 먹먹해졌다.

"아니 선생님, 어딜 가셨다가……"

마침 기호가 집에 있었다.

"갑자기 일이 좀 생겼었다. 누난 보이질 않는군?"

제발 잠시 외출중이기를 바랐지만 아니었다.

"여행 다녀오신 그 다음날에 독서실에서 돌아와 보니 사라졌어요. 그 인간에게 잡혀간 거 같아서 꿈섶엘 가봤지만 …… 누나의 흔적은 없었어요. 수예점은 이미 그 집 식구들이 올라와서 점거하였구요."

예상했던 일이었다.

"다른 사고였다면 벌써 알려졌을 테고……. 맞아. 그 인간에게 납치된 거야."

"찾아 볼만큼 찾아본걸요."

기호를 멍하니 바라보던 경만이 문득 입을 뗐다.

"곧 졸업식이 있겠네? 고등학교 등록금은 냈나?"

"누나가 일찌감치 해결해줬어요."

"등록금은 해결해놓고 사라졌다? 근데 뭘 끓여먹고는 있는 거야?"

대답 없이 눈물만을 훔치는 기호를 보며, 그는 아미를 찾을 때까지 기호와 함께 있어줘야겠다는 마음을 다졌다. 그리고 일단 신월동 아파트의 짐을 아미의 집으로 옮기고는 기호와 생활을 같이 하기 시작했다. 아미가 작은 가게를 차려도 되겠다고 했던 홀은 이제 경만의 서재 겸 거실 겸 침실이 되었다.

기호는 졸업식을 마쳤고 3월이 와서 또 고등학교에 입학했다. 그런데 아미는 하늘로 솟았는지 땅으로 꺼졌는지 도무지 모습을 드러내질 않았다.

어느 곳엔가 갇혀서 남편 김형석에게 모진 고문을 당하고 있을 그녀를 생각하니 거의 미칠 지경이었다.

'이 모두가 최승리 너 때문에 일어난 일이다. 너는 왜 이제야 나타나서 과거를 이으려고 그랬나?'

그런 어느 날, 호랑이도 제 말하면 온다더니 승리가 나타났다. 구경만이 세일학원에서 돌아와 고강동 집에 있을 때였다. 기호는 자율학습까지 끝내고 밤늦게야 돌아올 것이었다.

"예나아빠, 어디 나가서 얘기 좀 해."

경만은 손을 내저었다.

"최승리란 여자하고는 한 발짝도 떼지 않겠어."

승리는 의미심장한 웃음을 흘렸다.

"그 다음은 당신이 관계한 여자는 모두 정신병원 신세를 진다는, 그런 말씀?"

경만은 승리를 노려보다가 화들짝 놀랐다. 어쩌면……, 왜 그 생각을 못했을까?

'제 아내를 정신병원에다 가두었을 가능성……'

슬그머니 몰려오는 두려움을 누르고 태연하게 물었다.

"무슨 말이야?"

승리는 예민한 반응을 보이는 경만에게서 어떤 확신을 얻었다.

"숨기려 하지 마. 난 당신의 그 여자를 보았으니까."

"어디서? 정신병원에서?"

"그럼 거기가 거기지 어디겠어?"

"당신 때문이야! 그 여잔 지금까지 행방불명이었어. 멀쩡한 사람을 정신병원에 집어넣은 거라고!"

불현듯 승리의 두 어깨를 잡고서 마구 흔들던 그는 부랴부랴 겉옷을 걸치고 밖으로 뛰어나가려고 서둘렀다.

"지금은 면회가 안 돼. 내일 가보라고."

"뭐야?"

그는 갑자기 승리와 진지한 대화를 하고 싶었다.

"커피 할래?"

물어볼 말도 있었고 들을 말도 있었다.

"당신 아기를 하나 갖고 싶었는데, 그게 뜻대로 안 됐어."

"잘됐군."

"미안해. 사랑이란 억지로 되지 않는다는 걸 잘 알면서, 육체의 결합만으로 이루어지진 않는다는 걸 너무 잘 알면서… 그런데 당신 아직도 모르지? 당신의 치명적인 매력 말이야."

"내게 매력이? 그 매력 포인트란?"

"엥? 모르면 통과!"

"그래, 통과하자."

"하지만, 어쨌든, 당신을 억지로 가질 수는 없는데……, 미안해. 나한테 그토록 악랄한 면이 있는 줄은, 당신이 도망치던 그날에야 알았어."

"뭐라고? 악랄한? 그래, 맞아. 넌 악랄한 여자야."

난로 위에서 물이 잘잘 끓는 걸 한참 보고 있던 그는 머그잔 두 개를 찾아왔다.

"하지만 더 일찍 탈출할 수도 있었는데, 난 그러질 않았어. 순전히 당신 탓만은 아니라고 할 수 있지."

"그러면 자존심이 세워지남?"

"자존심? 그 따위 문제가 아냐."

"아하! 아니다? 그래, 암튼 고맙군. 내가 그다지 나쁜 여자는 아니다 그거지?"

슬쩍 커피 향기만 맡고서 머그잔을 도로 내려놓은 경만은 짐짓 밝은 표정을 지었다.

"당신 말대로, 당신은 당신 속에 있는 광기를 끄집어내어 솔직하게 활용했던 것뿐이야. 어쨌든, 그 사람 본 거, 틀림없어?"

"구경만 씨, 정시우 씨의 그림을 내가 잘못 볼 리 있어? 가장 그의 그림에 가까운 표정을 하고 있었는데, 여자가 봐도 아름다웠어. 정신병원에 있는 여자가 아름다워 보인다니 참 아이러니하게 들리겠지만 말이야."

경만은 별장 거실에 있던 2백호짜리 그림이 떠올랐다.

"그런데 그 병원엔 새삼스레 왜 간 거지?"

"당신한테 한 짓이 너무 병적이다 싶더군. 그래서 스스로 그 병원을 찾았어. 아무래도 정신감정을 받아야지, 그냥 내버려두면 필시 당신을 죽이는 사태가 벌어질 것 같은 끔찍한 생각이 들어서……"

"뭐라고? 후후후, 하긴 충분히 그럴 수도 있겠더라. 별장에서 난 그걸 느꼈어."

경만은 승리를 쏘아보고는 몸서리를 쳤다.

"비행기는 언제 타지?"

"왜, 나한테 죽고 싶어서?… 하지만 희망 버려. 오늘밤은 영 입맛이 돌지 않고, 또 내일은 첫 비행기니까."

마지막 발작처럼 몸을 비틀면서 그녀가 요염한 웃음을 흘렸다.

"그거 잘됐군. 축하해."

"뭐라구?"

이제 여유 있는 농담까지 하는 자신을 축복하며, 경만은 서서히 몸을 일으켰다.

"우리, 맥주파티 할까? 영원한 이별을 위하여!"

승리는 눈을 흘겼다.

"확! 또 몇 시간만 납치해버릴까 보다."

"흥, 내가 힘이 없어 납치당해준 거 아니래도?"

두 사람은 쨍! 하고 맥주잔을 부딪쳤다.

"우리의 영원한 고독을 위하여!"

"위하여!"

그렇다. 구경만 스스로는 물론, 최승리도 김형석도 정시우도 정연 모녀도 모두가 고독의 굴레를 벗어나지 못한 사람들이었다. 가장 인간다운 인간이란, 결점투성이고 정신이상자이고 고독한 인간 부류일 게 틀림없다.

"인생은 환상이 아니야. ……조물주의 잔인한 장난의 대상이고, 죄 많은 존재가 바로 인간이기도 하지. 죄가 없었다면 애초 신선세계로 올라갔을걸."

◇ ◇ ◇

경만은 우선 병원 원장이 바뀐 것에 안도의 숨을 내쉬었다.

같은 병원이니 옛날의 그 십사케이 금테안경을 뽐내며 거들먹거리던 여자 원장일 줄 알았는데, 승리의 말대로 "당신이 관계한 여자는 모두 이런 곳을 출입하는 여자군요."라는 비웃음을 살 각오를 단단히 하고 왔는데, 아니었다. 남자인 것은 물론이고, 그가 평소에 익히 알고 있던 이상구 박사였던 것이다. 대면한 적은 없었지만 그의 저서를 읽은 적은 있었다.

그는 윤기나의 기록을 꺼내놓고도 그걸 들여다보질 않고 있었다.

"바로 어제도 한 여자분이 윤기나 씨를 묻더군요."

최승리일 것이 틀림없었다.

"그 여자에게서 소식 듣고 왔습니다. 정말 여기에 있긴 있나보군요. 어디다 가두었죠? 몇 호에 있습니까?"

"말씀이 지나치시고 급하시군요."

"급하지 않을 수가 있습니까? 박사님은 그래, 윤기나가 정말 정신병자라고 생각하셨단 말씀이오? 도대체, 그 여자가 여길 어떻게 들어왔단 말입니까?"

경만은 짐승처럼 으르렁거렸다. 속 깊은 곳에서부터 울분이 치솟아 올라 견딜 수가 없었다. 그러나 박사는 아주 사무적이었다.

"도대체, 선생은 누구십니까? 환자완 어떤 관계죠?"

경만은 그만 할 말을 잃었다. 까딱하다간 면회사절이 될 수도 있을 것이었다.

"보호자라고 말씀 드릴 수 있습니다. 친척 오빠가 되니까요."

둘러대고 보니 그럴듯하였다.

"애매하군요. 윤기나 씨의 보호자는 남편 김형석 씨인데요?"

"보호자가 꼭 한 사람일 순 없죠. 그런데 이걸 아십시오. 입원할 사람은 바로 그 남편이란 사실을요."

고개를 갸우뚱하면서, 박사는 자리에서 몸을 일으켰다.

"선생도 정신질환의 소지가 있을 수 있죠. 거기다가 윤기나 씨는 지금, 지독한 피해망상중에다 자폐증상까지 보이고 있어요. 한 번 보시겠습니까?"

아미의 병실로 가면서 그는 최승리의 상태를 물었다.

"과거에 이 병원에 입원해 있었다더군요. 요즈음의 정신상태가 좀 걱정되어서 찾아왔던데, 지극히 정상이었습니다."

그는 비죽비죽 새어나오는 비웃음을 도로 삼키며 그녀가 어떻게 윤기나를 만났는가에 대하여 물었다. 그러자 이 박사는 사뭇 친절하게 대꾸했다.

"우연히 창 너머로 봤는지, 아는 사람 같다면서 물어봅디다."

기나의 이름은 모르겠지만 성이 윤이란 건 알고 있을 최승리. 그녀는 닮은 사람이 또 있었네. 하고 중얼거리더란 거였다.

아미는 머리를 곱게 빗고 눈을 아래로 뜬 채 약간 옆모습을 보이고 있었다. 그리고 명상에 빠져들었는지, 두 사람이 와서 한참이나 섰는데도 거들떠보질 않고 있었다. 정말 자폐증인가 싶어 걱정하는 동안 원장이 조용히 윤기나의 이름을 불렀다. 하지만 그녀는 얼굴을 들지 않았다 굳게 다물려진 입술…….

"아미!"

구경만이 살며시 다가가 그녀의 손을 잡고 부르자, 그제야 명상에서 깨어난 여인의 눈동자. 너무 순수해서 위험한 눈동자. 깊게 상처 입은 눈동자. 경만은 그녀의 눈동자를 주시하다가 그만 그녀를 부둥켜안고 말았다. 원장이 뭔가를 눈치 챘는지 자리를 비켜주었다. 그러자 경만은 톡 까놓고 소리쳤다.

"정말 미친 거냐? 정말 미쳐서 여기 갇힌 거냐고."

아미는 여전히 말이 없었다. 그러나 연약하지만 탄력 있는 몸 그대로를 경만에게 맡긴 채 조용히 눈물을 흘리고 있었다.

"또 벙어리가 되었구나. 그런 거야?"

그녀가 억지로 웃으며 머리를 끄덕이고는 종이와 펜을 찾느라고 두리번거렸다.

"당신 남편이 억지로 가둔 것 맞지? 우리, 여기서 당장 나가자. 원장실로 가서, 당신이 일부러 벙어리 짓을 하고 있다는 것도 밝혀야 돼. 김형석의 비행을 낱낱이 폭로하는 거야. 그의 도움을 받아서 이혼하는 거야. 어서 일어나."

경만은 아미를 일으켜 세웠다.

원장실로 걸어가면서 그는 희망에 들떴다.

"한 마디만 해주라. 그 말, 있잖아?"

그 말을 하필이면 지금 듣고 싶어서, 그는 애타는 눈으로 그녀를 보았다. 하지만 그녀는 못들은 척 먼저 원장실 문을 노크했다. 자리를 피하여 와있던 원장은 매우 착잡한 기분인지, 팔짱을 끼고 왔다 갔다 하며 서성이고 있었다.

"도대체, 두 사람 관계는 무엇입니까? 몹시 불순해보이던데?"

그는 단도직입적이며 단호했다.

"우리나라엔 간통죄가 있다는 걸 모르시오?"

그는 지시가 있을 때까지 아무도 들어오지 못하도록 밖에다 이른 후에 두 사람과 마주앉았다. 그리고 목소리를 낮추었다.

"남편 김형석 씨가 일주일에 한번 씩 찾아와요. 그 사람은 첫 마디를 항상 그렇게 끄집어내지요. 웬 남자 안 왔던가요?…… 아내에겐 집적거리는 사내가 있다. 그 사내가 아내를 욕보이고 린치를 가했으며 며칠씩 감금시키기도 했다. 이제는 이혼을 강요하며 돈까지 요구하는 모양이다. 그래서 아내는 실어증에 걸렸으며 미쳤다. 이 병원에 아내를 두는 것은 무척 다행이라고 여기지만, 언제 그가 들이닥칠지 걱정스럽다. 기왕 이렇게 된 거, 그 사내를 잡기만 하면 선수를 칠 수 있다.…… 간통죄로 집어넣는다는 말이죠."

경만은 몸이 부들부들 떨렸다. 윗니 아랫니가 제멋대로 마주치기도 하는 것이, 견디기가 힘들었다. 이윽고 경만은 아미의 윗옷을 치켜 올렸고 상처투성이의 등을 원장에게 보였다.

"이것 보세요. 그 남편이란 작자가 담뱃불로 새긴 문신이란 말입니다."

가녀린 그녀의 손목도 원장의 눈앞에 들이댔다.

"이건 그 작자가 선물한 매화무늬 팔찌입니다. 내가 이 사람의 애인이든 집적거리는 사내든, 과연 이 짓을 내가 했다고 여기십니까?"

"유감이군요."

원장은 아무도 믿을 수 없다고 했다. 그리고 중립의 자리에 서야 하는 자신의 입장을 표명했다. 하지만 두 사람의 깊은 관계는 인정하는지 환자에게 펜과 종이를 내어주며 무언가를 시도했다.

"자아, 여기다가 적어요. 누가 이랬는지."

경만은 아미가 정말 실어증에 걸렸는가 싶어서 바짝 긴장했다.

그녀는 종이를 한쪽 팔로 가리고 무언가를 적었다. 그리고는 원장에게 두려운 시선을 보내더니 얼른 경만의 손에다가 그 종이를 전하는 거였다.

"말로 하랬잖아? 말로 표현하기로 했잖아?"

경만이 그녀의 어깨를 짚고 울먹이면서 목쉰 소리로 호소했다.

원장이 종이를 자기에게 달라고 하자 아미는 몹시 당황하였다. 그녀는 그것을 품에 안고 일어서더니 문을 열고 유유히 나갔다. 외로운 자기 병실을 찾아서.

원장은 간호사에게 그녀를 잘 데려다주라고 지시한 다음 윤기나의 차트를 다시 들여다보고 있었다. 침묵이 흘렀고, 그 침묵을 경만이 먼저 깨트렸다.

"고등학교에 다니는 남동생을 데려와서 증명해보일 겁니다."

"그러십시오. 그런데, 아까 뭐라고 썼는지 궁금해요. 말해주실 수 있습니까?"

경만은 '어림없는 소리!' 하고 돌아섰다.

"글의 내용에 따라 정신감정에 도움이 될 것 같아 그럽니다만"

경만은 문을 밀며 대꾸했다.

"알 수 있게끔 해드릴 테니 기다리시죠."

그러자 원장이 "잠깐!"하고 그를 불러 세웠다.

"한 가지 중요한 사실을 알려 드리겠소."

경만은 돌아섰고 원장 앞으로 바싹 다가앉았다.

"김형석 씨에게 알리려고 했었지만 어쩐지 망설여졌는데, 아무래도 구 선생에게 이야기하는 게 옳을 것 같아요."

"어떤?"

"이 말씀을 드리면 선생께서도 저의 궁금증을 풀어주셔야 합니다. 그래야 협조해드릴 수가 있지요."

"무슨 서론이 그리 깁니까? 전 빨리 학교로 전화해서 동생을 불러야 합니다."

원장이 호흡을 가다듬었다. 그리고 낮은 목소리로 말했다.

"임신 3개월째요."

화들짝 놀란 경만이 원장의 눈을 뚫어져라 주시했다.

"얼마 전에 알았습니다. 그런데 그게 누구의 아이인가요?"

"유산되고 바로 들어설 수도 있습니까? 바로 3개월 전에 저 폭군이 그녀의 손목을 지지는 통에 유산되었었는데"

"드문 일이지만, 모체가 건강할 경운 바로 생길 확률이 크죠. 개월 수로 3개월째라는 거지만 2개월도 못되었을 수도 있구요. 아무튼 병원에 오기 얼마 전에 생긴 아이라는 건 틀림없어요."

"꼭 넉 자였습니다. <사랑해요>. 그게 바로 당신의 아길 가졌어요. 아닌가요?"

확신에 찬 소리로, 그는 사뭇 흥분하여 원장의 손을 잡았다.

"명백한 간통죄가 성립되는군!"

원장이 손을 홱 뿌리치며 단언했다. 정말 그렇다. 경만이 절망하여 주저앉자, 그제야 원장이 그의 곁에 다정히 앉는 거였다.

"해결책이 있소. 내게 당신들의 러브스토리를 공개하기만 하면."

"악취미시군요. 해결책이 뭔가부터 말씀해주시죠."

"좋소. 말씀드리지. 김형석이 아내를 학대한 사실을 증명하고, 멀쩡한 아내를 정신병원에 집어넣은 그 잔혹성까지 첨부해서 이혼소송을 하는 거요. 동생이 증명해준다니까 내가 협조하지요. 김형석은 군인이니 그게 즉각 성사될 거요. 그런 다음 당신들은 당당히 결혼해서 어디 멀리 떠나면 될 것 아니겠소?"

그럴듯했다. 경만은 일단 학교에 전화를 걸어 기호를 호출하고는 원장과 함께 구내식당으로 가서는 대강의 이야기를 나누었다.

"거 봐요. 이야기를 하다보면 길이 트인다니깐?"

원장은 밝은 표정을 지었다.

"실어증은 아닌 것 같고, 그럴만해서 말문을 닫고 있었다고 볼 수 있군."

"정말일까요? 그럼, 아까 원장님께 가서 다 고백하자고 당부까지 했었는데도 왜 말을 안 한 걸까요?"

"안 할 수밖에요. 소위 병원 원장을 기만한 경운데 말입니다."

경만이 기호를 데리고 아미에게 나타났다. 그녀는 행복한 미소를 띤 그대로 두 사람을 돌아다보았다. 창틈으로 새어 들어온 저녁놀빛이 그녀의 머리칼을 물들이며 후광인양 번졌다.

"누나! ……"

기호는 누나의 손을 꼭 잡고 말을 잇지 못했다. 그녀의 손목이 매화꽃의 혼을 실은 울음을 토했다. 누가 그랬던가. 매화의 다른 이름이 '빙혼(氷魂)'이라고.

"기호야……"

그녀는 참으로 오랜만에 입술을 뗐다. 옆에 있던 경만이 따돌려진 기분이 되자, 그것을 금방 알아챈 기나가 두 사람의 손을 한꺼번에 잡았다. 그리고는 침대의 양편에 두 사람을 앉히곤 자기는 그 사이에 끼어 앉아서 가만가만 말했다.

"오늘은 안 왔지만, 내일은 그 사람이 오는 날이에요. 그러니 앞으론 여기 오지 마세요. 전 여기 있는 한은 안전해요."

경만은 오랜만에 듣는 그녀의 목소리를 반가워할 겨를이 없었다.

"이곳에 있는 게 안전하다고?"

"그래요. 전 제가 만든 감옥에 갇혀있거든요."

"큰 시인 구상 선생님의 꽃자리 시?"

순간, 그녀는 경만의 귀를 잡아당겼고, 기호가 어? 하는 틈에 얼른 속삭였다.

"양육비만 충분히 보내주세요."

경만은 그녀를 와락 끌어안고 싶었다. 입을 맞추고 싶었다. 하지만 기호 앞이라 참았다. 그 대신 그녀의 배 위에 손바닥을 갖다 댔다.

"맞지? 우리 아기."

아미가 얼굴을 붉히며 끄덕이자 기호도 눈치 챘다.

그녀는 어떻게 붙들려 어떻게 정신병원에까지 왔는지 말하지 않았다. 어쩌면 그녀가 계획하고 자청한 결과일지도 몰랐다. 자기가 만든 감옥에 자기가 갇혀있다는 말에서 짐작할 수 있었다.

그녀는 경만에게 기호를 부탁했다. 고강동의 그 집은 절대로 안전하도록 조처했으니 바로 그 집에서 자신을 기다려달라고 했다. 경만이 원장선생님이 이혼소송을 도와주기로 약속했다고 하자, 아미는 그것을 반대했다. 그런 식의 소송은 김형석이 매장되는 결과를 가져오고, 그렇게 되면 절대로 안전하지 못하다는 거였다. 가장 바람직한 방법은 출산할 때까지 이대로 정신병원에 갇혀있는 거라고, 앞으로 날이 갈수록 더 미친척하여 그가 저절로 물러나게 해야 한다고, 원장선생님은 김형석이 이혼하자고 들 때 '윤기나가 미쳤다는 사실'에 대하여 절대적인 증인으로써 자연스레 이혼이 성립되도록 도와주시기 바란다고 구구절절이 말하는 거였다. 경만은 저 가여운 것이 이리 재고 저리 재고 얼마나 연구했을까 생각하니 명치끝이 쿡쿡 쑤셔왔다.

"혹 몰라서 출산 후까지도 각오하고 있어요. 그렇게 되면 그 인간에겐 절대로 아기는 들키지 말아야 해요. 당장 내일부터 끊임없이 면회사절 할거야."

그런 기상천외한 계획을 밀고 나가야만 쟁취할 수 있는 행복이라니. 이루 말할 수 없이 서글펐다. 하지만 동조할 수밖에 없었다. 경만은 이상구 박사와 기호, 그리고 아미와 한 자리에 모여, 흡사 역적모의라도 하는 것처럼 앞으로의 태도를 의논하였다. 결국, 때려죽여도 시원찮을 한 '인간망종'을 구제하는 최선의 길이기도 하였으므로 그것이 그리 죄 받을 일도 아닐 거였다.

매연이 가득한 서울거리에도 봄은 어김없이 찾아와서 모든 가로수들이 파릇파릇한 새움을 틔우고 있었다.
"언제쯤일까? ……"
그는 자꾸만 "언제쯤일까"를 되씹으며 지하도를 내려갔다.
"지하철 타시려고요?"
기호가 성큼성큼 따라오더니 물어보나마나 한 질문을 한 거였다.

내 이름은 마고

지리산 끄트머리에서 노량해협을 가로지르는 남해대교를 건너자, 해상 다리가 섬과 섬을 이어가면서 놓여 아름답기 그지없었다. 상주면 양아리 산 4-3번지를 새김질한 내비게이션이 "국도 19호를 타고 남해읍에서 미조노선을 경유하는 12km 거리입니다."라고 안내했고, 사천에서부터 동승한 정시우 화백도 한마디 하였다.

"거기엔 옛날 부시암이라는 큰 절이 있어서 부소대골, 부소암골로 불렸었지."

부시절터 골로 오르는 등산로가 나타났는데, 입구가 막혀있었다. 입구 왼편에선 한창 공사 중이었다. 남해 서복회에서 석각을 서불과차라고 완전히 못 박고는 관광자원 개발 차원이라며 주차장을 만들고 있는 거였다.

"선생님, 출입금지 표지판이 있는데요?"

연오가 난감한 표정을 하고, 예나는 아예 눈을 감아버렸다.

"하하하, 나랑 같이 가는데 뭐. 나는 문화재 연구원이거든."

두 사람이 동시에 처음부터 교수의 조언을 들은 게 참 다행이라 여기고 있는데, 정시우 화백이 먼저 차에서 내리더니 낮은 밧줄 울타리를 가볍게 뛰어넘었다. 공사장 인부 중 한 사람이 가까이 와서 선생을 확인한 후 군말 없이 돌아가는 걸 보고, 연오는 선생의 뒤를 따라가려다가 예나를 불렀다.

길도 없는 것 같이 가파른 산길은 겨우 한 사람 지나갈 수 있을 만큼 비좁았다.

"이래 뵈도 예전엔 여기 사람 사는 동네가 있었지."

한참 오르다 보니 별안간 와글와글한 소리를 내며 시냇물이 앞을 가로막았다.

"앗! 개울이 있었네요?"

돌이 흔전만전했다. 아무리 비가 내렸기로, 시냇물은 원래 그렇게 흐르고 있었다는 것처럼 시끌시끌한 소리로 굵직굵직한 돌들을 툭툭 치며 감싸며 춤추며, 둥그런 돌이건 각진 돌이건 깨어진 돌이건 전혀 차별을 두지 않고 사이사이에 경쾌한 가락을 집어넣으며 흘러내리고 있었다.

"하하하, 엊그제 비가 좀 왔다고 이렇다. 보통 땐 물이 발목까지 밖에 안 오는데…… 이거 참 징검다릴 놓아야겠군."

"예나 넌 거기 앉아서 좀 쉬어."

정시우 화백과 김연오는 서로 힘자랑이나 하듯 앞 다투어 징검다릴 놓기 시작하였다.

"어머나? 내가 마치 공주가 된 느낌이네."

징검다리를 밟고 건너서도 길은 여전히 험악했다.

"자아 업혀!"

이윽고 연오가 예나에게 등을 내밀었다.

신성한 기운이 감도는 산 중턱. 왼편은 공룡 발자국으로 추정되는 기암괴석이 있고, 오른편엔 바로 문제의 자연석이 누워있었다. 가로 7m, 세로 4m 가량의 화강암. 올라온 쪽에서 몸을 돌려 바위를 정면으로 보면 바위 왼편 약간 경사진 곳에, 바위를 거북모양이라고 봤을 때의 왼쪽 어깨에서 등으로 흐르며 그림인지 문자인지가 음각되어있었다. 남해군 상주면 양아리 산4-3번지 <남해양아리석각>.[16]

"이 석각 위쪽, 저기 거대한 바위는 부소암[17]이라고 하지. 시황제의 맏아들 부소가 간신배의 모함으로 진나라를 탈출, 서불과 합류하여 이곳에 와 여생을 마쳤다하여 붙여진 바위 이름이라고 해. 그런데 중국 사서에는 부소가 변방에서 기원전 210년 사사(賜死)되었다고 기록되어 있어. 수상하지 않나? …… 제주도 서복전시관 광장에는 남해 양아리 각석이 크게 조형 판각되어 선전되고 있는데, 제주도 정방폭포 석각의 모형이라는 것이야. 그런데 제주도 정방폭포 석각은 풍화, 낙수, 그리고 그 위에 있는 공장의 폐수로 험하게 마멸되어 그 흔적은 물론 고증이 불가능했거든. 거제 해금강 소매물도에 있던 '서불과차'라는 석각도 마찬가지일세. 1959년 태풍 사라호에 바윗돌이 떨어져 나갔다고 하는데, 당시의 석각을 입증할 수 있는 어떠한 근거도 없어. 그래서 그곳 와현리 '서불유숙지'기념비는 역사적 근거를 제시하지 못하여 비웃음을 사고 있는 판이야. 그리고 남해. 이곳 금산을 중심으로 상주 일대에는 석각이 두루 산재해 있어. 그런데 어떤 석각도 서불과는 관련이 없거든. 어쨌든, 현존하는 남해의 양아리 석각, 고증이 어려운 제주의 정방폭포석각, 사라호 태풍으로 떨어져 나간 거제의 소매물도 석각은 어떤 공통점을 가졌을 것으로 이해되기는 하지만……"

마치 울분을 터뜨리듯 열변을 토하던 정시우 화백이 잠시 목소리를 진정시키고 거북바위를 가리켰다.

"그런데 저것은 바로 가을하늘에서 볼 수 있는 별자리야. 저것 봐. 맨 아래 왼편의 천(天), 저기서 재어보면 그림 전체가 90도 각도의 부채꼴,[18] 즉 원의 ¼을 차지하고 있다는 걸 알 수 있거든. 天에서 약간 오른편 상단을 보라고. 언뜻 볼 때 상(上)자 같지? 하지만 저것을 자세히 봐. 지평좌표(一)와 천체좌표(ㅣ), 그리고 북극성(●)이 분명하지 않은가. 저것을 자세히 보게. 북(North)이라는 표시 N, 그리고 극(Pole)이라는 표시 Po."

"그렇다면 지평좌표 왼편 위쪽에 있는 붓글씨 한 일자 같은 저 표시는 뭐죠?"

예나가 신기하다는 얼굴로 선생을 바라보았다.

"저 비스듬한 곡선은 바로 작은곰별자리의 꼬리부분이야. 여기 이 북극성까지 합쳐서 작은곰의 꼬리에 해당하는 거지. 다시한 번 살펴보게. 이 곡선의 한 일자는 사실 세 개의 별을 연결하고 있지 않은가. 맨 왼쪽별이 천제성, 가운데가 서자성, 또 황후성."

선생이 북극성에다 손가락을 멈추는데, 손가락이 움푹 들어간다.

"황후성 다음, 꼬리를 마무리하질 않고서 뚜렷하게 독립시킨 천추성. 바로 북극성이지. 천추성과 황후성 사이에 천체좌표를 새기고 바로 아래에다 지평좌표를 새겼다는 걸 알 수 있잖나?"

"맨 오른편, 오경석 오세창이 서불이 일출을 보고 예를 올렸다고 주장했다는 서불기례일출[19] 중에 서(徐)에 해당한다는 저건 어떤 별자리인가요?"

"자세히 보면 저기에 알파벳 P가 적혀있네. 페르세우스 중심별이지. 저기 뻗친 건 기린 왼발이고. 페르세우스 꼭지 지점의 저 가로선(一)과 아래의 점(•), 저건 페르세우스 꼭지 별 하나와 카시오페이아 오른쪽 별 하나, 그리고 카시오페이아 3별의 중앙을 표시한 셈이지. 그런데 페르세우스 위쪽 양자리 사이를 좀 보게.

저건 한자 왼 좌(左)가 아닌가. 왼편에 다시 쓴다는 뜻인 성싶네만, 아무튼 그 옆은 시월(十月)하고 길(吉), 그리고 직사각형 페가수스(Pegasus) 오른쪽엔 Po가 새겨져 있고, 저기쯤이 안드로메다 별자리. 페르세우스 왼편 가운데 한 일자 같은 그림 저 사이에 안드로메다(Andromeda)의 A자가 새겨져 있질 않은가.”

“아, 안드로메다……”

갑자기 예나의 입술이 하얗게 질렸지만 두 사람은 알아차리질 못했다. 정시우 씨는 계속 설명하느라 여념 없었고, 연오는 신비한 별자리 암각에 정신이 팔려있었다.

“페르세우스 왼편의 불(巿)에 속한다는 저건 양자리 중앙 별 두 개와 삼각형 세 개, 그리고 물고기 왼쪽의 별 세 개와 안드로메다 오른편의 별 한 개를 그어보면 꼭 저 모양이 나온다네. 그리고 귀인이 수레를 타고 앉아있다거나 하는 등 서불기례일출의 기(起)에 속한다는 저 별자리는 아주 쉽게 발견할 수 있지.”

“혹 케페우스 별자리인가요?”

“제법인데?…… 아무튼 페가수스 별자리 위쪽을 보라고. 많이 마모되었지만 아직 알아볼 수는 있어.”

씨는 페가수스 별자리 위쪽에 새겨진 숫자를 손으로 더듬었다.

“저건 얼마 전에 새로이 발견한 건데, 페르세우스와 양자리 사이에 새겼다가 취소하고 다시 정식으로 쓴 글자일 거야. 자세히 보라고. '고지 시월 십일 시월 십팔일 길신(古늡 十月 十日 十月 十八日 吉辰)'이라네. 바로 아래의 天에서 감지하다시피 저건 별자리를 팠다는 뜻이지. 10월 10일부터 10월 18일의 별자리가 관측하기 좋다, 또는 관측한 결과라는 뜻을 담은 표식 아니겠나? 왜냐하면 저기 저 글자를 자세히 보면 '김민성 공 그림'에다 '최금ㅇ 석장수 새김'(金玟成 公 圖 崔金ㅇ 石匠手)'이거든.[20] 석장수의 이름 끝 자는 결국 못 찾았지만, 저기까지만 알아내는데도 굉장히 어려웠지. 어? 학생!"

예나가 바닥에 쓰러져 있는 거였다.

"예나야! 정신 차려 봐! 선생님, 119가 올 수 있을까요?"

두 사람은 예나를 공룡 발자국이 있는 바위그늘로 옮겼고, 선생은 성급하게 119를 부르지 말라고 한 다음 자신의 허리춤에서 생수병을 끄잡아 내어 연오에게 건넸다. 연오가 예나의 입에 물을 흘려 넣는 등 한참 부산스럽게 굴자, 다행히 예나가 눈을 떴다. 그리고 중얼거렸다.

"나는 누구지?"

"누구긴? 너는 구예나잖아?"

연오가 어이없어하자 그녀는 고개를 살래살래 저으며 자기 스마트폰을 내밀었다.

"붙박이, 붙박이별과도 같은…… 내 이름은 마고야!"

"마고? 교수님의 사설시조 제목 말이니?"

"진짜로 마고라니깐? 영영 십팔 세……"

천천히 커서를 내리면서 연오는 교수의 사설시조 작품을 읽어 내려 갔다.

하기야, 나도 나를 모르는데 네가 나를 어찌 알까만,

시조 종장 첫마디와 둘째마디를 생성해낸 비밀의 호흡구조, 삼신사상, 아니 삼성사상 대명사인 듯싶은 세쌍둥이별까지 쳐서 북두구성 마을을 오락가락하며 주야장창 시조만 읊어대던 그 시대에서조차 나는 내가 왜 어떻게 무슨 까닭으로 있어왔는지는 알아차리지 못하고 있어. 내 나이가 불변이라는 것쯤은 빤히 알지만, 개양이니 미자르니 하는 이름 말고도 삼신할미라는 별명을 갖고 있다고는 하는데 정작 내 본명은 생각나지 않아.

고인돌 거기 새겨진 별무리에 내 이름 있었다던데 못 봤니?

아홉이 아홉이면 천부경의 글자 수와 일치하는 81, 그걸 뒤집으면 18이란 엉터리 계산법은 말고, 그냥 아홉을 두 번 해보면 내 나이가 나오는데, 아홉이란 숫자가 어떤 숫자인지를 이문구 소설 '장이리 개암나무'에서 패러디를 좀 하자면…… 하늘에서 가장 높은 데는 구민이고, 땅에서 가장 높은 데는 구인이고, 땅에서 가장 깊은 데는 구천이며, 넓디넓은 하늘은 구만리장천이고, 넓디넓은 땅덩이는 구산팔해고, 나라에서 가장 큰 관가는 구중궁궐이고, 또 가장 큰 민가는 구십 구간, 집구석만 컸지 살림살이가 무진장 쪼들렸으면 구년지수이고, 그래서 수없이 태운 속은 구곡간장이고, 그러면서 수없이 죽다 살았으면 구사일생이고, 그렇게 수없이 넘긴 고비는 구절양장이고, 그러다가 셈평이 펴이어 두고두고 먹고 살 만치 장만해뒀으면 구년지축이고······

열여덟, 영영 열여덟 내 청춘엔 끝없는 숫자 아홉이 겹쳐있다는 말이고

태초는 혼돈, 더 유식하게 말해 카오스라고 하지만, 마치 인간의 심장 박동이 불규칙해야만 건강하다는 신호인 것처럼, 그렇다고 하여 그 심장박동이 결코 무질서함은 아닌 것처럼, 혼돈이라는 회오리 속에는 갈피갈피 치밀히 계산된 숫자판이 춤추고 있지. 누가 그랬던가, 인간의 몸은 북두칠성 별자리 그 자체라고······ 카오스, 거기에다 휙휙 뿌려댄 잭슨 폴락의 프랙탈 현상처럼 뚜렷한

붙박이, 붙박이별과도 같은 내 이름을 불러줄래?

유심히 예나를 보며 정시우도 연신 '최혜수'란 이름을 부르고 있었다.

불감증

　구경만의 아버지 구영환 씨는 평생을 논농사에 바쳐왔는데 순전히 농사만으로 2남 5녀를 키워냈다. 큰아들 성만이 세 살 때에 죽었으며 경만이 막내로 태어났으니 엄밀히 따지면 5녀 1남이었지만, 영환 씨는 언제나 자식 숫자를 말할 때 2남 5녀라고 들먹였던 것이다. 어쨌든 동네 이장과 결혼하여 아버지를 모시고 2녀 1남을 키우고 사는 큰딸을 비롯하여 딸 다섯 모두 초등학교까지는 가르쳐 출가시킨 영환 씨. 그는 막내이며 둘째아들이나 사실은 외동아들인 경만이 남해고등학교 2학년 때엔 이미 칠순을 바라보게 되었고, 그 여름 방학이 되자마자 외동아들의 강제결혼을 도모하셨다.

　일사불란하게 몰아붙인 아버지의 치밀하고 완벽한 실천력 덕분에 결혼식 하루 전에야 그 정보를 입수한 경만은 다섯 살 연상 양소임과의 결혼식을 별 거부반응 없이 치렀는데, 양소임은 홀어머니의 외동딸이어서 예식장에는 어깨가 딱 벌어지고 키도 훌쩍 큰 사촌오빠 양광식이 신부의 손을 잡고 들어왔으며, 경만은

얼떨결에 그 사촌오빠 손에서 양소임을 인계받아 제주도로 신혼
여행까지 갔다. 그런데 남자 평균 키인 남편이랑 똑 같아 보이는
데다 몸이 투실투실하기까지 한 양소임이 신부화장을 다 지우고
돌아보는 순간,

'흡! 계란귀신?'

이윽고 신부가 샤워를 마치기도 전에 홑바지 방귀 새듯 호텔
을 빠져나간 구경만. 그는 근처의 선술집에 앉아 술을 퍼마셨고,
기어이 만취되어서야 아내에게 부축당해 신방에 들었다.

"아이 참, 어쩌다 이런 서방님을 만났을꼬!"

새각시는 거의 실신한 새신랑을 풀쩍 침대에 던지고는 한숨을
푹푹 쉬었다. 그렇게 식식거리며 곤드레만드레가 되어버린 신랑
을 한참 내려다보다가, 슬며시 전화기를 들어서 어디론가 통화
를 시도했다.

"우야꼬, 오빠야, 허니문베이비 만들기는 고마, 틀리뺐다. 술이
엉망진창으로 취해서 고마, 뻗었다 아이가. 참나, 저런 얼라를 내
가 서방님이라꼬 깍듯이 모시고 살아야 한단 말이가? …머라꼬?
어짜든지 꼭 오늘 성사시키라꼬? 아이고, 머라꼬? 나 혼자서라도
하라꼬? 우짜라꼬? …아하, 맞다. 그라께. 오빠야가 시키는 고대로
하께. 오빠야, 사랑한대이… 아이다. 곯아떨어져가 몬 듣는다."

전화기를 놓고서, 양소임은 하아~ 하고 하품을 늘어지게 하다가 문득 킬킬댔다. 그리곤 새신랑 양말을 벗기고 바지를 벗기고 아랫도리를 죽 벗겨 내리며 "아이고 내 팔자야!"하고 마구 불평을 토했다. 그러다 벌거숭이가 되어 바싹 몸을 웅크리는 구경만을 내려다보며 또 한 마디 했다.

"춥지예? 쪼매이만 기다리소. 내가 마, 따땃하게 해 줄 테이까네. 하이고, 이런 거는 서방님이 벗겨줘야 되는 긴데 … 하지만도 우짜끼고. 혼자서 쇼를 해야 된다카이 혼자 벗는 수밖에 음째."

하지만 구경만은 신혼여행기간 4박5일중 4박을 꼬박 술로 밤을 지새웠고, 술이 깨기만 하면 '보기 싫은 얼굴 안 볼 권리를 찾자!'고 다짐했는데, 그런데 양소임은 그 밤들을 도대체 어떤 마음으로 보냈는지 이렇다 저렇다 할 반응이 없었고, 오히려 한술 더 떠서 박꽃 같은 얼굴이었다.

어영부영 신혼여행을 마치고서도 마찬가지 시간이 흘러갔는데, 경만은 아버지가 두려워 차마 이혼하지는 못한 대신에 혼인신고는 미뤄달라고 소원을 말했으며, 아버지 구영환 씨도 아들의 그런 부탁에는 이의 없었다. 아이 낳으면 출생신고 하면서 같이 해도 늦지 않을 거라는 진지한 외동아들의 말에 고개만 끄덕

끄덕.

"엄마가 퍼뜩 알라를 노라카든데……."
"가졌이모 노라모. 누가 못 노라 카드나?"
"알라를 나 혼자 놔? 하늘로 봐야 별로 따지!"
그녀는 한껏 곱상하게 눈을 흘기며 그랬다.
"아이공, 술만 들어갔다카모 쥑이 주는데, 옴마양. 끝내주는
데…."

'기가 차고 매가 병아리를 차고 비렁뱅이가 깡통을 찰' 노릇.
그토록 대단한 술의 힘이던가 싶어 경만은 술의 '술'자도 보기 싫
었는데, 그렇거나 말거나 양쪽 일가친척친구 모인 앞에서 확실
하게 딴따라를 올렸으므로 구경만이 자기 소유물로서의 합법적
인 허가를 받은 몸인 것을 너무나 잘 알고 있는 양소임은, 남편이
뭔 공부를 한답시고 꼼짝없이 책상 앞에 엎드려 있을라치면 어
김없이 술상을 디밀고 다가와선 남편의 허리를 내장이 망가질
지경으로 끌어당기기 일쑤였는데, 남편이 안주만 집어먹고는 인
정사정없이 뿌리치는데도 거머리처럼 들러붙곤 했다.

그러나 뿌리치는 데도 한계가 있는 법. 곤하게 잠들었을 때만

큼은 그 기습을 막아낼 재간이 없었다. 때마다 자기소임을 성실히 이행하려는 양소임. 그녀가 보기에 신랑은 술만 마셨다 하면 100프로 완치 가능한 발기불능 환자였다. 그래서 치료 차원으로 일쑤 술을 들이댔더니 신랑이 술을 귀신 보듯 무서워했으므로 그녀로선 비장의 치료책이랍시고 남편의 물건을 가지고 별의별 방법을 남김없이 동원한 거였다.

하지만 살아날 듯 말듯 하던 물건은 짬짬이 번데기처럼 쪼그라들었을 뿐. 경만은 그때마다 잠든 척 시치미를 뚝 뗐다. 상식적으로 생각한다면 그런 요상한 행동에 의혹을 품어 어디서 그따위 걸 배웠느냐며 족칠 일이었지만, 너무 귀찮은 나머지 벌떡 일어나서 그녀의 따귀를 때려 줄만도 했지만, 도시 그런 마음도 일지 않은 구경만. 그는 마치 수도승이나 된 것처럼, 아니면 황진이의 유혹을 물리쳤다던 화담선생 흉내라도 내 보려는 듯이, 밤마다 씨름을 했다. 양소임이라는 여색과.

그러다 그의 물건은 시달리다 못해 땀띠가 나는가 하면 일렁일렁하면서 껍질이 벗겨지기 일보직전이어서 기어이 궁여지책으로 외박을 했다, 이틀에 한번이나 사흘에 한번쯤은 친구네 집에 가서 잤다. 아, 물론 아버지께서 알아차리지 못하게 말이다.

여자들은 남자들을 육체적 동물이라고들 한다. 자기들은 감성

적이고 남자들은 이성적이라고 하면서도, 성관계에 한해서만은 남자를 짐승에 비유하는데, 하지만, 남자임이 분명한 구경만은 상당한 지적 동물임에 틀림없을 거였다. 치마만 둘렀으면 여자로 보는 일도 더러 있겠지만 그의 경험상으론 절대로 아니었다.

'사랑의 감정도 없이 여자를 품다니, 천만에 말씀, 만만에 콩떡이다. 술에 취하여 너를 품었다고? 그럴 수도 있겠지. 술에 취했을 때 생긴 아이라면서 턱하니 임신을 주장할 수도 있겠지. 하지만 그건 내가 아니었다. 전혀 나의 정신이 개입되지 않은, 정신과는 따로따로 노는 육체만의 문제였을 거다. 여자만 순결 지키나? 남자도 지킨다.'

다짐에 다짐을 하면서 그는 자신의 육체를 철저히 수호했다.

그렇게 어정칠월 동동팔월 하던 끝에, 결혼식 올리고 2개월 만에 드디어 양소임이 자기소임을 포기하기에 이르렀다. 좀처럼 부풀 기미를 보이지 않는 남편의 물건을 습관인양 주물럭거리던 그녀가 별안간 "아무리 잘 들어봤자 찔러야 칼이다!"하며 남의 물건을 딱지 치듯 팽개치곤 몸을 부르르 떨어댄 후에, 무릎을 세워 앉고서 눈을 착 내리깔아 신랑을 째려보는 폼이 가히 살인이라도 낼 인상이더니 하이고, 몇날며칠쯤이나 연구했을 진저리쳐지는 저주를 읊조리는 거 좀 보라고!

"잘 묵고 잘 살아라, 이… 구제불능아! 천길만길 유황불 낭떠러지에 널찌가이고, 동가리, 동가리 짤라지가이고, 열두 지옥 방방이 따로따로 들락날락함서, 한 푼 주이소, 두 푼 주이소 쿠고, 천만년 동냥질이나 다닐 순… 악질, …고자 놈!"

그리고 미리 챙겨놓았던 보따리 두 개를 들고 씩씩하게 나가는 거 좀 보라굿!

구경만은 회심의 미소를 지으며 그녀가 동구 밖 백양나무 아래쯤 갔을 때를 요량하여 슬슬 뒤따르고 있었는데, 그런데 백양나무 아래엔 웬 놈이 오토바이 옆에 서 있다가 이쪽이 다가서자마자 보따리 두 개를 얼른 받아 핸들 양쪽에 매어달더니, 아~ 아니, 남의 아내를 냉큼 안아 뒤에 태우고서 부리나케 사라지더니…….

일 년 뒤엔 양소임이 구경만의 딸을 낳았다는 소문이 들렸는데 그 소문을 당사자는 못 들은척하였으나 구영환 씨까지 잠잠할 까닭이 없는 것이, 잠잠했으면 구가를 가가로 성을 갈 일이었다. 소문의 진원지를 꼼꼼히 추적하여 기어이 전 며느리의 살림집을 덮쳤으며 그 즉시 '내 씨 찾아내기' 작전을 벌인 구영환 씨.

비록 여아이지만 '내 손녀'를 어찌 남의 손에 맡겨둘 수 있는가 하는 게 씨의 합당한 명분이었고, 그래서 경만은 자신의 딸일지도 모르는 아기랑 전처랑 다함께 혈액검사를 하는 기본적인 성의는 보였고, 그리고 드디어 아버지 입회하에서 AB형인 아버지와 A형인 어머니 사이에서는 O형이 태어날 수 없다는, 즉 아기와 구경만은 아무 사이가 아니라고 입증 받았다. 덕분에 경만의 신세는 날아갈 듯이 가벼워졌고, '내가 바라던 것은 손주였지 며느리가 아니었다.'라는 비장한 자세로 친자확인소송까지 각오했던 구영환 씨는 그만 지독한 허탈감에 빠져 평생에 처음이라는 몸살까지 앓았다.

아무튼 농사도 잘 짓고 아이도 잘 낳을 꿩 먹고 알 먹기 식의 며느리는 과감히 포기해버린 구영환 씨는 완전 새로운 방법을 도입하였다. 아들의 신접살림을 위해 논의 일부를 처분하여, 아들이 다니는 K대학교 근방에다 18평짜리 아파트까지 장만해 두신 위대한 아버지셨다. 큰딸 내외의 맹렬한 반대에도 불구하고 씨는 피 같은 땅뙈기를 그렇게 아파트로 둔갑시킨 것이었다.

어디서 부모형제 없는 천애고아를 데려다 놓은 구영환 씨는 청첩장까지 새겨 기말고사가 끝날 시점을 딱 포착하여 들이닥치셨다. 아버지의 며느리 구하는 수완에 두 손 두 발 다 들어버린

구경만. 하지만 그는 새로운 결심을 다졌는데,

'그런데 나야말로 유경험자 아니던가. 이 결혼도 무효라고! 나는 거들떠보지 않으면 제풀에 물러난다는 이치를 이미 터득했던 바 아니던가 말이다. 아버지에겐 죄송한 일이지만, 아버지가 전답을 다 팔아치운다 할지라도 내 반평생을 아버지의 소망에다가 꿰어 맞출 수는 없는 노릇. 아무리 늦더라도, 설사 아버지가 돌아가시고 난 후일지라도, 하늘이 두 쪽 나더라도, 반드시 나는 내가 선택한 여자랑 결혼하겠어.'

그나저나 또 얼떨결에 두 번째의 결혼식을 당하게 되고야 만 구경만. 한동안 대학입시에 매달려야 한다는 대의명분 덕분에 그나마 아버지의 결혼종용 압력에서 벗어날 수 있었지만, 아버지 구영환 씨는 이번엔 도저히 빠져나갈 수 없도록 물샐틈없는 준비를 해두신 거였다.

"애비 죽고나모 하루도 몬 넘가고 장가 들 놈! 순 후레아들놈, 야 이놈아, 애비 죽고 나서 아무리 후회해 봤자다 이눔, 살아생전에 호도 햐. 이이— 째가 만발이나 빠질 놈아! 봉만이는 제가 알아서 중학 졸업하자마자 척척 여자 꼬시고 딸 아들 낳고 잘만 사는데, 우째서, 도대체 너는 왜 그거로 몬한단 말고? 순 등신, 그래 애뿡을 쏙 뺄 양이모 아예 달고 나오지를 말든가, 달고 나와서도 그래 비실거릴라모 고마 환관 자리나 알아보든가, 등신 중에서도 상등신! 닐로 놓고 아들이라고, 그 작은 창시에다 미역 중에서도 특상급 미역만 다발떼기로 줄줄이 삼킨 너그 어머이가, 급기야는 친손주 한번 몬 안아보고 홀쩍 저세상 가버린 너그 어머이가, 한없이 애처롭아서 뒤로 나자빠지겠다. 이, 이, 이, 천연기념물이 쎗바닥을 한 길이나 빼고 곡을 할 놈아!"

대학 1년의 여름방학과 겨울방학. 그리고 그 다음해인 대학2년의 여름방학 내내 아들의 얼굴과 마주치기라도 했다하면 도대체 그르그러한 악담을 퍼붓곤 해서 아들을 남해 땅에 부지를 못하게 하던 구영환 씨.

드디어 자신의 칠순잔치도 친손자 안을 그 시점까지로 미뤄버린 그는 호시탐탐 기회를 노리던 끝에 모종의 용의주도한 작전을 세웠는데, 용케도 대학교 2학년 겨울방학 시작날짜를 입수하고서는 애초에 청첩장까지 새겨 한 다발 꿰어 차고선 여객선 금양호에 올라 바다를 건너 버스를 타고 기차를 타고, 수원역에 내려서고는 흡사 뭐 마려운 강아지가 다리 하나 들어 올릴 자리를 찾는 것처럼 위태위태한 몸짓으로 종종걸음 쳐서 역사를 빠져나왔고, 그 길로 시내버스를 타고, 버스 안에서조차 달음박질을 하여 엎어질 듯이 학교의 기말 고사장엘 들이닥치신 거였다.

　구영환 씨는 마침 시험이 끝나 학생들이 퇴실하는 틈을 비집고 들어가서는 어렵잖게 아들의 멱살을 잡았고, "안직 안 끝났다 이눔!"을 선언한 다음 강단에다 청첩장 다발을 툭 던져 올리곤 여러 학생들에게 시선집중을 시켰고, 나가다가 들어온 학생들에게까지 한 명 한 명 시선을 맞췄다. 그리곤 비관적이기 짝이 없던 지난날의 악담을 사뭇 설득조로 수정 정리해서 달달 외우는데, 교양과목 <한국 영화사>에서 접하였던 그 옛날 무성영화시대의 변사 뺨치게 열변 토하시는데

　"애비 나이 칠순이 서너 해나 덧없이 지나그로 잔치도 안 해주는, 천하에 몰상식한 눔, 애비 죽어 후회 말고 애비 살은 적에 광명 찾아 이눔! 애비 소원은 남뷕통일도 아이다 이눔, 오로지 모가지가 늘어지그로 바라는 바는, 친손주 한번 안아보는 그거이 소원이다 이눔. 천지 뺏가리 널린 거이 여잔데, 그거로 하나 몬 구해서 애비로 메느리감 찾는 방을 돌리고, 돌리고, 돌리게 하다가, 간신히 정윤희 겉은 메느리 하나 점찍게 만들었으모, 하이고 아부지 감사합네 카고 끽소리 음시 식 올리, 이눔! 이래도 애비가 자슥한테 몬할 짓을 시키는 기가? 아이재? 이거는, 애비 좋고 자슥 좋고, 집안에 대를 잇는 막중대사다. 이눔아, 순 불호자슥

아! 저기 저 박사 고수님(교수님)한테 물어 봐 이눔!"

신혼 여행지라곤 제주도 밖에 모르던 구영환 씨는 아들의 두
번째 신혼여행지 역시 제주도로 정했는데, 그야 그렇다 치고, 그
런데 두 번째 여자는 첫 번째 여자와는 정 반대였다. 영양분이 온
통 머리칼로 쏠렸는가 싶도록 머리숱만 무성한 그 여자. 팔에 뼈
만 앙상한 것 같던, 신랑보다 한 살 어리다는 갓 스물 신부는 신
랑이 자기를 거들떠보지 않는 것을 오히려 다행스럽게 여겼다.
세상엔 별의별 사람이 다 있다지만 여자도 참 가지가지인 모양
이었다.

"요샛 세상에 요런 강제결혼이 합당하다고 생각하냐? 우리가
뭐, 재벌집안에서나 벌이는 정략결혼을 한 것도 아니고… 난 솔
직히 너하고 잘 생각이 없어. 애를 낳으면 안 되거든. 혹시나 이
혼하잔다면 더 좋고. 어떻게 생각해?"

그렇게 파격적인 말을 던졌는데도 눈 하나 깜짝 없이 깊고 검
은 눈을 반짝이며 송미연이 대꾸하는데,

"어머나, 바로 그거야 오빠. 나하고 어쩜 이리 손발이 착착 맞
을까?"

어안이 벙벙하여 다시 보니, 두 번째 아내 송미연은 첫 아내와
막상막하로 키가 큰데다, 첫 아내의 몸을 세로로 반을 쪽 갈랐다

고 할 수 있을 만큼 가늘게 생겼을 뿐만 아니라, 화장을 완전히 지워도 여전히, 창백할 만큼 희고 아름다웠다. 그런데 황당함에서 가까스로 벗어나려 할 즈음 새신랑에게 두 번째의 말 펀치를 날리는 송미연.

"오빠, 나도 사실 이거, 억지결혼이었어. 꼭 결혼을 해야지만 밥을 먹나 뭐? 쉽게, 쉽게 살려면 뭐, 내 미모 가지고 무언들 못하겠어? 하지만, 기껏해야 삼류인생이다 싶었어. 그래서 할아버지의 제안을 받아들인 거야."

"할아버지?"

"아참, 아버님인가? 그건 그렇고, 오빠, 이건 순전히 내 생각인데, 이러면 어떨까? 우리 둘 그냥 오뉘처럼 딱 5개월만 살고 이혼하면, 아니 3개월?"

"그거 좋은 생각이다. 5개월은 너무 길고, 딱 3개월만 살고, 그러고서 다시 이혼하든가 합방하든가 둘 중에 한 가지로 선택하고 결정보기. 오 캐?"

"오오 캐! 꼭 3개월이야. 오빠, 손가락 걸어."

"자아, 복사까지 하고, 혼인신고도 그 때 가서 결정하자고."

이른바 계약결혼을 맹세한 거였다.

그리고 5박6일의 신혼여행기간동안 내내 잠자리를 따로 했지만 잠자리 외는 어디를 가나 손을 꼭 잡고 다닌 두 사람. 각별한 오누이의 아름다운 여행으로 삼아 즐거운 나날을 보내는 것처럼… 겨울바다고 만장굴이고 정방폭포고 간에, 이름난 곳은 모조리 찾아다니면서, 구경만은 정윤희 뺨치게 예쁜 송미연과 영화를 찍는 기분으로 사진도 수없이 찍어댔다. 그리고 신혼여행 끝날 즈음엔 느닷없는 사태가 벌어졌는데, 경만이 불과 나흘 새 그녀에게 홀딱 빠져들고 만 것이었다.

구경만은 밤마다 미연을 끌어안고 뒹구는 꿈만을 꾸었는데, 신부를 향한 그 상사병은 저 혼자 수없는 몽정을 일삼았다. 때로는 선덕여왕 그리던 지귀처럼 온 몸을 불태웠고, 때로는 자신의 몸이 상사바위 전설의 주인공이 되곤 하였다. 남해 금산에서 가장 웅장하고 큰 바위인 상사바위 전설. 옛날 돌쇠라는 머슴이 주인집 딸을 짝사랑하여 애를 태우다 죽어 구렁이가 되었는데, 그 구렁이가 어느 날부터 주인집 딸을 휘감고 놓아주질 않았다. 그러다 하루는 주인의 꿈에 한 노인이 나타나 금산에 있는 높은 바위에서 굿을 해보라고 하였다. 노인이 시키는 대로 굿을 하자, 과연 구렁이는 주인집 딸을 풀어주었는데, 하지만 구렁이는 그만 벼랑 아래로 떨어져 죽었다.

그랬다. 상사바위 이야기가 밤마다 구경만을 아찔한 벼랑으로 내몰곤 했다. 그러나 약속은 약속. 적어도 3개월 동안은 꾸준히 아쉬움을 달래어야 했는데, 어쨌든 신혼여행에서 돌아온 그들은 인사 후에 곧바로 신접살림에 들어갔다.

　파격적인 손주 만들기 작전에 돌입한 구영환 씨는, 아기를 가져야 할 며느리가 어쩐지 약해 보인다는 핑계를 대며 용이 들었다는 한약과 한약이 자동으로 달여지는 전기 약탕기까지 떡하니 마련해 온 것이었다. 그런데, 첫 아내 말마따나 '하늘을 봐야 별을 따'고 '아무리 잘 들어봤자 찔러야 칼'인데도 불구하고, 각시는 물론 큰방, 신랑은 작은 방, 약속대로 자기 밥은 자기가 챙겨 먹기 아닌가.

　'이게 뭐야?'
　부득불 자존심이고 뭐고 다 팽개치고서 신랑은 각시에게 애걸복걸하였다.
　"우리, 계약기간을 단축시키자. 앞으로 한 일 주일로 말이야."
　"남아일언 풍선껌이었어?"
　"아니고, 아버지가 저토록 기다리시는데……."
　칠순잔치도 연기하신 아버지의 입장을 거듭거듭 설명했으나 두부에 이도 안 들어갈 일이었다. 점점 크게 쌍꺼풀져 가는 깊은 눈으로 남편을 흘겨보다가 파리한 빛깔 도톰한 그 입술로 아내가 일장 연설을 했다.

"날 천년 묵은 여우라고 생각해 오빠. 백일만 기다리면 진정한 사람으로 환생하는 그런 거 말이야. 그런데, 우리 약속은 백일에서 열흘이나 모자란 걸. 그것도 못 참어?"라고 딱 자르더니, 더욱 더 완고한 의지로 밤마다 문을 안으로 잠가버린 거였다.

'하지만 나는 바보야. 지독한 바보가 틀림없어.'

구경만은 간신히 두 자리를 면했던 아이큐 검사에 대하여 완전 불신했었던 그 일이 떠오르며, 정말로 그 아이큐 검사가 신빙성이 있었구나 하고 여겨질 지경에 부닥쳤다.

그녀는 짐짓 평화스러운 얼굴로 마구 응석부리며 여기저기 신랑을 끌고 다니다가 밤이 되면 몹시 피곤하다는 듯 엉금엉금 기듯이 욕실로 들어가 샤워를 하곤 자기 방으로 들어가서 금방 불을 꺼 버리곤 했는데, 너무 돌아다녔으니 당연히 피곤하겠구나, 하는 생각을 일으키게 해놓곤 혼자서 밤새 웬 고통에 시달리다간 겨우 아침잠 조금 자고는 정오가 되면 어김없이 깨어나곤 했는데, 그리곤 "잘 잤어, 오빠?" 하면서 명랑한 웃음을 터뜨렸는데, 그랬는데, 결혼 1개월쯤 된 어느 날, 구경만은 한 밤중에 아내의 비명소리를 듣고 소스라쳐 일어났다.

그제야 아내의 방문을 걷어차 부숴버리고 보았더니 그녀가 배를 움켜잡은 채로 온 방안을 헤매고 있는 거였다. 방 구석구석에 머리를 펑펑 찧어 대는가 하면 몸을 뒤로 팍 젖혀서는 다리를 달달 떨어대다가 다시 벌떡 솟구치고, 그러다간 허리를 90도로 꺾어 그 가녀린 목을 푹 떨어뜨리고서 한참을 죽은 듯 꼼짝없더니 기어코 꺼이꺼이 울어대는 거였다.

"왜 그래? 어디 아픈 거야? 구급차 불러야겠어."

하지만 소용없는 일이었다. 가까스로 병원과 구급차와 연결되어 아파트 주소를 알려주려고 하자 그녀가 전화기를 뺏어버리고는 눈물범벅된 얼굴로 언제 아팠냐는 듯 미소 짓고 있는 거였다.

"이젠 괜찮아 오빠."

미연이 담담한 표정으로 자기의 남은 생명을 말해주는데, 남은 생 편안하게 보내겠다며, 눈물 그렁그렁한 얼굴로 웃어주는데,

"오빠, 난 참 행복한 애야. 우리 엄마가 어떻게 생겼는지, 또 우리 아빠는 누군지를 난 몰라. 그런데 하느님이 내게 오빠를 보내주셨어. 오빠가, 오빠가 없었더라면 나는 정말 이 세상에 왔던 보람이 없었을 거야. 이 세상은 어차피 한 가닥 꿈일 뿐이라고. 하지만, 아무리 그래도 이토록 허무할 수 있는가 하고 얼마나 슬퍼했던지 몰라. 오빠, 사랑해. 사랑해, 오빠의 사랑을 무덤까지 가져갈 거야."

"사람이 그렇게 쉽게 죽니? 내 허락 없인 넌 죽을 수 없어."

그 뒤로 경만은 하루도 빠짐없이 아내와 여행을 다녔는데, 미연이 다행히 겨울산행을 좋아했다. 겨울산의 맑은 숨소리와 겨울새의 울음소리, 눈이 녹아내리는 양지 언저리에서 솔솔 뿜어져 나오는 찬 아지랑이나 얼음 아래 졸졸 흐르는 개울물 등이 그녀를 감동시켰다. 그런 사소한 것들을 하나하나 사진 찍듯이 눈에 담아 간직하는지 그럴 때마다 그녀는 거짓말처럼 새 생명을 얻는 것 같았다. 그랬다. 경만은 미연이 오래오래 살 수 있을지도 모른다는 기대에 젖기도 했다. 그만큼 그녀의 병이 믿어지지를 않았다. 게다가 미연은 자기 육체가 아직은 쓸 만하다면서 조금도 아끼지 않는 한편으로 혼신의 힘을 다하여 하루하루를 채워갔고, 경만은 눈으로 덮인 완만한 경사지의 언덕배기에서 일부러 굴러 떨어지는 그녀를 붙잡으려다간 도리어 그녀에게 붙들려 함께 뒹굴기가 예사였다.

"위험해!"

하지만 무의식에서 우러나온 비명일 뿐. 그녀가 눈밭에 뒹굴 수 있음은 그녀가 살아있다는 증거였다. 그런 과격한 움직임으로 자기가 아직 이승에 있다는 것을 확인하는 일종의 의식이었다. 그리고 그녀의 소망이란 게 바로 그것이었다. 눈밭에 뒹굴다가 눈 속에 푹 파묻혀서는 자기 자신이 죽었는지 살았는지도 못 느끼는 것. 또는 산 채로 냉동되었다가 먼먼 훗날에, 암 덩어리쯤 사마귀 하나 제거하는 것만큼 쉬워지는 시대에 다시 해동되는 그것이었다. 이도 저도 아니면 눈이 오는 계절에 죽어서 눈밭에 묻히기라도 했으면 좋겠다는 그녀였다. 그러다 겨울이 저물어갈 무렵, 어느 눈 내린 날에 그들은 깊은 산속에서 길을 잃었고, 다행스럽게도 움막을 한 채 발견했다.

"어머나…. 누가 살았던 것 같아."

미연이 재빠른 판단을 내렸다. 눈을 잔뜩 얹고 있어 금방이라도 지붕이 무너질 것만 같은 움막의 왼편 모퉁이엔 장독들이 웅기중기 앉아 눈을 함빡 덮어쓰고 있었다. 뒤란엔 꽤 많은 땔감들이 퇴색한 가마니에 덮여 있었으며, 나지막한 들창을 비스듬히 올려다보며 토기 굴뚝이 낮게 뚫려있었고. 그 속엔 오래된 그을음이 잔뜩 끼어있었다. 경만은 옛날의 고향집을 떠올리면서 미연의 손을 잡고 방문을 열어젖혔다. 장판이 깔려있는 게 사람 살았던 흔적이 역력했고, 방 한 귀퉁이엔 고구마가 반 자루는 넘게 있었다.

"며칠간 살아도 되겠다. 그치 오빠?"

"주인 오면 무단 가택 침입자로 잡혀갈 걸?"

"히이, 그런가?"

부엌엔 가마솥과 삭정이가 있어 군불을 지피기가 좋았다. 물이 어디에 있는지 찾을 수가 없어서 경만은 마당 모퉁이에 소복소복 쌓인 눈을 퍼다 솥에 가득 집어넣고는 불을 지폈다. 그리고 뒤란에 가서 장작을 부지런히 갖다 날랐다. 그녀 모습이 열반에 오르는 고승 같았다. 불을 쬐고 앉아 활활 나무를 태우고 있는 그녀를 보고 경만은 숙연해지기도 했다. 솥을 가득 채운 눈이 사르르 녹아 더운물로 둔갑할 즈음, 산 속 외진 곳의 단칸방도 따끈따끈 덥혀져갔다. 사랑도 군고구마를 까먹으면서 알뜰살뜰 여물어 갔다. 사라랑 사랑 눈 내리는 소리를 들으며 그들은 한 겹씩 옷을 벗었다.

차가운 그녀의 입술을 자신의 입술로 따뜻하게 덮고서, 경만은 잘근잘근 깨물었다가 깊이깊이 빨아들였다.

"사랑해!"

말없이 흘러내리는 그녀의 눈물을 찬찬히 핥아먹다가, 그녀의 젖꼭지를 살짝 깨물자 새콤한 맛이 화아하니 잇새로 스며들었다. 행복한 신음이 설깬 새의 지저귐같이 신선하게 그의 귓전을 울렸고, 살갗에선 가야금소리인 것 같은 선율이 흘렀다.

"우리 같이 죽자. 죽는 날까지 같이 있다가 같이 죽는 거야. 내가 너에게 해줄 수 있는 일이라곤 같이 죽는 일 밖엔 없으니까."

그녀 몸속이 차츰 뜨거워지고 있었다. 동백꽃 속살 헤집고 열탕 속에 미끄러져 들어간 남자의 물건은 '결코! 불감증이 아니야.'를 외치며 전인미답 그 길을 너울너울 헤엄치다가 허겁지겁 달리다가 끝끝내 이름 모를 환희, 그 늪에 깊이 빠져들었다.

꼭 닫힌 속눈썹 가닥 가닥마다 눈물을 송송 피우며, "오빠, 고마워, 오빠 나 그만 잘게." 하고서 그녀가 새처럼 지저귀었다.

들창으로 스민 들국화빛깔 달이 언뜻 그녀의 몸 위를 스쳐갈 즈음, 경만은 그녀 가슴을 덮고 흐르는 머리칼을 올올이 손으로 빗어 넘기며 마음 깊이 사랑을 묻었다. 그리고 다음날 아침, 눈뜨자마자 옆을 더듬었으나 그녀가 없었다. 사방을 샅샅이 뒤졌지만 눈 위엔 새의 어지러운 발자국과 그 자신의 발자국 밖에는 보이질 않았고, 미연의 흔적이라곤 찾을 길이 묘연했다. 밤중에 느닷없이 기습하던 아픔을 조금이라도 달래주려고 꼭 끌어안고 잤었는데, 도대체 언제 어느 순간에 빠져나갔는지 알 수가 없었다.

그는 결국 미연을 찾지 못했다. 산을 내려가 수색대를 동원하였지만 끝내 허사였다. 그랬다. 구경만의 두 번째 아내 송미연은 마치 환상 속의 파랑새인 듯 남편의 손아귀를 연기처럼 빠져나갔다. 어느 이름 모를 산속 깊이 숨어버린 거였다. 겨울에 피었다가 기어이 통꽃으로 뚝 뚝 떨어지는 동백꽃의 생리를 닮은 그 여자 송미연. 그녀는 쓰라린, 너무도 쓰라린 회한을 남기고서 훌쩍 경

만의 곁을 떠났다. 그리고 남자의 불감증은 다시 도지기 시작하
였고, 급기야 일본유학길에 올랐으며, 2년 만에 다시 돌아왔다.

"되렌, 선 한 번만 더 보이소. 이번엔 기똥찬 알짜배기 아가씨
라예."

'그럼 여태 쭉정이만 선보였남?'

기어이 사촌형수의 설득작전이 리바이벌되었다.

구경만은 이십대 중반의 자신만만한 싱글로써 H출판사 편집
부에서 일하고 있었다. 2년간은 한국에서, 2년간은 일본에서 대
학생활을 마친 그는, 운 좋게 출판사에 취직이 되자 마치 물 만난
고기 같았다. 대학을 갓 나온 그의 일본어 실력은 매우 비범해서
주로 전공인 일본어는 혼자 도맡아놓고 해나갔으므로 그야말로
눈코 뜰 새가 없었다. 자기 손을 거쳐 사전도 출간되고 소설도 출
간되고, 때로는 비중 있는 에세이도 출간되는 것에 그는 무한한
보람을 느꼈다. 그래서 모종의 결심을 다지곤 했다.

'언젠가는 내 손으로 소설 한 편은 너끈히 쓸 수 있으리라'

나아가서는 불후의 명작을 한 편 다듬어 보리라고, 출판사에
서 경험을 쌓고 있는 이상 뭐 그리 불가능 할 것 같진 않다고 생
각했다.

경만보다 세 살 많은 사촌 형 봉만은 병치레를 하는 바람에 초

등학교를 몇 번 재수하여 결국 자기 사촌동생인 경만과 중학교 동기생이 되었다. 하지만 그들이 남해중학교를 졸업하면서는 각자의 길이 '어른' 대 '아이'라는 엄청난 거리로 뚜렷하게 나뉘고 말았는데, 경만은 여느 아이들과 마찬가지로 고등학교에 진학하였지만 형 봉만은 같은 반이었던 김정숙과 줄행랑쳐서 서울 변두리에다 살림을 차렸던 것이다. 경만이 고등학교 2학년 여름방학에 갑자기 당한 결혼식장에 하객으로 나타났던 봉만은 이미 딸내미가 돌을 지나 아장아장 걸음마를 하고 있었다. 경만이 간신히 수도권 대학에 붙게 되어 봉만의 집에 얹혀살게 되었을 땐, 봉만은 두 아이의 아버지요 카센터 사장님으로서의 자리를 굳히고 있었다. 해서인지 그들 내외는 대학을 다니면서부터 줄곧 자기 집에 기숙하다가 2학년 겨울방학 때 두 번째 결혼을 하여 아파트로 살림 나갔다가 그만 돌아온 싱글이 되어버렸던 사촌동생을, 이제는 자식 대하듯 했다. 중학교를 마치자마자 어른들의 성화에 밀려 일찌거니 어른이 되어있는 형에 비하면 일본유학까지 하면서 대학은 마쳤지만 아직 군대도 뽑혀나가지 않은데다 현재는 애인도 없는 시동생을 형수 김정숙은 노상 걱정하였다. 첫 결혼에서 두 달 만에 소박맞았고 두 번째 결혼에서도 여자가 석 달 만에 행방불명 되어버린 불행을 겪은, 처복이 지지리도 없는 시동생을 너무나 잘 알고 있는 김정숙은, 그래서 시동생의 아파트엘 파출부가 출퇴근하듯 드나들며 이것저것 챙겨주었다.

"직장여성이라네. 부산서 되렌 볼라꼬 일삼아 왔다 안 카나. 어젯밤차로 올라 왔다는데 지금쯤 서울에 있지 싶네. 나중에 전화를 한다카이 그리 아소."

그는 너무 어처구니가 없어 웃기부터 했다. 그가 웃으면 형수는 뜻도 모르고 굉장히 좋아한다. '되렌 웃는 모습엔 사람 간장을 녹아내리게 하는 묘약이 있다'고 하며 무작정 좋아하였다. 그래서 그는 겸사겸사 그 웃음의 무기를 써서 작전을 흐지부지 만들려고 했다. 그러나 전화기 저쪽의 형수님은 사랑스런 도련님의 얼굴을 마주하지 않았음인지 효력이 잘 나타나질 않았다. 뿐만 아니라 오히려 자기 쪽에서 여유 만만하게 따라 웃으며 일방통행을 하는 거였다.

"전화 옴, 되렌 사무실 번홀 일러 줄 참이라."

"뭐라고? 여자가 직접 전활 건다고?"

그는 깜짝 놀라서 외마디 소리를 질렀다.

형수가 "하마." 하자, 시동생은 "나한테 곧바로?" 하였고, 그 대꾸에 더욱 힘입은 형수는 "하마, 하마. 그 아가씬, 되렌을 혼자서 만난다 안 카요. 좋지 뭐. 둘이서만 속닥하이, 부담스럽지도 않을 끼고."라면서 대놓고 떠벌였다.

"진짜 부담스러운데요?"

"백줴 그러시넹. 아이고, 누가 감시꾼처럼 따라붙으마 얼마나 성가신데 그래쌓소?"

"아이고, 그럼 이때꺼정은 내가 애라서 선 볼 때마다 데리고 나타나셨군요? 우리 형수님, 앞뒤 안 맞는 말씀 하시는 분이 아닌데 왜 그러실까?"

"삼춘! 자꾸 그래 빼딱선을 탈끼라?"

정숙은 급하면 으레 '삼춘'이란 호칭을 사용하였다.

"건 그렇고, 형수님관 대체 어떻게 아는 사인데?"

"맞지예. 그 정도 사전지식은 갖춰야지. 안심하소. 내 친구의 동생이니까. 집은 상계동이라 카고, 선도 안 보고 데려간다는 셋째 딸."

"구경만 씨죠?"

청바지를 빵빵하게 입은 데다 자기 몸의 절반은 되어 보이는 커다란 가방을 맸으며, 푸른 체크무늬 블라우스의 긴 소매를 서너 겹 걷어 올렸고, 동그란 안경을 써서인지 얼굴 생김새가 더욱 당차게 생긴 그 여자가 곧바로 출판사로 쳐들어왔다. 일단 전화를 걸고서 찾아온다더니 한 술 더 떠서 알량한 전화연락조차도 생략하고 무단방문 해버린 거였다.

'제기랄, 도망이라도 칠 줄 알았남?'

그는 속으로만 투덜대며 몸을 일으켰다.

"구경만입니다. 그런데?"

"최승리라고 합니다. 전화 받으셨을 텐데요? 어젯밤차로 부산서 올라왔습니다. 집은 서울이지만 현재 직장이 부산이거든요."

그는 다시 자리에 앉았다.

"전화를 받았다고요?"

최승리는 동그란 안경을 벗어 가방의 지퍼를 열고 빨간 안경집에다 집어넣었다. 콧날에 눌린 자국이 살짝 생겼지만 그녀의 눈은 이외에도 시원시원하게 생겼다.

"전화도 없이 곧장 찾아온 건 죄송해요. 하지만 뭐, 모르는 여자인건 매일반인데 전화로 실례하는 거나 실물로 나타나거나, 그게 그거 아닌감?"

'그래라, 누가 말리나? 아마도 결혼식도 혼자 할 여자네 고마!'

"그쪽은 분명 저하고 약속했어요. 한손 건넌 약속이지만, 약속 차트엔 그렇게 나와 있거든요. 공연히 허탕만 치게 할 매너는 아니시라고."

나오는 수작마다 너무 당돌하여 직업을 묻자 냉큼 대답이 나온다.

"대학 때부터 기자생활에 발 들여 삼년 차. 이십사금을 넘겼는데 아직도 시집을 못 가고 뺀들뺀들 잘도 브리핑하는 거, 보면 알조 아니겠어요?"

그녀는 공교롭게도 스물다섯 동갑내기. 경만은 열없는 웃음이 비죽비죽 새나왔다. 그러자 최승리 그녀도 승리의 깃발처럼 웃었다.

"왜 웃어요? 내 첫 아내가 떠올라서 웃은 건데?"

"오마나? 인터뷰 온 보람이 있겠네요?"

"그래요?"

경만은 사무실 문을 밀자마자 계단을 내려딛기 시작했다. 매우 간편한 차림새의 그녀도 마치 수행비서나 된 듯이 바짝 뒤따랐는데, 마지막 계단을 밟고 내려서는 순간이 둘이 거의 동시였다. 그러나 출판사 앞 아스팔트를 밟고 몸을 돌린 순간엔 이상스레 마음이 누그러졌다. 마구 내뿜는 버스들의 매연쯤은 사전과 원고뭉치와 씨름하며 눈이 팽글팽글 돌 지경으로 띠움표, 붙임표, 지움표, 고침표 등등을 표시하기 위하여 빨간 펜으로 ∨자나 돼지 꼬랑지들을 직직 그어대던 그에겐 차라리 후련한 풍경이어서인지도 몰랐다. 그림자처럼 따라와 서있는 그녀를 멀뚱히 내려다보았더니, 마음끼리 통하는 연인사이라는 것처럼, 그녀도 남자와 똑 같은 순간에 눈길을 마주 받았다.

"어디로 갈까요?"

"보고 싶은 영화가 있어요. 바람과 함께 사라지다! 아까 지나

오면서 보니깐 국도극장에서 상영 중이던데. 존경하는 미첼 여사의 작품 말이에요."

"미첼 여사가 기자 출신이래서?"

"하지만 정작 마음에 드는 건 작품 속에 드러나는 펄펄 끓는 여주인공의 열정이걸랑요. 사실 작가 마음 깊숙한 곳에 그것이 도사리고 있었다는 증거도 되겠지만, 후후후, 그런 작품 꼭 한 편은 쓰고 싶은데 소질이 영 꽝이고."

때마침 국도극장이 엎어지면 코 닿을 곳에 나타나자, 그녀가 냉큼 앞장서더니 종종걸음 쳐 가는데, 그 모습이 마치 쇠똥구리가 자기보다 서너 배는 되는 양식을 굴려가는 격이라 경만이 문득 애처로운 마음이 들어 "가방 무겁겠는데?"라고 하자 "신경 끄세요."라고 냉큼 대꾸하며 승리는 차랑한 단발머리 머릿결을 획 돌리더니 가방을 부둥켜안는 거였다.

경만이 극장 매표구에 돈을 디밀었다.

"어머머, 내가 사려고 했는데?"

"무슨 말씀. 돈 아꼈다가 여비에나 보태셔."

"어머머?"

두텁고 푹신푹신하고 새빨간 비닐포장 방음장치의 문을 들어서서는 깜깜한 토굴 속으로 한 발짝 떼어놓는 순간, 그녀가 찰싹 달라붙으며 "이차는 나한테 맡겨요. 아셨죠?"라고 귓속말을 하였다.

'아이고, 그러시라모. 누가 말린다드나?'

그는 보일 턱이 없는 그녀의 눈을 말없이 노려보다가 포기하고는 좌석을 더듬거려 앉았다. 영화는 이미 반쯤 진행되고 있었는데도 불구하고 그녀는 안경을 끄집어냈다.

"휴게실에 좀 앉았다 올걸, 너무 빨리 왔어."

그러자 그녀는 시선을 계속 스크린에 집중시킨 채 입만 달싹거렸다.

"뒷부분 한 번 더 보는 셈. 영어회화도 익힐 겸."

어느 결에 남자의 무릎에 놓였나싶던 여자의 작은 손이 남자의 샅을 향해 꾸준히 진격하고 있었다. 얼떨결에 손이 닿았다는 뜻과 남자의 반응을 시험하기 위해 일부러 그러고 있다는 뜻이 중첩된 손놀림이었다. 남자의 물건에 닿을락 말락, 전진 1보, 후퇴 1보, 좌로 돌앗! 우로 돌앗! 그러면서 최승리의 손가락은 승리의 춤을 추고 있었다. 경만은 순간순간 몸이 오그라드는 전류를 감내하느라 정신을 못 차리고, 스크린에서는 울긋불긋한 그림들이 꿈결인양 스쳐가고, 이윽고 남자의 몸은 그 스스로의 명령을 불복종하게 되었다.

'지금껏 재혼, 아니 삼혼을 않고 있었던 이유가 너 따윌 만나려고 그런 건 줄 알아? 너는 아니야. 절대로, 하늘이 두 쪽 나는 한

이 있더라도 넌 아니라고,'라고 스스로를 일깨우려 했지만, 하지만, 아닌 게 아니었다. 남자는 그만 여자의 손을 와락 움켜쥐고만 자신을 감당할 수가 없었다.

남자의 속이야 흥분과 후회가 엇갈리며 급류를 만들어 솟구치거나 말거나, 원인제공의 당사자인 여자는 시선을 스크린에만 둔 채 꼿꼿이 앉아서는 꼼지락거리던 그 손놀림마저 멈춰버리고선, 원래가 무신경한 사람인양 그러고만 있고, 스크린에선 스카알렛 오하라로 분한 비비안-리가 황혼을 안고 홀로 섰다. 그리고 머리칼과 치맛자락을 하염없이 불어대는 바람에다 맡기고, 절망과 희망이 교차되는 기찬 표정으로 독백하고 있었다.

<그래. 내일 일은 내일 생각해야지. 그 사람을 도로 찾을 방법을!>

그의 손아귀 안에서 꼼짝 않고 있던 손이 갑자기 움츠러들며 굳어졌고, 화면의 배우는 결정적으로 외쳤다.

<내일도 해는 뜰 것이야.>

"끝이네."

재빨리 여자의 손을 치우고, 영화가 끝인지 인연이 끝인지를 구별 못할 애매한 말을 확 떨어뜨린 남자. 구경만은 잰걸음으로 극장을 빠져나갔다. 그리고 마치 걸음을 맞춰주느라 그런다는 것처럼 아주 느릿느릿 걸어주다가 문득 뒤돌아보아주었더니, 그녀도 똑 같은 순간에 그를 올려다보는 거였다.

'두 번째의 텔레파시?'

또, 또, 또, 시선은 마주쳤고, 둘 다 똑 같이 말을 끄집어내려다가 말았다.

"먼저 하시죠."

"이제 가 보소."

그녀의 눈이 똥그래졌지만 놀란 기색은 아니었다.

"서울역까진 바래다 드릴 테니깐."

그는 연달아 매너 빵점의 말을 하고 있었다.

"어머머? 그런 법이 어딨어요? 아직 아무런 인터뷰도 못했는데?"

"인터뷰 무슨……. 너무 늦었구먼."

정말 늦었다. 퇴근 후에 영화를 한 편도 아니고 반을 더 보고 나왔으니 그럴만했다. 초가을 휘황찬란한 네온을 하나 둘 어둠 속에 수놓아가며 도심은 구석구석의 더러움을 싹, 사악, 감추는 중인데, 버스 기다리는 사람들 틈에서 여자가 대뜸 남자의 팔을 잡았다.

"거기가 맘에 들었어요."

'뭐라고?'

"그러니까 손을 드린 게 아니겠어요?"

'점점?'

"거기도 제가 싫지는 않은 거죠?"

최승리, 그녀의 손을 풀고서 경만은 바지 주머니에 손을 찔러 넣었다.

"그래서 어쩌겠다고?"

"바래다주실 필욘 없어요. 혼자 내려가지 뭘."

갑자기 얼굴이 환해져서, 그는 사뭇 흥분했다.

"하지만 조금이라도 잡고 싶은 맘이 있담, 있으라고 해줘요. 내일 새벽차로 내려가도 되니깐. …… 어찌 하리까? 신중하게 결정하세요."

'대답 한 마디면 끝난다 이 말이가?'

경만은 슬그머니 여유가 생기려고 했다.

"좋아요. 내일 새벽에 내려가든 눌러 살든, 그거야 그쪽의 마음일 거고."

둘은 식당을 찾았다. 깔끔한 식탁들을 제외하고는 벽도 천장도 주방조차도 너무 오래 되어서 곰팡내가 나는 것 같은 느낌을 주었지만 그래도 벽엔 그림이 한 점 걸려있었다. 물레방앗간이 맨 앞에 있는데, 두어 채의 초가집 지붕엔 박이 덩실덩실 열렸고 싸리 울타리엔 나팔꽃이 저마다 가지각색으로 기어오르며, 절구통엔 비스듬히 절굿공이가 세워져 있으며, 그 옆엔 수탉 한 마리에 암탉 서너 마리, 그리고 병아리들이 모이를 찾고 있는, 이른바 이발소 그림이었다.

"거긴, 취미가 뭐예요?"

여자가 시답잖은 질문을 던지자 남자가 맞받았다.

"거기 같은 여잘 구경만 하는 거"

"어머? 이름값 하시네."

"이름값이야 해야지. 그라모 거긴 취미가?"

여자는 기다리기나 했다는 듯이 가방의 지퍼를 열더니 카메라를 한 대 끄집어냈고, 남자가 "자기 직업 퐛대 내네." 하는 동안에 셔터를 찰칵 누르고 촤르르 필름을 감았다. 그리고 카메라를 앞뒤로 돌려 보였다.

"이렇게 예고도 없이 사진 찍는 이런 거."

"이게 무슨? 직업을 취미로 삼는 건 무효!"

그녀의 크고 똥그란 눈에 장난기가 함초롬히 담겨 넘실대는 것을 어이없어하며 그가 카메라를 퉁명스레 밀어내자, 남자를 멀거니 구경하면서 그녀는 소리 내어 웃었다.

"음악 감상이라는 거 하고 그림도 있네 뭐. 몇 명 안 되지만 우린 수채화에 있어선 아마추어를 능가하고요. 또, 테크놀로지 아트라고 아실까 모르겠네. 우린 가끔 동영상 작품도 하걸랑요. 치악산 고개에 가면 우리 것이나 다름없는 별장도 있다우. 거긴 따논 콘도나 마찬가지라서 며칠 밤을 묵어도 누가 뭐랄 사람도 없는데, 거기서 시사회도 하죠. 설경도 엄청 일품이라…… 두세 번 동인전도 열은 경력까지 있는데, 어때요? 고품격 취미 맞죠? 그렇죠?"

"사진촬영에다 그림그리기에다, 아이고, 화가셔?"

"아직은 화가라고 까진. …그래도 언제 그 별장에 같이 가 봐요."

"나 역시 그림은 별로지만 그림 하는 친구들은 꽤 있소. 내 죽마고우 한 녀석은 일찌감치 그림세계에 입문하여 화가입네 하고 다니는 모양이지만."

"이름이 뭔데요?"

"알아서 뭐할라고?"

예쁘게 머릴 끄덕이며 그녀가 의미심장하게 웃었다.

"됐고, 술은? 마실 줄이나 아시는감?"

그녀는 잠시 천진난만한 표정을 짓다가 이내 큰 결심을 한 것 마냥 젓가락을 소리 나게 치면서 말했다.

"마시죠, 뭐 어려운감? 이런 자리에선 음— 쐬주가 제격이겠네? 낙지볶음을 안주 삼아 마시는 쐬주라. 크으, 군침 도는데?"

시간이 얼마나 지났을까? 분명히 맥주를 마신 것 같았는데 눈앞에는 소주병이 있는 게 이상하다고 생각하는 중인데, 최승리가 계속 쫑알거리는 거였다.

"혹시나, 사랑이라는 거 구경해 보셨는강 몰라."

두 번째 아내 송미연이 떠올랐다.

"엄청 해봤을 거야. 한두 여자 아니었을 걸?"

여자의 같잖은 추리력에 화가 나서도 술을 들이키는 꼴인 구경만.

"흥, 한 번도 못해봤어 어쩔래? 내 반쪽은 대체 어디 숨었을꼬? 영 찾을 길이 없단 말이야. 거기가 찾아 주겠어? 미연아, 송미연아."

"미연 씨 라고라고 라? 쭈았어! 찾아 드리지."

여자가 남자 갖고 놀기를 유도심문으로 시작하였다.

"첫 아내가 있었다더니, 사랑, 안 했던강?"

남자가 싱겁게 걸려들었다.

"첫 아내? 그래, 가 버렸지. 지가 뭔데 날 갖고 놀아? 어, 잘 갔지."

"함께 안 잤남? 적과의 동침이었남?"

"흐흐흐. 함께 잤대. 난 아무리 생각해도 기억 안 나고, 영 쳐다보기도 싫은데 말이지. 그래서 불감증이라 이거야! 어때? 달아나고 싶지?"

"첫 아내는 그럼 미연 씨가 아니다? 그러니까 한 두 여자가 아니었겠단 느낌이 들지. 아이공 어지럽어라앙. 뭔 여자관계가 고

렇코롬 헷갈리는감!"

안경 안 낀 최승리의 얼굴은 미연의 탈을 쓴 채로 승리의 깃발을 펄럭거렸다. 그것은 투우사의 민감 섬세한 손끝처럼 순간순간 그를 리드하며 다가와 그의 젖은 입술을 턱을 와이셔츠 깃에 들러붙은 낙지볶음을 파 찌꺼기를 정성스레 닦아내는 거였다. 하지만 그러거나 말거나 그는 미연이 때문이랍시고 자꾸만 술을 불러댔다.

"아저씨! 술이 떨어졌네? 퍼뜩 상 좀 채우소."

드디어, 작은 몸의 최승리가 엎어질 지경으로 기우뚱거리며 구경만을 부축하였다. 그리고 부축한 채로 호텔로 들어갔고, 1004호 문을 열었다. 여자 앞에서는 절대로 금주하리라 결심에 결심을 다졌던 구경만이 그만 무너진 거였다. 여자에게 술을 먹이겠다고 작심했었는데, 거꾸로, 여자는 말짱하고 자기만 인사불성이 된 거였다. 첫 아내 양소임이 보기 싫어 마셨던 술보다야 좀은 덜 취했지만, 어중간하게 취한 상태라서 오히려 화를 불러 온 셈이었다.

"미연아, 미연아, 너, 너."

'어쭈구리! 잘 논다.'

회심의 미소를 짓고서, 승리는 자기가 정말 미연인양 시치미를 뚝 뗐다.

"응, 오빠. 나, 오빠 보고 싶어 혼났어."

"말이라고? 나도, 나도 그랬어. 이리 와…."

그는 눈을 한껏 크게 뜨고 승리의 목을 확 끌어당겨서는 그 눈을 찬찬히 들여다보았다. 분명 송미연, 두 번째 아내. 그는 빙그레 웃었다.

"다 나은 거야? 이제 안 아픈 거야?"

'뭔 말을 하는 거야?'

순간, 승리는 가슴이 덜컹 하였다. 미연이 많이 아팠구나. 근데 그 여자는 어디엔가 살아있을 수도 있고, 정말 나타날 수도 있단 말이지? 그녀는 엉뚱한 경쟁의식이 솟아났다. 그래서 미연이 되기로, 이 밤만큼은 진짜 미연이 되기로 단단히 마음먹었다.

"응, 다 나았어. 이젠 오빠한테 돌아왔어."

경만은 승리, 아니 미연을 와락 껴안았다. 그리고 그녀의 귓가에다 술 냄새를 훅훅 불어넣으며 중얼중얼하기 시작하였다.

"그래… 아 좋다… 네가 좋다. 네가 좋다……. 좋다, 좋다, 나는 네가 좋다. 나는 네가 좋다. 나는 네가 좋다. 나는 네가 좋다.…… 나는 네가 좋다. 나는 네가 좋다. 나는 네가 좋다.…나는 네가 좋다 말이다. 나는 네가 좋다. 나는 네가 좋다. 정말로, 나는 네가 좋다. 나는 네가 좋다. 네가 너무 좋아서, 조…."

점점 강하게 끌어안기는, 뼈마디 으스러지게 끌어안기는 건 꽤 근사하다 싶었지만, 아무리 그렇더라도 마치 '좋다' 버전의 녹음기를 틀어놓은 것만 같은 속삭임만은 손을 써야 했다. 가만 내버려두면 '좋다'가 밤새도록 이어질 판이었다. 그래서 하는 수 없이, 본의 아니게, 승리는 구경만의 머리를 확 잡아 그 얼굴을 자기 얼굴에다 밀착시켰다. 그리고 자기 입술로 구경만의 입을 틀어막았고, 녹음기는 '조'를 끝으로 뚝 그쳤다. 하지만 그것만으로 끝낼 일이 아니었다.

경만이 퍼뜩 잠을 깨고 보니 머리가 빠개질 것만 같았고, 목구멍은 타는 듯했다. 머리맡에 물병이 있었다. 눈을 반쯤, 가까스로 뜨고 물을 마실 겸 들이부을 겸 얼굴에다 거꾸로 쏟았더니 몇 방울의 물이 혀끝에 닿기만 하였고, 그것을 집어던지자 웬 깔깔거리는 소리가 그의 귓바퀴를 땅 따당, 땅, 때렸다.

'도대체 너는 누구냐? 아아! 뭐야? 뭐란 말이야?'

눈을 싹싹 문질러 눈곱을 떼어내고는 바로 앞의 요상한 물체에게로 눈길을 텄다.

'저 꼬맹이의, 저 똥그란 얼굴. 최승리? 그런데 이게 무슨 꼴이야? 내 몸이 이번엔 또 무슨 일을 저질렀어? 저 여자의 저 웃음이 뜻하는 바는?'

호텔인지 여관인지 구별할 겨를도 없이, 그는 홀랑 벗은 몸으로 더블 침대에 앉아 있었다. 금방 샤워를 마쳤는지 온 몸에서 보얀 김이 모락모락 피어나고 있는, 겨우 브래지어와 팬티만을 걸친 몸을 보란 듯이 드러내며 토닥토닥 물기를 닦아내고 있는 최승리의 승리에 도취된 모습이 마치 영화의 한 장면처럼 그의 눈앞을 오락가락하고 있었다.

'내가 저 여자를 건드려? 양소임의 말처럼 술에 취한 채로 내 속의 잠재력을 유감없이 휘둘렀을까?'

하지만 어림 반 푼어치도 없는 일이었다.

'그게 가능했다면 왜 두 번씩이나 소박을 맞았겠어? 그래, 너 혼자서 무슨 지랄을 했든 말았든 나랑은 아무 상관없는 일이야. 내가 어떤 놈인데?'

주섬주섬 옷을 챙겨 입다 말고, 구경만은 거울 속으로 여자를 구경하였다. 아니 노려보았다.

"샤워하시죠? 온 몸에 땀이 뒤범벅일 텐데."

화장에 열중하던 그녀가 문득 거울을 올려다보며 상냥하게 감겨들어서, 기절초풍 일보직전이긴 해도 가까스로 냉정을 찾았다.

"날 먹어치운 건가?"

승리는 활짝 웃었다. 첫 번째 신혼여행지에서 보았던 양소임의 웃음이 최승리의 얼굴에서 일렁이다니! 구경만은 궁금하여 견딜 수가 없었다.

"먹어치웠어? 그런 거야?"

"먹어치웠다면 거기지, 자존심도 없나? 호호호! 맘 접으셩. 구경만 하긴 아까운 거시기, 옹녀가 봤으면 할배야! 했을 그 거시기도 구경만 했으니까."

시치미를 딱 떼고선 즐거운 음색으로 노래하듯 말하는 여자의 저 말. '이 세상 그 어떤 말이 저토록 윤기가 자르르 흐를 수 있더란 말인가.'하며 비명을 꿀꺽 삼키던 경만은 기억주파수를 최고로 높였다. 그러나 아무것도 잡히질 않는 중에, 화장을 마친 그녀가 슬며시 다가오더니 나긋나긋 속삭여주는 거였다.

"속 풀이를 해야징? 빨랑 샤워하고 나가요. 내가 해장국 살게."

조그만 창을 가린 커다란 커튼에 넉넉한 햇살이 기웃거리는 걸 바라보며 남자는 일말의 걱정을 꾹 눌렀다. 그리고 침착하게 말했다.

"새벽차로 내려간다더니?"

남자의 코를 깨물기라도 할 것처럼 자기 얼굴을 들이대고서 여자가 속살거린다.

"일단 막이 내려야징. 하이라이트가 남은 거, 아직 감 잡지 못했남?"

립스틱 냄새 아니면 로션냄새인지를 남자의 코에 주입시키며 여자는 두 팔로 남자 허리를 끌어안아 침대에다 자빠뜨렸다.

'어, 이것 봐라? 점점 하는 짓이?'

여자의 혀가 남자 이를 벌리려고 열심히 비비적거리기, 그럴
수록 남자는 갓 잡은 대합조개인양 이를 꼭 다물기, 그러다 여자
가 입술을 철수하고 눈물 줄줄이 흘리며 쫑알대기 등등이 리얼
리티하게 연출되고 있었다.

"어젯밤엔 안 그랬단 말이야. 막 도망치는 날 붙들곤 마구 찍어
눌렀단 말이야. 난 죽는 줄 알았어. 그래놓곤 이렇게 변할 수 있단
말이야? 밤새도록 내가 저승을 몇 번이나 갔다 왔는지 알아?"

'미치고 환장할 지경이지만 그럴싸한 말이네?'

뿔뿔이 흩어진 채로 실실 빠져나가는 정신 줄을 경만은 가까
스로 모아 쥐었다.

"아무리 인생은 연극이라지만 연극이랑 현실을 그토록 뒤섞
어? 설사, 내가 그런 말과 행동을 저질렀다손 치더라도 취중이었
다고. 전혀 기억이 없단 말이다."

"책임 회피셔? 비열한 인간 같으니."

그녀가 가방을 열어젖히고는 비디오카메라를 만지작거렸다.
'현장을 찍어두었다'는 뜻이겠지만 그는 알아먹지 못한척했다.

"도대체 여기가 어디야?"

"천사호."

"1004호?"

"그래요. 천사 미연이란 여자가 왔었어요."

순간, 경만은 머리를 마구 헝클었다. 어렴풋하게 떠오르는 미연과의 하룻밤. 그 하룻밤이 그를 혼란에 빠뜨렸다. 하지만 그는 머리를 흔들었다.

"아무튼 천산지 악마인지, 이놈의 데나 후딱 빠져 나가자고."

거울 속엔 낯익은 녀석 하나가 눈이 움푹 꺼진 부석부석한 얼굴로 거울 보는 자를 째려보고 있었다. 그러나 세수 할 마음이 내키지 않았다. 여관방인지 호텔방인지 먹혔는지 먹었는지, 도무지 알 수 없는 굴레를 얼른 벗어나야 한다는 강박관념만이 그를 엄습하였다. 얄궂게, 까딱하다가는, 맨 정신에 정사장면을 연출하게 될지도 모른다는 더욱 구체적인 상상이 그를 괴롭혔다.

"기억에도 없는 거, 까짓 거 잊으면 되잖아? 얼굴에 묻은 침이나 닦으시고."

그렇게 곰살궂은 말을 던지고서 그녀는 수상쩍은 카메라가 든 가방을 천천히 여닫았다. 그리곤 날렵한 몸짓으로 욕실에서 물수건을 해오더니 닦으라고 내어 놓는 게 아니라 턱하니 침대에 올라 남자의 얼굴을 조심스레 닦아주기 시작하는 최승리! 마치 수족 못 쓰는 환자처럼 얼굴을 내맡기고 있던 구경만은 기어이 참을성의 벽에 맞닥뜨렸다. 목덜미까지 닦아 내리던 그녀의 손을 와락 잡아버린 거였다.

"미안해!"

남자는 여자의 눈을 응시하며 사과했다. 다시 입맞춤을 해온다면 이번엔 틀림없이 이를 열어 주리라고 마음을 다지기도 했다. 그런데 리바이벌 따위는 안 하는 여자인가? 요부 역할이 꽤나 힘겨웠던가? 그녀의 눈에선 새삼 굵은 이슬이 볼을 타고 방울방울 흘러내리고 있더니, 그야말로 화끈한 매너가 나온다.

"없었던 일로 칩시다. 어제 오후부터 오늘 아침까지를."

"엇! 고마워!!"

슬며시 일어나자마자 남자는 미안함에 고마움을 섞었다. 머리가 핑그르르 돌았다.

서울역은 언제나처럼 시장바닥인 듯 북적대었다.

커다란 가방을 둘러맨 그녀가 경만의 주머니에 손을 쑥 집어넣었다가 뺐다. 그리고 이내 사람들 물결 속으로 사라져버렸다.

무심히 주머니에 손을 찔러 넣자 뭔가가 잡혔다. 그녀가 주머니에 손을 쑥 들이밀던 순간이 머릿속을 스쳐갔다. 자신의 체구와는 어울리지 않는, 남자 필체처럼 큼지막하고 시원한 몇 개의 글자가 적힌 메모지였다.

「당신은 내게 사로잡혔어! 꼼짝 말고 기다려!」

모처럼 가을다운 하늘이, 지금쯤 어느 찻간에서 쿡쿡 웃고 있을지도 모를 그녀의 모습과 더불어 눈에 가득 들어찼다.

'그렇군! 이게 바로 하이라이트였군. 잡혔어요, 도 아니고 잡혔어? 그 여자가 내 아이를 가진 걸까?'

자꾸만 비죽비죽 삐져나오던 웃음은 밝은 벽돌색 그녀 가방, 그 안에 들어있던 또 하나의 카메라를 떠올리고서야 뚝 그쳤다.

"내사 마, 내일 당장 죽어도 마, 한이 없는 기라!"

팔순 가까운 나이에 칠순 잔칫상을 받은 구영환 씨의 외침이었다. 덩실덩실 엉덩이춤을 추다가 테크노춤을 추다가 저 고함을 마지막으로 덜퍼덕 주저앉더니 별안간 어린아이처럼 엉엉 통곡하는데, 예전에 세상 버린 아내가 손녀 보러 나타나서 "망령 났소?" 하고 쥐어박을 듯 노려보았지만, 저승손님이야 그러거나 말거나 구영환 씨는 마치 허파가 뒤집혀진 듯 웃다가 간이 졸아드는 듯 울다가 하는 일회용 퍼포먼스를 계속하는데, 뻑적지근한 칠순잔칫상 앞에서 막 옹알이를 시작한 손녀딸 예나가 여러 고종사촌들에게 둘러싸인 채 귀여운 할아버지를 빤히 구경만 한다, 구경만.

문득 울음을 뚝 그친 아버지,

"야 이놈아! 우짤라고 여적지 자빠져 잔단 말가!"

아버지의 눈길이 닿는 곳을 따라 가보니 저어기 텔레비전 화면에서 영상이 흐르고 있는데, 벌거숭이로 자는 웬 놈, 어쩐지 어디서 본 듯하여 뚫어져라 보다가 구경만은 그만 까무러치기 일보직전. '특별공개방송'이 있겠다고 한 사회자의 말이 머릿속을 강타했다.

실오라기 하나 걸치지 않은 몸으로, 다행스럽게도 가운데 물건은 모자이크 처리 된 채로, 그는 계속 자고 있다. 코를 골다가 입맛을 다시다가 다리를 턱 뻗었다가, 한두 번 팔을 뻗쳐서 물을 찾아 꿀꺽꿀꺽 들이키더니 몸을 잔뜩 웅크리고 다시 잠을 청한다. 저, 저놈, 저놈에 잠은 한도 끝도 없는 행위예술로 승화되는 것 같기도 하고, 화들짝 날개 펼칠 그날을 위해 탈바꿈 시도하고 있는 나비의 전생 같기도 하다.

"아무 일 없었던 거야? 나는 그날 잠만 잤다고?"

"꿈만 꿨던 거죠. 세상살이가 본래 한바탕 꿈이 아닌가 싶어요. 그래서 저 퍼포먼스가 상을 받았는지는 몰라도…… 아마, 길이 남는 명작이 되겠죠?"

세 번째 여자 최승리가 승리의 깃발을 펄럭이는 소리였다.

"테크놀로지 아트가 아니고?"

세상살이라는 것이 한바탕 꿈일 뿐이라고? 그 꿈을 한바탕 판소리마당으로 꾸시는 아버지를 구경만 하면서 그는 속으로 무릎을 쳤다. 선녀가 따로 있나? 바로 저 작은 악마가 선녀 아닌가? 웃음보다 진한 것이 울음이듯이, 선녀보다 고운 것이 악마인가……. 악마의 손톱을 숨긴 선녀가 다소곳한 몸짓으로 잔칫상 앞에 다가들고 있다. 눈부신 한복날개를 고이 접고서 시아버지에게 술을 권하고 있다.

사설시조조 장편연작소설③『내 이름 마고』마침.

에
필
로
그

사라랑 사 사악 사아~ 억새풀이 서로를 부대끼면서 새하얀 날개들을 바람에 실어 보내고 있는 언덕. 나는 피리를 꺼냈다. 하늘엔 별들이 금방이라도 떨어질 것처럼 아슬아슬 걸려있고, 오솔길을 따라 눈길이 가닿는 곳엔 딱 한 채 초가집이 앉아있다. 한없이 외롭지만 나는 전혀 안 그런척하며 피리를 닦아서는 가만히 눈꺼풀을 내리깔았고, 그리고 불기 시작했다. 나도 모를 음률이 억새풀들을 요리조리 헤집고 나가 시냇물을 건너 한들거리다가 빠른 날갯짓으로 내달아가더니, 뜬금없이 하늘의 별을 통 치고는 다시 내려온다. 별이 흔들흔들 내가 흔들흔들…. 나의 피리소리가 저 별에서 아리따운 여인을 안고 내려왔던 모양이다. 노래가 맴돌며 머무는 시내머리 한 언저리에서 여인이 사뿐사뿐 걸어 나오더니 어느새 내 곁에 앉아있다. 나의 어깨에 긴 머릿결을 드리우고 열심히 피리소리를 듣고 있더니 내가 잠시 멈추자 그녀도 눈을 반짝 떴다. 우리는 서로의 눈을 하염없이 들여다보고 있었다. 아미……

꿈이었다.

옆을 보았으나 아무도 없었다.

사방의 벽엔 무거운 책들만 산적해있었고, 그 책들은 금방이라도 와르르 무너져 여섯 자도 안 되는 몸을 단숨에 내리덮을 것만 같았다.

책 속에서의 외로움……

진저리쳐지는 외로움을 달래려고 그는 맥주병을 끌어당겼다. 그때다, 전화벨이 울었다. 무슨 난리라도 난 것처럼 울어댔다.

설명

1) 영묘사(靈廟寺) : 경상북도 경주시 성건동 남천(南川)의 끝부분에 있었던 절
신라 칠처가람(七處伽藍)의 하나이다. 일찍이 아도(阿道)가 과거칠불(過去
七佛) 중 제5 구나함불(拘那含佛)이 머물렀던 곳이라고 지명하였던 곳이
며, 원래 큰 연못이었는데 선덕여왕 때 두두리(頭頭里)라는 귀신의 무리가
하룻밤 사이에 못을 메우고 절을 창건하였다고 한다.
창건 후 선덕여왕이 이 절에서 개구리가 3, 4일 동안 계속해서 운다는 소
리를 듣고 백제의 복병이 여근곡(女根谷)에 숨어들었음을 감지하였다는
일화를 남긴 사찰로도 유명하다.

2)

합천 황매산 영암사지 쌍사자 석등

3)

거북바위 : 남해양아석각 도기념물 제6호. 남해 상주면 양아리 산 4-3

남해양아석각 1998년 1월 31일 촬영 자료　거꾸로 본 가을하늘 별자리

4) 정시우 : 남해 양아리 석각이 별자리임을 밝힌 실제인물 조세원씨(퇴직 교원)를 모델로 삼았다. 그러나 이 소설의 내용과는 하등의 관련이 없음을 밝힌다.

뉴스사천news4000 하병주가 만난 사람들 : 남해상주석각 비밀 캐는 조세원 씨 교사 퇴직 후 연구 골몰.. "글자 아니라 가을밤 별자리" 주장

▶ 하병주 기자 into@news4000.com 2011년 03월 06일 (일) 21:07:22

남해상주석각을 연구하는 퇴직교사 조세원 씨. 그는 여태껏 주장되는 여러 학설과 달리 이 석각이 밤하늘의 별자리를 표현했다는 새로운 주장을 폈다. 그의 이론을 정리하면 ⟹ "남해상주 양아석각은 조선조 천상열차분야지도와도 다르고 서구의 천문도와도 다르지만 천문도(또는 성좌도)에서 성수의 위치가 대부분 같다. 천체의 자오선과 선각바위 경사면 방향이 일치한다. 이 석각은 북극성을 중심축으로 하여 페르세우스자리, 양자리, 삼각형자리, 가을대사각형자리, 안드로메다자리, 물고기자리, 도마뱀자리, 백조자리, 페가수스자리, 케페우스자리, 조랑말자리, 독수리자리를 표현했다. 계절로 보면 가을에 해당하며, 24절기 중 한로(매년 10월 8~9일) 무렵에 석각과 매우 일치하는 별자리를 볼 수 있다. 밤11시에서 새벽1시 사이가 관찰하기에 가장 좋다."

반면 이 석각을 두고 문자로 해석하려는 경향에 대해서는 "문자가 되려면 크기나 배열에 있어 규칙성이 있어야 하는데 이와 거리가 멀다. 그래서 서불과 연결 짓는 것은 전혀 맞지 않다"라고 설명했다.

남해 상주 양아석각이 경남도기념물 6호임을 알리는 표지판 아래에서 이 바위에 관해 설명하고 있는 조세원씨.

5)

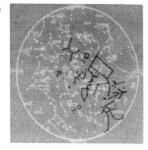

남해 양아리 석각의 성좌도 추이
▶ 출처 : 조세원

6)

양아석각 하단에 새겨진 '위의 석각이 하늘'임을 표하는 천문도, 천체도의 약칭 천(天) ▶출처 : 조세원.

7)

첨성대 : 아시아에서 가장 오래된 천문 관측대, 국보 제31호

8)

미추왕릉에서 발견된 <상감유리 환옥 목걸이> 보물 제634호

9)

상사암 : 남해 보리암에서 건너다본 상사바위

10)

구정바위 : 남해 상사바위 아래의 구정바위.

11) 황계폭포 : 경상남도 합천군 용주면 황계2길 30 (용주면)

12)

합천 허굴산 거북바위

13)

고령 지산동30호분 하부석곽 개석암각화
▶출처 : 고령의 암각유산(대가야박물관)

14)

합천 영암사지 서쪽 귀부   합천 영암사지 동쪽 귀부

영암사지 귀부는 용머리(여의주를 물고 있는)에 거북 몸통을 하고 있는데 비석을 꽂는 몸돌에는 양쪽으로 물고기가 새겨져 있다. 즉 가야시대 산물이라는 것. (문화재 지정 보물 489호)

15)

 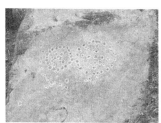

고령 무계리 유적(윷판)　　　고령 월산리 유적(윷판)

16)

남해양아석각 : 도기념물 제6
호 1974년 2월 지정. 남해 상주
면 양아리 산 4-3

17)

남해 부소암 : 부소암은 사람
의 뇌처럼 생긴 바위로 부소대,
법왕대라고도 한다.
중국 진시황의 아들 부소가 이
곳에 유배되어 살다가 갔다는
전설과 단군의 셋째 아들 부소
가 방황하다가 이곳에 앉아 천
일기도를 했다는 전설이 있다.

18)

원의 ¼부채꼴(가로 90cm, 세로 90cm)

남해양아석각은 맨 아래 천(天)을 부채
의 손잡이로 보고 측정해보면 왼편에서
와 같이 부채꼴로 드러남을 알 수 있다.
▶출처 : 조세원.

19)

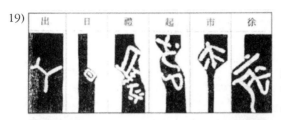

서불기례일출(徐市
起禮日出) : 서불이
일어나 일출을 보고
예를 올리다.

(좌)오경석, (우)오세창
주장

서불기례일출 : 2006년 제주
도의 한 호텔에서 열린 한중일
서복국제학술교류세미나 자료
집 표지.

20)

[오른편 한자 설명] :10월 10일부터 10월 18일의 별자리가 관측하기 좋다,
또는 관측한 결과라는 뜻을 담은 표식 '김민성 공 그림' '최금지 석장수 새김'
▶출처 : 조세원.